戴铭武 绘

陕西省区域人才项目"当代陕西文学的经典化研究"、陕西省教育厅项目"新世纪陕西诗歌研究"、商洛文化暨贾平凹研究中心项目"媒介与生产：陕西诗歌研究"资助出版。

先锋与常态

——新世纪陕西诗歌发展概论

熊英琴 著

武汉大学出版社

图书在版编目(CIP)数据

先锋与常态:新世纪陕西诗歌发展概论/熊英琴著. —武汉:武汉大学出版社,2023.3
ISBN 978-7-307-23323-2

Ⅰ.先… Ⅱ.熊… Ⅲ.诗歌研究—陕西 Ⅳ.I207.22

中国版本图书馆 CIP 数据核字(2022)第 173694 号

责任编辑:聂勇军 责任校对:汪欣怡 版式设计:马 佳

出版发行:**武汉大学出版社** (430072 武昌 珞珈山)
(电子邮箱:cbs22@whu.edu.cn 网址:www.wdp.com.cn)
印刷:武汉中科兴业印务有限公司
开本:720×1000 1/16 印张:17 字数:252 千字
版次:2023 年 3 月第 1 版 2023 年 3 月第 1 次印刷
ISBN 978-7-307-23323-2 定价:56.00 元

序　言

　　作为当代诗歌的一方重镇，陕西诗歌的发展历程和创作成就一直缺少史学的梳理，尤其是 21 世纪以来的蓬勃态势未有理论描述。青年学者熊英琴的近著《先锋与常态——新世纪陕西诗歌发展概论》弥补了这一缺憾。总体来看，本书立足探讨新世纪陕西诗歌写作形态如何生成这一重大理论问题，对陕西这一独特地域的诗歌进行了全方位的考察与把握：一是从翔实的原始资料里探寻诗人主体与诗歌文本，分析归纳陕西诗歌创作的主要流派及其特征；二是综合运用文化学、符号学、结构主义、阐释学、古典诗学与现代诗学等理论方法深入提炼陕西诗歌在文本形式、写作视角、意象语言等方面的美学风貌与文化特质，以之呈现陕西诗歌发展对当代诗歌进程的促进作用；三是深入诠释了新世纪陕西诗歌创作之路对当代中国新诗史的重要意义。总之，本书力求超越对诗人诗作的具体透视之法，从地域文化视角整体考察新世纪陕西诗歌的生长形态，细致梳理陕西诗歌在继承五四新诗、后朦胧诗潮、第三代诗歌、新媒介诗歌等诗学基础上所形成的具有陕西本土文化气象和美学特质的当代新诗创作范式，开创性地提炼出"后先锋口语诗""新古典主义诗歌""新语感诗歌"和"女性诗歌"等具有时代性、实践性和创新性的现代汉诗写作向度，同时深入探讨了新世纪陕西诗歌所生发出的现代汉诗诗美的丰富性、独特性及其重要影响。

　　熊英琴研究新世纪陕西诗歌，在方法论上有值得称道之处，兹胪列如下：

首先，让诗学历史问题有机进入诗歌现场。本书作者采取实地考察、访谈诗人及研读手稿与诗歌选本、诗学论集与研究文集相结合的方法，通过对新世纪陕西诗歌内在发展理路的分别厘析，以及陕北、关中、陕南诗歌群落分布与代表性诗家作品的细致研读，在整体把握新世纪陕西诗歌现象和百年中国新诗史的基础上揭示陕西诗歌所形成的四种独特写作模式，论述其在题材、结构、语言、叙事、意象等方面的理论探索与实践创新，阐释其隐含的诗学理路与深远影响，以指认新世纪陕西诗歌的总体成就，为做好当代诗学研究提供中国化、本土化的文艺资源。诗歌之于陕西特别是西安有着独特的人文功能。"长安"以及为人们乐道的"大唐精神""汉唐气象"，其核心所在，无非是诗性生命意识的高扬与主导——没有诗为其精神、为其风骨，没有诗性生命意识为其底蕴，无论昔日的"长安"还是今日之"唐都"（西安），都不过是一座没有灵魂的空城而已。

事实上，陕西当代新诗的生长脉络与中国诗歌发展线路并不完全同步，它有着自身的运动轨迹：较之1980年代即已旌旗招展、风生水起的北京、四川、上海等地的诗歌生态，陕西诗坛相对沉寂；但自90年代以来，陕西渐已发育成当下中国的诗歌大省，不仅诗人数量庞大、诗歌活动频繁，而且产生了一批富有影响力的诗学流派与诗集作品。著名诗人、诗评家沈奇先生曾用"三大走向""四大板块"概括20世纪末以来的陕西诗歌进程，并指出："步入新时期的陕西文学界与陕西文化界，应该尽快结束陕西诗歌多年失于呵护、流离困顿的尴尬局面，从而使陕西文学整体性地步入一个良性发展的新时期，让历史的遗憾不再复生为遗憾的历史。"作为沈奇教授的高足，熊英琴便是在老先生的亲自指导下完成了此书的开题、论证、写作和校订工作。

我们都知道，中国当代新诗的历史进程正是在对其自身的表述和命名中完成的。"朦胧诗""第三代诗""民间写作""知识分子写作"……诗歌写作者和诗歌评论者们无不在各种诗艺进向和诗学理路中廓清自身、坚定方向，以取得写作身份的合法性，也由此造就了当代新诗的繁荣。作为文学大省，新世纪的陕西诗坛同样斑斓多姿：其一，一批专注于口语书写的陕西诗人，其代表者有伊沙、南嫫、朱剑、王有尾、马非、西毒何殇等，他们有强烈的平民意识，坚持本真的口语写作，呈现新鲜的生活经验。其二，以沈奇、渭水、吕刚、之道、周公度、南书堂、宋宁刚为代表的"新古典写作"者，他们尝试以现代汉语呈设典雅蕴藉和层次丰赡的深邃诗美，以自由奔走的字句烛照读者心灵传达情思情韵。其三，语感写作和女性诗歌。20世纪第三代诗人所倡导的"语感写作"已成为当代诗学的重要命题，代表性诗人有杨黎、韩东、王小妮等，而在新世纪，陕西诗人阎安、刘亚丽、杨于军、三色堇、横行胭脂、李小洛、吕布布、高璨等均在不同程度地力行语感写作，并通过新媒体平台在网上传播与交流。20世纪80年代末于坚和韩东在谈及语感与生命的关系时，提出诗人的生命在写作中表现为语感，语感是生命有意味的形式，由此语感概念从声音源起变为与生命同构的当代诗学概念。陕西诗歌的语感写作在继承前人的基础上呈现出新的内涵和复杂性，同时因女性诗人群体的日渐壮大凸显出一种超拔的生长之姿和出尘的精神之美，进入了学者专家们的研究视野。熊英琴的这些描述和总结，具有诗歌史的视野，难能可贵。

　　其次，在时代语境和诗歌地理中把捉陕西诗歌的独造与成就。从如火如荼的"朦胧诗"潮到席卷全国的"第三代"诗歌，从1990年代诗歌语境到新世纪诗歌语境，陕西诗人的矫健身姿从不缺席。从自由独立的延安精神、改革开放的时代梦想到新世纪写作，柯仲平、沙陵、雷抒雁、韩东、沈奇、伊沙、阎安、渭水等诗人在笔耕不辍的汗水与泪水中共同铸就了陕西诗歌的灿烂光华。在社会转型、消费主义、利益化、市场化、多种话语摩擦共存的新时期语境下，陕西诗人仍以开放学习的心态，坚持优质性原则，注重诗与现实、时代、生活的关系，在"仰望天空"时强调对现实的超越，立求对生活有更深广的认识，在"俯视大地"中强调对现实的关怀，立足对俗世人生的深刻体验，逐渐形成以西安—关中诗群、陕北诗群和陕南诗群的方阵分布，构成当代中国诗歌的陕西力量及其发展态势。故此，本书不仅从诗学流派、诗人作品角度梳理归纳了新世纪陕西诗歌的创作流变，也从诗歌地理、空间实践等角度呈现了陕西诗歌的文化生态和地域生长情状，为陕西诗歌的当代性、现代化内涵与路径研究做出了良好的示范与探索。总体而言，我同意本书作者对陕西诗歌所作的现象分析和理论探究，赞成其对伊沙、沈奇、阎安等代表性诗人作品的定性评价和从文学史角度进行的诸多诗学阐释与价值考量，这一研究让文学界感受到陕西诗歌的强大和陕西诗人的卓绝，也看到了英琴作为青年学者对学术研究的热情和付出。当然，对具有全国性影响实力派诗人的研究，还存在欠缺融通和纵深感的不足，比如对伊沙、沈奇等重要诗人现象的横向比较性研究还有待加强，相信她以后在持续性的学术工作中会有大的改观。

最后，宏观视野下的独特研究角度。作为首部整体研究陕西诗歌的学术专著，本书对新世纪陕西诗歌现象进行了全面的梳理与研究，采取的方法是从中国现代文学发展和现代诗歌史的视阈分析陕西诗歌现象的内在逻辑，论述其在题材、形式、视角、语言等方面的探索与创新，揭示陕西新时期诗歌所形成的独特写作模式，论述其隐含的诗学理论意义与深远影响，这是本书的主要目标和价值所在。英琴不愧是沈奇先生的弟子，对陕西诗歌进行总体把握和深入研究，完成度相当高，书的优点很明显，一是整体框架完整，结构比较合理。二是论述较为充分，逻辑清晰，语言清新灵动，读起来活泼有趣。最值得一提的是，在很多时候我们能看到一个女性学者对男性诗人、诗作的别致的解读和质的把握，它显示出熊英琴鲜明的诗人气质和对诗歌艺术强大的领悟能力与语言天赋，我想这也是她长久钟情于诗的根本原因。诗有别材，研究诗歌虽然也是一种理论活动，但是诗歌的研究者与其他文体的研究者在文学情趣、艺术感悟力和语言运用方式上还是有很大的不同。从这本书就可以看出，英琴久立诗人与诗论家的门墙，沾溉深，开悟早，诗思与灵性俱佳，这是她能够完成这部专著的不可或缺的主体条件，正是这种学养优势和学术个性，使得她的诗艺把握和诗作解读别具一格。

英琴的导师沈奇，是我的老朋友，20 世纪我们都曾在北大中文系进修学习、做访问学者，在新诗批评与研究的学习上，都受益于谢冕、洪子诚老师，我和他的友谊就建立在这样的基础之上。只不过，我没有诗的慧根，不仅写不了诗，连诗歌评论也半途而废。沈奇倒是在北大加足了油之后，在诗歌的道路上迅跑，诗集一本接一本地出，诗歌评论与研究也蜚声海内外。新世纪以来，我先后收到他寄赠的三卷本的《沈奇诗学论集》和七卷本的《沈奇诗文选集》，老朋友著作等身，我也与有荣焉，自然真心为他高兴。这次，他的女弟子英琴出版陕西诗歌总体研究的第一本专著，大约是受了导师的指使，要我在书前写上几句话，我感到惶恐，因为新世纪以来，我连在课堂上都不敢讲当代诗歌，如何有胆量为诗歌研究专著作序。可是老朋友的弟子在诗歌研究上崭露头角，取得学术成果，我也感到欣慰，理应借这个机会学习青年学者的思想结晶，一睹文学大省陕西在诗歌创作方面的盛况。最紧要的，是向英琴在诗歌研究的花径上迈出的坚实的一步表示衷心的祝福。

　　是为序。

毕光明

二零二二年十一月于兰溪书院

目录

绪论
新世纪 20 年陕西诗歌发展概述

新诗百年，成绩斐然。除却处于领头位置的北京、上海和稳健发展的四川、广东诸省外，陕西当代诗歌的总体成绩应不容小视。然"纵观陕西文坛，一直以来，作为幅员辽阔的'文学大省'，文气氤氲、诗意盎然的泱泱陕西，建国至今没有办过一本诗歌刊物，拿不出一本真正像样的，属于自己的《陕西诗歌史》"①。其实自 20 世纪 90 年代以来不断涌现的诸如伊沙、沈奇、阎安、周公度、朱剑、李岩等卓有影响力的诗人，他们勤奋耕耘的量与质和对当代诗学的探索与贡献，皆标示着新世纪陕西诗歌已成为当代中国诗歌版图的一方重镇，其在当代文学史和诗歌史的影响应不过分逊色于令人瞩目的陕西当代小说。恰似伊沙所说："西安没有了诗歌，就是西安；西安有了诗歌，才是长安。"只不过，陕西诗歌的发展历程和创作成就，尤其是 21 世纪以来的蓬勃态势，一直缺少历史性确认。因而，笔者尝试通过对 21 世纪陕西诗歌发展的梳理与研究，从中国现代文学史和现代诗歌史的视阈下分析其先锋写作与常态坚守的

---

① 马平川. 梦回大唐：诗歌在"文学大省"的命运[J]. 文艺争鸣，2008(12)：113-116.

内在理路，论述其在题材取向、语言体式以及思想蕴藉等方面的探索与创新之成就，并揭示其隐含的理论意义与诗学影响。

首先，简略反顾与梳理一下到目前为止，国内学界与本课题对此相关的研究。第一，针对具体诗人作品的研究，这部分成果较为丰硕。比如罗振亚的《"后现代"路上的孤绝探险——1990 年代伊沙诗歌论》①、张强的《解构与解构之后——伊沙诗歌的精神特质》②、董迎春的《话语转义与当下的反讽叙事——以 20 世纪 80 年代伊沙诗歌为例》③、雷杰的《论伊沙诗歌的后现代性》④等关于伊沙诗歌的研究，于坚的《沈奇的诗歌评论》⑤、王士强的《找寻"心"之栖所——关于沈奇近年的诗与诗话创作》⑥、陈仲义的《别开生面的"戏剧性"张力——以沈奇〈天生丽质〉为例》⑦、霍俊明的《重渡"汉语"的"诗人"之心》⑧、陈思和的《字词思维·诗歌实验·文本细读——读〈天生丽质〉的几段札记》⑨、孙金燕的《秘响旁通：现代禅诗的反讽突围——以沈奇〈天生丽质〉诗歌实验为例》⑩等研究沈奇诗与诗学的文章，陈小平的《诗行在云端——读阎安近作》⑪、陈朴的《磅礴之气与蔷薇

① 罗振亚. "后现代"路上的孤绝探险——1990 年代伊沙诗歌论[J]. 广东社会科学，2013 (4)：164-172.

② 张强. 解构与解构之后——伊沙诗歌的精神特质[J]. 河北工程大学学报(社会科学版)，2016，33(3)：40-43.

③ 董迎春. 话语转义与当下的反讽叙事——以 20 世纪 80 年代伊沙诗歌为例[J]. 福建论坛(人文社会科学版)，2016(5)：113-118.

④ 雷杰. 论伊沙诗歌的后现代性[J]. 青年文学家，2017(17)：50.

⑤ 于坚. 沈奇的诗歌评论[J]. 当代作家评论，2006(2)：6.

⑥ 王士强. 找寻"心"之栖所——关于沈奇近年的诗与诗话创作[J]. 诗探索，2017(3)：91-97.

⑦ 陈仲义. 别开生面的"戏剧性"张力——以沈奇《天生丽质》为例[J]. 西安财经学院学报，2012，25(6)：103-105.

⑧ 霍俊明. 重渡"汉语"的"诗人"之心[J]. 诗探索，2013(1)：115-121.

⑨ 陈思和. 字词思维·诗歌实验·文本细读——读《天生丽质》的几段札记[J]. 文艺争鸣，2012(11)：90-92.

⑩ 孙金燕. 秘响旁通：现代禅诗的反讽突围——以沈奇《天生丽质》诗歌实验为例[J]. 作家，2014(7)：135-138.

⑪ 陈小平. 诗行在云端——读阎安近作[J]. 星星，2020(11)：28-31.

之心——阎安诗歌印象》①、李卫国的《论阎安诗歌创作的艺术特色》②、宋
宁刚的《北方的书写与气象——试论阎安的诗歌创作》③等关于阎安诗歌的
研究，谢冕的《历经灵魂淬火后的精神升华——评三色堇诗集〈背光而
坐〉》④、王士强的《山穷水尽，路转峰回——读横行胭脂》⑤、王可田的
《清风般的语调讲述的——李小洛诗歌阅读札记》⑥、木也的《诗心与佛
心——读周公度诗集〈食钵与星宇〉》⑦、刘欣雨的《陕西新生代诗人诗创作
管窥》⑧等。其立足点，大体是对活跃在新世纪陕西诗歌界，且在当代中国
诗坛有影响力的老中青三代诗人及其诗作的评论和分析，学者从诗学、文
化学、阐释学、语义学、现代主义、结构主义等诸角度进行的文本研究，
为我们考察具体诗家作品提供了重要的学术参考，也使新世纪陕西诗歌发
展史的梳理工作成为可能。

　　第二，从诗歌史角度所生发的关于陕西诗歌的宏观研究，虽已受多方
关注，但总体成果还较为单薄。相关学术专著及专论，有《长安诗心：新
世纪陕西诗歌散论》⑨《困境中的坚守与奋进——关于当代陕西诗歌的检视
与反思》⑩《关于陕西诗歌及其与区域文化的关系》⑪《论陕西当下诗歌》⑫
《用创新和探索引领陕西诗歌创作》⑬《在历史与时潮中：陕西诗歌六十

　　① 陈朴. 磅礴之气与蔷薇之心——阎安诗歌印象[J]. 百家评论，2022(1)：127-130.
　　② 李卫国. 论阎安诗歌创作的艺术特色[J]. 福建江夏学院学报，2016，6(1)：100-104.
　　③ 宋宁刚. 北方的书写与气象——试论阎安的诗歌创作[J]. 玉溪师范学院学报，2018，34(3)：22-25.
　　④ 谢冕. 历经灵魂淬火后的精神升华——评三色堇诗集《背光而坐》[J]. 星星，2021(26)：48-53.
　　⑤ 王士强. 山穷水尽，路转峰回——读横行胭脂[J]. 野草，2019(4)：178-181.
　　⑥ 王可田. 清风般的语调讲述的——李小洛诗歌阅读札记[J]. 星星，2018(5)：59-69.
　　⑦ 木也. 诗心与佛心——读周公度诗集《食钵与星宇》[J]. 延河，2018(1)：187-192.
　　⑧ 刘欣雨. 陕西新生代诗人诗创作管窥[J]. 创作评谭，2008(1)：58.
　　⑨ 宋宁刚. 长安诗心：新世纪陕西诗歌散论[M]. 北京：中国社会科学出版社，2018：9.
　　⑩ 沈奇. 困境中的坚守与奋进——关于当代陕西诗歌的检视与反思[J]. 人文杂志，2008(4)：116-118.
　　⑪ 李震. 关于陕西诗歌及其与区域文化的关系[J]. 延安文学，2008(2)：297-298.
　　⑫ 黄海. 论陕西当下诗歌[J]. 延安文学，2008(2)：299-303.
　　⑬ 蒋惠莉. 用创新和探索引领陕西诗歌创作[N]. 文艺报，2015-02-18(7).

年——从〈陕西文学六十年(1954—2014)作品选·诗歌卷〉看当代陕西诗歌的发展》①《文学地理学视域下的陕西新诗》②等。这些著述视角敏锐、眼界开阔,分别从新诗发展、文化地理和时代语境等维度检视并反思当代陕西诗歌历程,探索其进一步发展的路径指向,也启示了整体廓清陕西诗歌发展路向的研究空间和必要性。

综上,国内已有的研究成果,多是关于具体诗人诗作的微观论述,包括海外的相关研究,如荷兰、韩国、日本、中国台湾等学者关于沈奇、伊沙等诗人的述评文章,柯雷(荷兰)、吴锦华、赵坤的《拒绝的诗歌?——伊沙诗作中的音与意》③等,但从地域文化和整体视角考察研究陕西当代诗歌现象和生长特质的成果还很少。2015 年,陕西诗歌的高原景象——"诗歌陕军北京研讨会"在北京召开,座谈会上李敬泽、张清华等专家学者就陕西诗歌发展的"高原景象"和"山峰诗人"做出重要论述,并特别梳理了当代陕西 16 位代表性诗人及其作品④。由此可见,对当代陕西诗歌的关注已逐步进入学者视野,尤其对诗人作品、诗学发展的关注渐已成为当前陕西诗歌研究的主要面向和显性力量。但同时应看到,对陕西诗学流派与诗歌史的考察梳理,才是今后研究的不二选择和潜在方向。

一、20 世纪末以来的陕西诗歌生态场

地域空间与文学生产的关系向来复杂。着眼 21 世纪陕西诗歌与时代地理的文化学研究,一方面考察当代诗学与地域文化之间的内在关联,探索其自我更新、自我超越的气质和动力,另一方面挖掘新时期以来陕西文化

---

① 宋宁刚,沈奇. 在历史与时潮中:陕西诗歌六十年——从《陕西文学六十年(1954—2014)作品选·诗歌卷》看当代陕西诗歌的发展[J]. 西安财经学院学报,2016,29(6):96-102.
② 李洁. 文学地理学视域下的陕西新诗[J]. 陕西理工大学学报(社会科学版),2022,40(2):43-48.
③ 柯雷,吴锦华,赵坤. 拒绝的诗歌?——伊沙诗作中的音与意[J]. 世界华文文学论坛,2017(4):5-15.
④ 陕西诗歌的高原景象——"诗歌陕军北京研讨会"专家、学者座谈会发言纪要[J]. 延河,2015(2):96-107.

地理的迁移和非表征文化的裂变与发展，剖析新诗研究在"文化转向"与"空间转向"的对接与碰撞中，所形成的具有不断质疑和革新精神的诗学特质与流动生态显得尤为必要。值得注意的是，陕西当代诗歌生长脉络与新时期中国诗歌发展路径并不完全同步，它有着自身的轨迹：较之 20 世纪 80 年代即已旌旗招展且风生水起的北京、四川、上海等地的诗歌生态来看，此一阶段的陕西诗坛相对比较沉寂；但从 90 年代开始，其渐次发力成为诗歌大省，不仅诗人阵容庞大、诗歌活动频繁，而且产生了一批富有影响力的诗学流派与诗歌作品。著名诗人、诗评家沈奇曾用"三大走向""四大板块"①概括 20 世纪末以来的陕西诗歌进程，其中尤以胡宽、韩东、沈奇、丁当、杨争光、杜爱民、岛子、赵琼、伊沙、秦巴子、李汉荣、孙谦、渭水、李岩、南嫫、朱剑等写作者们为重，其影响从 20 世纪 80 年代横贯 90 年代末直至 21 世纪，渐已成为陕西当代诗歌发展之筑基性的本质力量。

　　21 世纪以来，陕西诗歌界更是异彩纷呈，除老牌诗人和中坚力量的坚守精进外，更有一批新锐中青年诗人活跃于当代诗坛，如阎安、之道、黄海、吕刚、三色堇（女）、周公度、武靖东、王琪、李小洛（女）、远村、吕布布（女）、高璨（女）等。2005 年，由伊沙主编、太白文艺出版社出版，囊括二百多位诗人作品的上下两卷本的《被遗忘的诗歌经典》大著中，陕西诗人丁当、沈奇、伊沙、秦巴子、李岩、刘亚丽、南嫫、朱剑等 8 位入选，选入诗作《星期天》《房子》《十二点》《上游的孩子》《饿死诗人》《结结巴巴》《车过黄河》《散场》《中药房》《每日的强盗》《人行道上的尼姑》《吸烟的女友》《掠夺》《清明节》《书店老板的恐惧》《菜市场轶事》②等 24 首，算是 21 世纪以来陕西诗歌的第一次惊艳亮相。2006 年，由诗人之道、三色堇等组织发起以"传承陕西诗歌文化、挖掘诗歌新人、呈现陕西诗歌风采"为旨归的《长安大歌》面世，分"50 后"（13 人）、"60 后"（38 人）、"70 后"（50

---

① 沈奇. 困境中的坚守与奋进——关于当代陕西诗歌的检视与反思[J]. 人文杂志，2008（4）：116-118.

② 伊沙. 被遗忘的诗歌经典（上、下）[M]. 西安：太白文艺出版社，2005.

人)、"80 后"(58 人)①四个时段选入 158 位诗人的 300 余篇诗作,伊沙、刘亚丽、秦巴子、三色堇、南嫫、沈奇、吕刚、马永波、周公度、李小洛、武靖东、黄海、兰逸尘、秦客、西子等诗人在列,该辑本从民间立场充分展现了 21 世纪陕西诗歌取得的可喜成绩和创作态势,尤其年轻人对诗歌所持的创作活力和不渝热情。

2015 年,陕西本土诗人沈奇和阎安主编的大型诗歌选本《陕西文学六十年(1954—2014)作品选·诗歌卷》两卷本,由陕西人民出版社推出。这部诗选秉着"兼容并包,全面呈现;梳理历史谱系,凸显地缘诗学"的理念,分为"前期诗歌"(1954—1976)、"新时期诗歌"(1977—1986)、"第三代诗歌"(1987—1999)和"新世纪诗歌"(2000—2014)②四个阶段,完整呈现了陕西当代诗歌的发展脉络和写作进程。通过四个阶段的诗人细化分布和作品选入情况,可以发现后两个阶段的成绩相较前两个阶段来说更为丰硕,而该期的创作者们"多离散性地分布在大学、城市和青年诗人群体中,以纯粹的艺术追求和诗性生命体验为准则,与横贯整个新时期及跨世纪的先锋诗歌相为伍,潜沉精进,默默崛起,其不凡的成就,既具有文学史意义,又有诗学价值的贡献",并使得"陕西当代诗歌彻底摆脱了主流意识形态和地域文化视阈的双重挤压与困扰,以不可阻遏的探索精神和充满现代意识与现代诗美追求的诗歌品质,融入百年新诗最为壮观的现代主义新诗潮,进而走出国门,走向世界"③。

此外,在各种诗歌选本、民刊、网刊(如《诗人文摘》)和诗歌活动及诗歌奖等共同促进下,21 世纪陕西诗歌逐步成就其充满活力的诗歌场重镇。其中尤为突出的是:以伊沙、朱剑、黄海、王有尾、西毒何殇等为代表的以西安为主阵地的后先锋口语诗活动场域,以诗人出道、诗评家闻名而后

---

① 之道. 长安大歌[M]. 西安:太白文艺出版社,2006.
② 沈奇,阎安. 陕西文学六十年(1954—2014)作品选·诗歌卷[M]. 西安:陕西人民出版社,2015.
③ 沈奇. 困境中的坚守与奋进——关于当代陕西诗歌的检视与反思[J]. 人文杂志,2008(4):116-118.

以新古典实验诗写作归来的"两栖"诗人沈奇及其新古典诗歌群体，被《诗选刊》评为"中国年度十佳诗人"且以诗集《整理石头》获得第六届鲁迅文学奖的陕西诗人阎安及其新语感诗歌群落，获"中国当代诗歌诗集奖"的三色董、获"郭沫若诗歌奖""新世纪十佳青年女诗人"等殊荣的李小洛、获"中国年度先锋诗歌奖"的横行胭脂和"95 后"诗人高璨等新生力量加入并壮大的女性诗人群落，渐已成为新世纪陕西诗歌重镇的中坚力量和鲜明标识，并成长为中国当代诗坛一个不可或缺的重要组成部分。

概括起来，20 世纪末以来的陕西诗歌生态多元，风格多样：内化古典、兼融西方亦注重现代；既有口语书写也重质性提升，在意象性、思想性、艺术性、先锋性、地域性、历史性及口语诗、女性写作等诸多向度均有不懈的尝试和不俗的成绩，涌现出一大批优秀的诗人及其作品——"30 年来，陕西诗歌整体品质独特，质地精良。诗歌写作自由度、伸展空间不断扩大，使得陕西诗歌更接地气。陕西小说业绩明显，而诗歌转型成就最大。"①由此可见，重新确认陕西诗歌在当代中国诗歌版图的重要性，厘清 21 世纪陕西诗歌发展在当代中国诗歌进程中的重要地位，已成为不可再忽略的历史命题。

二、繁盛斑斓的诗学景观与写作流派

一直以来，人类把文学艺术看做对自身生存意义的揭示。当这种意义处于遮蔽之中时，人们开始重新询问艺术本体和艺术存在的意义，而要抵达艺术本体意义的深层，则需要全新的方法②。对陕西新诗的回顾与管窥，不仅是为了保存当代陕西地方文化图志，展示陕西诗歌文学实绩，也是为从地方路径出发勘探中国当代新诗的变化轨迹，从而打破一体化的线性诗歌史叙述模式："先锋"与"古典"、"口语"与"叙事"、"历史"与"日常"、

---

① 陕西诗歌的高原景象——"诗歌陕军北京研讨会"专家、学者座谈会发言纪要[J]. 延河，2015(2)：96-107.

② 胡经之，王岳川. 文艺学美学方法论[M]. 北京：北京大学出版社，1994：1.

"抒情"与"象征"、"知识分子"与"民间立场"以及"女性主义"等，无不潜沉着陕西诗歌活动的发展格局与写作动向，彰显着 20 世纪末以来陕西诗歌的多元发展与多方探索。因此，对陕西新诗的文化地理学考察并非为了拘泥一隅、独标高格，对其梳理应始终置放于当代诗歌的整体发展态势之中，以期在陕西诗歌形态的描述中寻求到其内部所包含的当代新诗如何自我嬗变、突围提升的重要经验，从而更为深入、细致地理解中国当代诗歌的复杂面向。结合百年新诗发展史和当代陕西新诗发展进程，经过广泛的文本细读，笔者提炼出"后先锋口语诗""新古典诗歌""新语感诗歌"和"女性诗歌"四种主要流派与发展向度，择取其中代表性的诗人及其作品进行厘定分析，总结其艺术成就与审美特性，尤其对当代诗学研究的意义。

1. 后先锋口语诗

21 世纪互联网时代的到来，网络与新媒体的迅猛发展，极大地促进了新诗的生产、传播和阅读，激活了平民力量的参与和草根诗学的兴起，口语诗因其本身"接地气"的特质和蓬勃的生命力而蔚然成为网络诗歌的显性力量，并逐渐取得文学史的合法地位。口语诗发轫于 20 世纪 80 年代，经 90 年代诗人的不懈努力，逐渐彰显为新世纪富有生命活力和汉语诗性智慧的本土诗歌写作路向，并且它的发展壮大与以伊沙为代表的诗人们倡导、实践，数十年如一日的坚持操劳分不开——"'口语诗'是一个现代概念，是现代诗的一大分支，并非有史以来所有具有口语倾向或口语化诗歌的大杂烩。……今天我们所谈论的现代诗范畴内的'口语诗'从来就不是一种写作的策略，而是抱负、是精神、是文化、是身体、是灵魂和一条深入人性的宽广之路，是最富奥秘与生机的语言，是前进中的诗歌本身，是不断挑战自身的创造。"[1]作为口语诗写作的实践者和引领者，伊沙坚持编选《新世纪诗典》(现已出版 8 卷)，其中 2015 年选编的《中国口语诗选》[2]收录了一

---

[1] 伊沙. 我说"口语诗"[J]. 诗探索, 2011(7): 4-6.
[2] 伊沙. 中国口语诗选[M]. 武汉: 长江文艺出版社, 2015.

千多位诗人的作品，而绝大多数都是口语诗，并在 2016 年以"生命力、创造力、汉语的成熟度、风格的多元化"标准再次精选出版了《当代诗经》①，均可谓口语诗已有成绩的极好证明。

经过 30 多年的发展，中国诗歌的口语诗体已逐步成熟：诗语表达已经从早期的欧化"翻译体"叙述进入现在的"脱口而出"和"爽利喷发"阶段，诗歌内容也从早期对文化理念的笨拙解说到对生命当下和生活现场的直抒再现，诗歌语境也从早期的平淡日常与"软语和谐"走向现在的强劲开阖与"高峰体验"的多部混响。伊沙曾言："一条由语言的原声现场出发，增强个体的'母语'意识，通过激活'母语'的方式而将民族记忆中的光荣传统拉入到现代语境之中，从而全面复兴汉诗的道路——已经不是说说而已的事，它已在某些诗人的脚下清晰地延伸向前——这是一条诗歌发展的康庄大道，它由所谓'口语诗人'踏出出自艺术规律的必然。"②由此，"口语"不仅是新诗写作的素材工具，更是口语诗的核心元素，是汉语诗美一种"有意味的形式"，同时口语诗概念也构建为"口语诗体"的概念。

口语诗最大的特点是其鲜活的在场性。从诗歌创作角度而言，口语诗乃一种全新的写作思维，要求诗人摆脱诗者本位、模式框架和"有话要说"的前置思维，关注生活事件、原生现场，全方位地触摸当下存在并自觉进行历史性的探察发微以表现"事实的诗意"而不只是"诗意的事实"。伊沙把近年的口语诗称为"后口语"，而"后口语"有更明显的写作结构和以某些事件或片段构成的"事实的诗意"。对于后先锋口语诗，伊沙认为"语言的似是而非和感觉的移位(或错位)会造成一种发飘的诗意，我要求(要求自己的每首诗)的是完全事实的诗意。在这一点上，我一点都不像个诗人，而像一名工程师"③，而伊沙的《结结巴巴》《9·11 心理报告》《在美国使馆遭拒签》《人民》，王有尾的《怀孕的女鬼》《蒋涛》《新麦》，朱剑的《磷火》《没用》，马非的《等车》《一把铁锹》，西毒何殇的《戴眼镜的老民工》《卖红薯

---

① 伊沙. 当代诗经[M]. 西宁：青海人民出版社，2016.
② 伊沙. 我说"口语诗"[J]. 诗探索，2011(7)：4-6.
③ 伊沙. 有话要说[J]. 诗探索，2000(21)：362.

的人不见了》①等口语诗代表作均以表现"事实的诗意"为核心支撑。在此，不妨看一首伊沙的《县医院的拖拉机》：

县医院的病房里
突突突地开进了一台
手扶拖拉机/那是被陪护者甲
硬生生强指成机器的一个
人——中年农民患者乙

甲指着乙/对探视者丙说：
"他这台拖拉机呀
所有零件全都坏球啦
左右两肾全都长瘤
心也坏啦肝也坏啦
前列腺也有毛病
所有零件全都坏啦……"

"谁叫他不看病呢！
他这一辈子/好像从来
就没看过一次病"
丙摇摇头
叹口气
望着乙说

乙靠在床头

①　伊沙. 当代诗经[M]. 西宁：青海人民出版社，2016：6-215.

　　表情像笑

　　其实是不好意思了

　　他还顾不上怕死

　　只是为生病而羞愧

　　憋了好半天

　　终于说出话来——

　　"丢人哩！

　　俺这台拖拉机就快报废球啦！"①

　　作为富有原初生命力和本土性实践的诗歌文体，口语诗提倡一种以口语为基础，注重叙述"及物性"的诗美表达。新文学伊始，胡适的"文学改良八事"明确提出："务去滥调套语，不避俗字俗语"，"吾所谓务去滥调套语，别无他法，惟在人人以其耳目所亲见亲闻所亲身阅历之事，一一铸词以形容描写之。但求不失真，但求能达其状物写意之目的，即是工夫"②。以伊沙为代表的后先锋口语诗"全面"清除那些古色古香的汉语词汇，换之以充满现代感且能反映当下的生活语言，如拖拉机、五角大楼、西京医院、自行车后座、小卖部、冰淇淋、手术、住院楼等，用司空见惯口耳相传的日常用语写一幕幕鲜活发生的生活场景，反映当下人物的真切感受。正如袁可嘉先生所言："现代诗人极端重视日常语言及说话节奏的应用，目的显在二者内蓄的丰富，只有变化多、弹性大、新鲜、生动的文字与节奏才能适当地，有效地，表达现代诗人的奇异敏锐，思想的急遽变化，作为创造最大量意识活动的工具。"③《县医院的拖拉机》等诗注重叙述结构和"事实"呈现，以日常口语的亲切鲜活代替传统"书面语"的庄重含蓄，融合西方现代派的戏剧化、个人化倾向，伊沙试图以一种全新的诗学立场、艺

---

① 伊沙. 鸽子——伊沙诗集[M]（卷二）. 杭州：浙江文艺出版社，2016：149.
② 胡适. 文学改良刍议[J]. 新青年第二卷第五号，1971（1）：1.
③ 袁可嘉. 论新诗现代化[M]. 北京：三联书店，1988：6.

术角度和文字技术，呈现包括观念、感受、行为的复杂性、综合性、即时性等现代人生存境遇共同体的真实情状。

伊沙认为，一首好的口语诗，"叙述"不是工具而是诗歌本身，是"事实的诗意"精彩自呈，以"及物性"为根底的"叙述"正是构成诗歌文本的核心，并且，作为对存在的领悟和深思，作为对自身和世界的测量、界定和命名，作为时代心灵和精神最敏感的触角，当代诗歌(尤其是口语诗)一直处于文化最前沿、最先锋的位置①。我们很难否认它对当代文学进程所起的某种引领和推进作用，而这也是口语诗对当代诗学发展的一个重要贡献。伊沙等以"语不惊人死不休"的"语言狂欢"构建了口语诗的"现代性"，充分探索了现代诗歌语言对时代生活的介入、对灵魂与生命存在的抵达。由此，口语诗不仅开掘了现代汉语的语言魅力，拔擢了日常生活的存在之维，还完成了具有"现代性"的诗美构建。

2. 新古典诗歌

自 20 世纪 90 年代以来，关于"新古典主义"的讨论与实践即围绕当代文学展开，后逐渐影响至新诗。其实新诗自发轫以来对中国诗学传统和古典诗美意境的探索与追寻从未断绝：无论是胡适对唐宋传统的体认、郭沫若对诗骚楚韵的追溯，还是新月派和现代派诗人徐志摩、闻一多、卞之琳、戴望舒、废名等对古典诗情、诗意与诗境的自觉吸收和持守，抑或当代台湾诗坛洛夫、余光中、痖弦、周梦蝶等诗人对新古典诗歌的顽强实践，和 20 世纪以来大陆诗歌的丰硕成果，都一再凸显古典诗学在现代新诗发展中的传承与发扬。故而新古典诗歌是产生于现代背景，融入世界诗歌潮流并对"现代性"做出反应的现代诗学体式和诗歌形貌，此种诗学观念最早见于学衡派的诗歌主张，后经新月派的实践转化，融和现代派的象征主义而形成以"传统为本位吸收新潮的理念，和谐、均衡、静穆的审美理想

---

① 唐欣. 在生活和艺术之间——简论口语诗的意义和影响[J]. 甘肃社会科学，2005(5)：136-139.

及节制情感、追求含蓄的趣味"①的诗歌特色。

艾略特曾说:"诗比任何别的艺术都更顽固地具有民族性。"②百年新诗始终生长在"传统"与"现代"之间,力图守护传统诗学理想与原则以保持民族性,同时坚持开放的姿态,如在创作中强调"个性"追求"独创"。从表面看,新古典诗歌对意象意境的营设要求和情感表达的含蓄委婉,与诗坛流行的某些崇尚"新潮"、一味"创新"的激进理念保有距离和不同立场,但新古典诗歌根植于国人的诗美传统和审美习惯,已成为一种潜在的诗歌意识参与到现代汉诗的诗歌思想理念之中;它所秉持的简约、典雅、静穆的诗美理想对情感的节制约束和对含蓄蕴藉的境界追求无疑对现代诗歌产生了深刻而持久的影响,并发展为一种重要的诗学潜流。

新古典诗学理念,落实于当代陕西诗歌界,大体以沈奇、孙谦、李汉荣、之道、秦巴子、吕刚、周公度、南书堂等为代表,其中尤以著名诗人沈奇为典型。沈奇从事诗歌创作和诗学研究四十余年,是当代陕西诗歌界的一个独特存在,尤其近十余年来秉承"外师古典,内化现代,通和古今,再造传统"诗学理念,潜心探索的《天生丽质》系列实验诗的写作、发表、出版及学术研讨,颇受诗歌界和学界的关注,产生了持续影响。与此同时,作为陕西"新古典主义"诗歌阵容的系列作品,孙谦的《风骨之书》《悼念罗伯特·勃莱》,秦巴子的《立体交叉》《理智之年》《纪念》,之道的《咖啡园》《荷说》《行李》,周公度的《瘦削者》《我的心》《苹果花序》,远村的《独守边地》《回望之鸟》《方位》《画地为天》,南书堂的《对峙》《雪归》《临河而居》,吕刚的《王维》《大海的真相》,宋宁刚的《灰色赋格》《山中八日》等代表性作品,均呈现贯通古今的典雅蕴藉和层次丰赡的诗美意趣,是探寻现代汉诗写作中的古典韵味和现代张力的互动与唱和,成就突出。

沈奇认为,真正的"中国新诗",应以复苏汉语本来的诗性和包孕更多诗意为目的。与周作人特别强调的"融化"概念——"新诗本来也是从摹仿

---

① 张林杰. 中国现代诗学中的新古典主义倾向[J]. 江汉论坛,2015(7):98.
② 艾略特. 诗歌的社会功能:艾略特诗学文集[M]. 北京:国际文化出版公司,1989:242.

来的，它的进化在于摹仿与独创之消长，近来中国的诗似乎有渐近于独创的模样，这就是我所谓的融化"①一致，沈奇提出"熔铸古典、重塑现代"，以《天生丽质》的实验写作尝试从古典诗歌手法向现代汉诗的创造性转化。对此，当代著名评论家姜耕玉认为："实现古典诗词艺术向现代汉语诗歌转化的难度在于向内心的突入，对现代口语的诗性表现功能和审美趣味的开拓。"②21 世纪以来，沈奇从西方后现代主义、超现实主义的"思"与中国禅的"悟"之相通处确立新诗口语意象的内涵力和形而上本质。重要的是，着眼于"禅悟"和后现代艺术"感通"理念不涉理路而又意趣无穷的美学效果，沈奇等陕西诗人在新古典诗歌中融入现代意识、精神和技巧，形成一种具有新的诗美内涵的现代汉语用法，成为当代新诗寻求回归和再造传统的成功经验，同时奉献出 21 世纪陕西诗歌艺术建设的动人风景。

3. 新语感诗歌

第三代诗人所倡导的"语感写作"，是当代诗学的另一重要命题。20 世纪 80 年代末，于坚和韩东在谈及语感与生命的关系时，提出诗人的诗性生命在写作中表现为语感，语感是诗性生命有意味的形式③，自此语感概念从声音源起流变为与生命同构的当代诗学概念。而后，陈仲义先生在语言与生命的同构关系中界定"语感出自生命，与生命是同构的本真状态；语感流动具有自动或半自动性质"④，并指出新诗的语感写作涉及欲望、情结、意念、无意识和潜意识等与生命状态相关的诸方面，以传达生活表层下灵魂觉醒与自由呼吸的隐秘颤动。几十年来，语感写作已取得丰富的独立内涵：它一方面指涉语感所隐喻的诗的声音，即语言之外的诗人性灵——生命直觉、意识的绵延流动、情感思绪的无声起灭以及众生本源之音混响的"天籁"，另一方面指涉诗歌文本字句语义所构成的整体语境，指

---

① 肖向云. 民国诗论精选[M]. 杭州：西泠印社，2013：71.
② 姜耕玉. 论二十世纪汉语诗歌的艺术转变[J]. 文学评论，1999(5)：26-35.
③ 于坚，韩东. 太原谈话[J]. 作家，1988(4)：21-22.
④ 陈仲义. 抵达本真几近自动的言说——"第三代诗歌"的语感诗学[J]. 诗探索，1995(4)：64-76.

诗歌生长、传播与存在的文本"肉身"的混一透明和自生效应。其主要特质在于：一是不离日常话语的朴实活力，二是不离生命本源的感性冲动。杨黎、韩东、王小妮等是 20 世纪语感写作的代表性诗人。21 世纪以来，陕西诗人阎安、刘亚丽(女)、杨于军(女)、史雷鸣、三色堇(女)、秦客等均在不同程度地进行语感写作，不断深化对语感内涵的认知和实践。

首先，语感写作是诗人生命的自由呈现，是诗人精神活动的一种存在方式，也是一种"无目的"的"合目的性"。当诗意诗情潜伏在诗人内心深处，散布在诗人的意识知觉里，一经"天机"触发，诗歌随生命能量同时显现，语感落实为充满生命直觉和灵感悟性的"身体语言"与"生活表情"。以语感写作抒发生命体验，以丰富的"身体语言"和复杂的"生活表情"彰显诗人充盈的生命力，耦合为语言语感与生命冲动同步交响的内在旋律。"延河边整理石头的人"——陕北诗人阎安，便是在描写时间之流中不变的石头以表达历史地域和时代变迁，寄寓个我生命激情的沧桑浮沉和内在灵魂的坚实驰骋。请看《整理石头》一诗的节选：

> 一个因微微有些驼背而显得低沉的人
> 是全心全意整理石头的人
> 一遍遍地
> 他抚摸着
> 那些杀伤后重整好的石头
> 我甚至目睹过他怎样
> 借助磊磊巨石之墙端详自己的影子
> 那神情专注而满足
> 像是与一位失散多年的老友猝然相遇
> 我见到过整理石头的人
> 一个乍看上去有点冷漠的人
> 一个囚徒般

> 把事物弄出不寻常的声响
>
> 而自己却安于缄默的人
>
> 一个把一块块石头垒起来
>
> 垒出交响曲一样宏大节奏的人
>
> 一个像石头一样具有执著气质
>
> 和精致纹理的人
>
> 我见过整理石头的人
>
> 我宁愿相信你也见过
>
> 甚至我相信/
>
> 在某年某月某日
>
> 你曾是那个整理石头的人
>
> 你就是那个整理石头的人①

通过"整理石头",阎安写出人们被时代、生活和时空境遇支配打磨的命运本相,尤其在整理、搬运和抚摸"石头"中参与历史进程并完成个我生命的存在变化。以时光之流中永恒不变的"石头"比喻与空间里腾挪不停的地域和时代,阎安辨析个我生命激情的沧桑变化和时代历史的风云聚散,同时以《北方的书写者》《我的故乡在秦岭以北》《北方 北方》等诗确立"北方"等基于人类历史、宇宙物理和未来意识的关于真实存在与精神永恒的整体性意象迷津,表达他纵览一切的浩然气象和扬榷古今的诗者心怀,尤其是阎安以坚实的语感质素、宏大的意象建构和独立的现代意识为当代诗歌提供了一种风格鲜明的写作范式,成为别具一格的存在。

其次,语感写作注重诗歌的语言张力,从文字标点到整体语境,从字词的多义、画面的多重到声音的"复调"。正如巴什拉《梦想的诗学》所说,诗歌是对语词梦想的追寻,新诗的语感写作包含诗人写下字句时的感受,包括词语句子及小节段落在起承转合间语气、语调、语式的轻重舒缓和松

---

① 阎安. 整理石头 [M]. 西安:太白文艺出版社,2013:64-65.

紧疏密，以及整首诗的语境在想象联想和隐喻象征等多维空间的延伸与复现。比如，"75 后"诗人史雷鸣以他特有的"赤裸"、通感式语言，在《下一个偶像是野兽》①中以象征、反讽、戏剧性开放结构写他对现代都市的"爱"与"憎"；从字词句读到文本张力，当断裂的"北方"在《野蛮派对》②中洋溢激情、纵横驰骋、沉痛燃烧时，恰好展露了其对现代文明的深彻思考和对艺术拯救灵魂的郑重呼吁。

最后，语感写作因其对语言质感、潜意识、感性力量的倚重与呈现，重视个我感受的"母性""自恋""生命直观"等特质，成为女性诗人钟情的写作路向或走入诗歌创作的起始和专长。近年颇受欢迎的女诗人三色堇就很擅长语感写作，比如她的短诗《各有深意》：

> 看，他正坐在波澜之上
> 浪涛的尖叫，漩涡的汹涌，胸有成竹的闪电
> 这些暴动的水
> 都不能使他摇动，坠落，支离破碎
>
> 如果没有暗流，你就不能体会意志的高尚
> 如果没有光明，你就无法记忆一丝芬芳
> 一段旋律，画布上一片响亮的色彩
> 如果不经历人生的风雨，就不能感知尘世的欢悲
>
> 我惊悸于这样的哲理
> 一串词语的战争，一株植物的耐性，一张中年的脸
> 他们——都各有深意③

---

① 史雷鸣. 下一个偶像是野兽[M]. 北京：人民文学出版社，2006.
② 史雷鸣. 野蛮派对[M]. 西安：陕西人民出版社，2010.
③ 三色堇. 三色堇的诗[J]. 诗人文摘，2014(11)：29.

本诗在客观物象和事象情境的展开显现中完成，貌似"不动于心"，实际通过字句刻写传达内心精微。而"语感的运用是其核心的技巧，主观的意味深藏在客观描述中，既抑制又显露，这就是所谓的冷抒情"①，以文本语境寄寓情深，可见三色堇作为女性诗人对情感抒写的细腻含蓄和生命体验的含养内敛，以及作为生命存在和生活方式的写诗根由。换言之，语感写作满足了女性作为生命存在和生活方式的文学诉求——以文本联通生命、语言和情感——以诗的方式丰润她们的心灵之维、开拓她们的存在之境，是女性诗人热衷语感写作直接或间接的缘由。总之，作为对语言本体的回归，语感写作重视诗人的生命直觉，以言语张力操控和改写存在与世界，以"超语义"的韵味空间、个性特色以及对价值理念和意义层面的指向性，构建了当代诗歌创作维度的又一个流派。

4. 女性诗歌

21 世纪陕西女性诗歌接续 20 世纪 80 年代以来的当代女性诗歌传统，在女性意识和主体身份的建构中逐步从女性经验过渡到诗歌语言的自觉，基本实现"女性诗歌，一方面在强调女性认同的同时，一方面又走出'女性'这一身份，以终极关怀的思想深度与哲理高度，走向了普世性的书写，走向人类'大我'身份的书写"②。作为诗性生命的自在阐发，女性诗人善于在生命意识和生活纹理中观察并打通心与物、内在与外在、个我与世界的边界，使不同属性、质地、名称和价值的生活事件于涤濯、串接和交融提炼后共存于诗歌文本，并且，她们不仅关注时光里的生活印记、对历史世界的时空感悟，也力图以节奏的调整、叙事的转换和写作方式的变异来开掘语言的无尽生命力。简言之，21 世纪陕西女性诗歌凸显出以下诗美内容和创作特色：

首先，建构陕西地域经验。横行胭脂、三色堇的诗以西安为生活场，

---

① 李心释. 当代诗歌"语感写作"批判[J]. 当代文坛，2016(6)：87-92.
② 董迎春. 身份认同与走出"身份"——当代"女性诗歌"话语特征新论[J]. 甘肃社会科学，2012(4)：229-233.

在西安—中国—世界的穿梭与出入中描绘现代女性的都市生活图景，李小洛在她的《偏爱》《孤独书》里呈现了一种与世无争的安康小城慢生活，吕布布则以深圳为滤镜介入故乡陕南和商洛的地域文化书写。其次，超越自我的智性之诗。刘亚丽、杨于军、高璨等以细微的张力、宁静的语言、不拘一格的形式和题材体察生活的大小事务，或以日记体、散文诗、儿童诗的形式记录女性生命的幽微体验，或与自然万物进行超验性对话，在对当下存在的回应和超越中透着一抹智性光芒。海德格尔强调，诗即思，诗从本体意义上不是情绪也不是性别，它是语言与词语在生命情感上的沟通与交流——"在诗歌之说话中，诗意想象力中道出自身。"①故而，诗歌的语言性自觉要求诗人从现世生命出发，无论性别与年龄、具体或深刻、整体或细微均应达到一种诗与思的启迪与融合，一种关于存在本质的揭示和反省。最后，深入底层的力量书写。横行胭脂、李小洛、吕布布从后工业时代的都市和乡村、他乡与故乡、理想与现实等角度，探讨考察中国城市化过程中个体生命的辗转变迁，在对现代科技、数字文明、国际语境的领受中实验诗歌语言的先锋性和文学生长的可能性，在古典哲学、牧歌田园、后现代语法中确证现代生命的存在价值。

同时，陕西女诗人刘亚丽的《大地的耳朵》《10 月 21 日的网上新闻》《我有什么地方打动了你》、杨于军的《雾中许多陌生的面孔》《这个夏天 不要离开我》《一个人的时候》、三色堇的《深秋的夜使尘世又暖又痛》《秦岭以南》《步莲》、横行胭脂的《读布罗茨基及诸人诸书而述作》《阳光洒在铁炉镇》《北方草原上的爱情》《致诗》、李小洛的《我要这样慢慢地活着》《这个冬天不太冷》《我背对着火车行走的方向坐下来》、吕布布的《砥砺时刻》《你好市场》《读莱辛〈金色笔记〉》《与远方书》、高璨的《春融化在绿色的舌头上》《有人在轻抚寺院的门》《树想》②等，均是当代女性诗歌的佳篇。她们以此证明：女性诗人天生情感丰富饱满，对潜意识、第六感、身体直觉等感

---

① 海德格尔. 在通向语言的途中[M]. 孙周兴，译. 北京：商务印书馆，2004：10.
② 沈奇. 你见过大海：当代陕西先锋诗选[M]. 西安：西北大学出版社，2009：196-228.

性力量有着天然的执着与信赖，透过个人的真实性及其限度、世界的真实性及其无常，是其对"女性意识"所承载的文学传统和现代经验的竭力建构。

对女性诗者而言，诗歌创作不只是对独特幻象、历史原型、想象方式、节奏和语调等的创造性把握或开拓，还关涉被日常遮蔽的生活印痕、时空自然和万类万物，以及力求超越物的控制性思维而进入共时存在的纯粹性体验。因此，诗不仅是散落在记忆里的生活印记，还包括更深刻的生命感悟和时空观念，它不只是节奏的调整、叙事的转换和写作方式的变异，更是一种"和解"——一种关乎精神、情感和存在的"可能写出的诗"与"已经写出的诗"的"和解"，在展示语感创作茂盛生命力的同时亦为当代汉语新诗提供了一个重要的写作向度和诗体范式。

三、媒介大众化：在潜沉中崛起

伴随新中国的和平崛起和人们精神需求的日益强劲，21 世纪头 20 年网络媒介的迅猛发展和批量网络诗人与海量诗歌媒体的生产传播，一场诗歌热正在华夏大地兴起。纵观新诗发展的百年长河，21 世纪诗歌与社会网络的紧密性、交互性和复杂性可谓空前，相较之前的任何一个阶段，都是独一无二的。在这种相对自由的写作生态、多元融合的传播媒介和国际互联的交流场域中，现代诗作热潮不断："梨花体""羊羔体"与"忠秧体"的争议，"打工诗歌""地震诗歌""新红颜写作"以及"新及物写作"等热流，以及近来的"机器写作"和"写诗软件"等。对此，罗振亚指出："21 世纪诗坛态势更趋向于喜忧参半的立体化，既不像'死亡'论者想象得那么悲观，也不如'新生'论者宣传得那么繁荣，它正处于一种平淡而喧嚣、沉寂又活跃的对立互补格局之中，娱乐化和道义化均有，边缘化和深入化并存，粗鄙化和典雅化共生。也正是在充满张力矛盾的'乱象'中，诗歌沿着自身的逻辑路线在蜿蜒前行着。"①一方面，新诗写作的电脑化和交流传播的网络

---

① 罗振亚. 是"死亡"还是"新生"：我看二十一世纪新诗[J]. 名作欣赏，2019(25)：5-10.

化产生了新的生存样态和话语现场，另一方面也促进了新诗发展的"狂欢"态势，故而罗麒在《21 世纪中国诗歌现象研究》中提出将"承担某些反抗消费文化和剔除商品拜物的任务"视为诗歌生存"在 21 世纪所要面临的最根本和最宏大的历史语境"①。于个我而言，以诗歌写作来剔除消费文化无疑是一种自省和自律，如何在提升内在精神、表达生命意识、彰显时代风貌的同时构建诗美文化，才是诗人们对语言艺术与时代关系的深彻理解和本质把握，也同时构成了新世纪陕西诗坛的整体质素和内在要求。

回顾当代陕西诗歌发展，从如火如荼的"朦胧诗"潮到席卷全国的"第三代"诗歌，从 1990 年代写作到 21 世纪语境，陕西诗人的矫健身姿从不缺少，并以沙陵、雷抒雁、韩东、沈奇、伊沙、阎安等诗人共同铸就了陕西诗歌的灿烂光华。在社会转型、消费主义、利益化、市场化、多种话语摩擦共存的新世纪语境下，陕西诗人仍以开放的学习心态，注重诗与现实、诗与时代、诗与生活的关系，在"仰望天空"时强调对现实的超越，力求对生活有更深广的认识；在"俯视大地"中强调人性关怀，立足对俗世人生的深刻体验，逐渐形成了以西安—关中诗群、陕北诗群和陕南诗群的方阵分布，构成当代中国诗歌的陕西力量和发展态势，并且，新世纪陕西诗歌在继承五四新诗、后朦胧诗潮等诗学流派基础上形成了具有陕西本土文化气质和写作风格的当代新诗创作范式，生发出值得我们深入探讨的现代诗作诗美之丰富性和独特性，成为整体廓清陕西诗歌史研究的重要命题。

同时，新诗向来以社会运动的先锋性和阐释者自居，诗学观念从"诗是社会生活的承载者"变迁到"诗就是诗"也才是 20 世纪末的事，而以此确立的"诗是对种族记忆的保存，诗人的职责不单是民族的良心，而主要是在这一工作中的语言潜能的挖掘……他是为语言的最理想的存在而写作的"②理念，充分肯定了语言作为诗歌美学最重要的因素，并且肯定了诗人的天职为寻求语言表现的可能性。另外，新诗是外来的产物，白话、分行

---

① 罗麒. 21 世纪中国诗歌现象研究[M]. 北京：人民出版社，2019：14.
② 程光炜. 90 年代诗歌：另一意义的命名[J]. 学术思想评论，1997(1)：163.

的写作规则至今仍未脱去翻译诗体的影响，由此考察陕西诗歌新世纪写作，提炼出的以伊沙为代表的后先锋口语诗、以沈奇为代表的新古典诗歌、以阎安为代表的新语感诗歌和陕西女性诗人群落的探索向度，不仅显示陕西诗人对语言追求的努力，更标志着陕西诗歌在长期潜沉厚积中崛起的良好态势。由此，我们更能发现陕西诗歌在对当代诗歌精神的弘扬、对新世纪诗歌写作范式的独特开掘，及其在先锋话语、古典复兴和语感常态的多维展开方面，对当代中国诗歌发展有着借鉴价值与历史意义。

　　需要补充说明的是，笔者对 21 世纪头 20 年陕西诗歌创作的考察与梳理，目前仅是宏观理论上的探讨与展开，实际存在的诗歌活动应该更加多元和开放。本书尝试从当代诗学建设角度考察当代陕西诗歌的现代化成就及其路径表征，挖掘陕西诗人现代化书写的诗美特性和艺术价值，通过对陕西新诗多元化景观的建构、新诗现代化传统的接续与实践和理论并重的诗学形态的厘析，以指认当代陕西诗歌现代化进程的总体成就，尤其是以伊沙、沈奇、阎安等为代表性的陕西诗人及其作品对中国新诗现代化和当代诗学建设的卓越贡献与特别意义。通过对 21 世纪陕西诗歌现象的梳理与研究，从中国现代文学发展和现代诗歌史的视阈下分析陕西诗歌现象的内在逻辑，论述其在题材、形式、视角、语言等方面的探索与创新，揭示陕西诗歌所形成的独特写作模式，论述其隐含的诗学理论意义与深远影响，为做好当代诗学研究提供中国化、本土化的研究资源。在对 21 世纪陕西诗歌文化生态、写作流派与诗群分布的逐层推进中，我们初步认识并廓清了其创作史征候及其纵向继承与横向拓展的风貌，进而认识到诗人们上下求索和陕西诗歌的发展样貌，认识到不同风格样态与写作源流的生长性和陕西诗歌在当代中国诗歌格局中的重要性，并期待有更多优秀的诗歌作品和写作范式崛起于陕西而走向全国、走入世界和走进新的历史。

第一章
后先锋口语诗

第一节　口语写作：口语诗的合法性、
诗美构筑和语言尺度

　　口语诗产生于 20 世纪 80 年代，由韩东、杨黎、于坚、李亚伟等人提出。作为一种诗学概念，口语写作的提出是为解决 20 世纪 70 年代末以来，尤其是朦胧诗派崇高化、象征化和比喻化倾向等诗歌语言问题而出现的。之后，90 年代中期的"知识分子写作"与"民间写作"论争再一次凸显了口语写作——以韩东、于坚、伊沙、沈浩波等为代表的"民间诗人"，在对以王家新、西川、欧阳江河等为代表的"知识分子诗人"的诗学观念和写作方式的质疑和反驳中，打出"拒绝隐喻"的口号，他们认为"知识分子写作"难以表现日常生活和现实世界的鲜活、多变，民间口语才是保持诗歌活力的源泉①。自此，坚持"民间立场"的口语诗，提倡以口语清除空洞的抒情，用最接近生活的语言形式去反

---

① 　包兆会. 当代口语诗写作的合法性、限度及其贫乏[J]. 文艺理论研究，2009(1)：10-16.

映底层人民的日常感受，达到一种真实的对生命本身的客观展现。

　　事实上，中国新诗的发端就是从提倡口语——现代白话文开始的：清末倡导"诗界革命"的黄遵宪提出"我手写我口"，曾引大量的方言俗语入诗并汲取客家民歌的写法；五四时期胡适提出"新诗革命"主张时，更是以白话诗突破古典诗歌的语言桎梏。近几十年来，口语诗几乎占据了诗歌发展的半壁江山，且仍在增长，恰如女诗人安琪所言："新世纪以来中国诗歌在口语写作上得到了充分的发展，恍然间已压倒书面语成为主流。"①必须承认，口语诗在打破生活与艺术的界限，呼应世界文化潮流，表现和发掘时代社会的诗性，拓展文学与诗歌的疆域，引领新媒体文艺生产以及塑造新的感受力和传播场方面都贡献了积极的力量。但近年来，几乎每一次引发广大网民参与的诗歌事件，都牵涉着对诗歌"口语"的论争。细究可见，口语诗在革新中国当代诗歌面貌、欣欣向荣发展的背后，也面临一些潜在的危机，诸如诗歌同质化、一些"口语诗"沦为"口水诗"等问题。因此，笔者尝试结合新诗发展史和具体诗歌文本，从诗歌写作、阅读与传播等角度检视和反思口语诗的源起变迁、合法性、诗美构筑以及语言尺度等问题。

一、从生活到艺术：口语诗的源起与变迁

　　或许从人类发出第一声感叹开始，口语诗就诞生了。在文字出现之前，人类主要依靠口语、身体语言交流信息和表达情感。所以，在文字之前，人类的口头语言已经相当发达了。据悉，最早的古巴比伦的楔形文字和古埃及的象形文字，距今有五千多年，伟大的汉字史也有四千年之久。一种艺术起源论者认为，人类艺术是在游戏、歌唱和爱情场景中产生的。鲁迅也曾说中国人的第一首诗是"杭育杭育"的劳动号子。那些来自劳动生产或爱情生活的语篇——"杭育杭育"或"葛天氏之乐"等，正是远祖先民创造出来的地道鲜活的口语诗和口语艺术！而其残音和遗响仍保存在早期的

———————
① http://blog.sina.com.cn/s/blog_48c557e20102dzdx.html.

史诗、神话和传说中，仍存活在《诗经》《楚辞》《古诗十九首》等歌谣里。况且，世界很多民族的史诗并不以书面语传播，而是以口语传唱为主要形式。所以，从某种程度上说，一部人类史诗，也是一部壮丽的口语诗史。

作为最古老的艺术形式之一，诗源于劳动号子、宗教祭祀和礼仪颂歌等实际需要，以一种有节奏韵律、感情色彩和历史印记的语言形式存在下来已成共识。中国诗歌伴随人类文明史的演进也经历了一段漫长的路程：从秦汉、唐宋到明清至今，语言形式逐渐自由丰富和口语化，创作主体和受众群逐步大众化。关于口语诗，诗人唐欣这样定义："20 世纪 80 年代以来，中国出现了一种新型的、口语化的诗歌。它不仅标示着一种诗学观念，一种写作倾向，也标示着一种宽泛意义上的创作流派和数量庞大的诗歌作品。口语诗中的'口语'，主要是针对那些原有的、人们普遍接受并业已习惯的、隐喻的、意象化的、词语的、比较'文学性'的诗歌语言。'口语诗'只是一个相对的概念，用来指称这些具有口语形态和口语特征的诗歌。"①所以，谈论口语诗，需结合诗人诗作及其产生的具体时代背景和文化语境来考察。

1. 对朦胧诗的反拨与探索

口语，作为诗歌的语言形态，自来有之，"口语诗派"以口语为诗歌的显性特征和重要征候，主张诗歌写作应发挥日常用语甚至地方语言的鲜活不拘等优势，描述直接的生活经验和真实的原生态存在的历史并不长。20 世纪 80 年代末，韩东、于坚、李亚伟等人发起的"口语诗"运动，是对充盈着典雅风致、英雄情结、政治色彩和隐喻象征的朦胧诗的一次反拨。作为新诗潮的朦胧诗，当初以"叛逆"的精神，打破"革命现实主义"创作原则一统诗坛的局面，曾给新时期文学带来了一次意义深远的变革，为诗歌注入新的生命力。因为对"之前发生的历史"持一种悖逆心理和怀疑态度，食

---

① 唐欣. 在生活和艺术之间——简论口语诗的意义和影响[J]. 甘肃社会科学, 2005（5）：136.

指、北岛、顾城和舒婷等朦胧诗的代表性诗人，希望通过诗和文字寻求一种独立的典雅庄严的诗美表现，象征、隐喻、暗示、通感等艺术手法被大量运用，遂成为朦胧诗的重要标志。但随着朦胧诗影响力的提高，过度的模仿复制使其原本的真诚被简单理解成诗歌形式和技巧的重复，加上朦胧诗的理想主义倾向越来越脱离新的现实，新时代的诗人遂转而对一种更真实的、哪怕是残酷的现实进行直面与追寻。

故而，当时的年轻诗人提出"打倒舒婷、北岛"和"诗到语言为止"等口号，表明他们对朦胧诗的反拨姿态。正如伊沙所言："'口语诗'这个概念在汉语诗歌的语境中头一次富于尊严感和挑战性地被提出来，是在上世纪80年代，在风起云涌的'第三代'诗歌运动中……因而'口语诗'是一个现代概念，是现代诗的一大分支，并非有史以来所有具有口语倾向或口语化诗歌的大杂烩。"[①]"第三代"诗人试图从日常语言中汲取养料，完成朦胧诗没有完成的目标，以重返诗歌的本质和生命的本真。他们提出口语写作，认为"诗歌要从隐喻里走出来，诗歌是语感的一种表现形式，而朦胧诗那些典雅的语言、高大伟岸的意象和欲言又止的表达已经无法再进步，在这种语言和思维下形成的诗篇遮蔽了生命的鲜活性和多样性。要求把诗引向真正普通人的道路，通过口语诗表现出最普遍的人生，宣称要'像市民一样生活，像上帝一样思考'"[②]。1984年以后，"第三代诗"达到一定规模，在韩东、于坚等人的影响下，伊沙步入诗坛，开始他的口语诗创作。与此同时，当代诗歌创作进入个性化的写作状态，口语诗在褒贬不一的喧嚣声中曲折地前进。

2. 后现代语境的时代背景

20世纪90年代之后，随着改革开放政策不断贯彻落实，市场经济快速发展，经济生活逐步超越政治生活、文化生活成为社会生活的中心，以

---

① 伊沙. 野种之歌[M]. 西宁：青海人民出版社，1999：3.
② 张静洁. 口语诗的诗意获得与尺度[D]. 中南大学，2011：3.

往很神圣的诗歌在远离经济的同时也被经济推到了文化的边缘。"第三代"诗歌的产生，一方面恰逢对外开放之后西方各种哲学思潮的涌入，后现代主义和解构主义理论蔚然成风；另一方面适逢社会变革的逐步多元化，随着生活中出现越来越多的新东西和新观念，对于诗和艺术，人们要求其有更新的方式和更多的表现，并且，随着改革开放的不断深入，人们生活节奏的不断加快和生活内容的不断丰富，思想观念和审美需要也发生了翻天覆地的变化，大众文化和流行文化日盛，反映在诗歌领域则是大众对生活化、口语化诗歌的追捧和喜爱。正如艾青在《诗的散文美》中所说："口语是美的，它存在于人的日常生活里。它富有人间味。它使我们感到无比的亲切。"①一改之前的抒情传统，口语诗对日常口语和乡土俗语恰到好处的运用，增强了诗的通俗性和大众化，在取得跨媒介传播和俗能生新的艺术效果的同时，阻止了诗歌语言因过度意象化和抽象化而走向浮华或空洞的危险，使语言重返自然。

新世纪以降，随着互联网技术和媒介文化的变迁，世界处于一个从书写—印刷文化向数字文化的转变时期，同时也是一个旧"知识型"向新"知识型"过渡的时期。在文艺现象上，即书写—印刷时代的文艺不断退潮，数字新媒介文艺汹涌而至。简单地说，"新媒介文艺即依托数字新媒介进行生产、传播、接受的文艺形态，具体包括新媒介文学（网络文学、数字文学）、新媒介艺术、人工智能文艺等。新媒介文艺在当前展现出了不同以往的突出特征，如媒介生产力空前释放，海量生产，天量消费，大众化与精英化、雅与俗并存，文艺与生活界限模糊，技术性、艺术性融汇，'文'与'艺'交融，等等"②。口语诗微叙事、口语化、在场性等特点与互联网新媒体内容生产相耦合，而它不断向丰富的时代生活汲取原料、永远扎根于人民大众以获取养分和始终秉持的一种既开放又独立的写作立场，又契合了后现代语境下人们的阅读需要和审美倾向。同时，在媒介融合的

---

① 艾青. 诗论[M]. 北京：人民文学出版社，1982：4.
② 杨向荣. 新媒介时代的文化镜像及其反思[J]. 山东社会科学，2020(12)：46-52.

后现代语境，文化的框架被肢解，精华被误读，呈现出支离破碎状，现代人处于一种"流动的现代性"状态中。口语诗以局部事件和生活片段为焦点，碎片化、零散的叙事模式以及注重个性叙述和自我表达的写作体式，可谓再现并加剧了这一态势。

二、言之有物："合法性"及口语诗的征候

作为与日常生活联系最为密切的言说方式，口语与诗歌存在着某种天然的对抗性，而"第三代"诗人对语言挖掘的重要成果之一便是当代"口语诗"的兴起与发展。作为"第三代"诗人挑战既成诗歌体制的文本结果，口语诗产生了一批可读性强的重要作品，如韩东的《有关大雁塔》、于坚的《尚义街六号》、李亚伟的《中文系》、伊沙的《车过黄河》等。"第三代"诗人要求回归语言的自然状态，提倡以自然、真实、朴素的日常用语和口语作为新诗语言革新的砝码。为反叛朦胧诗的隐喻惯性，于坚提出："如果一个诗人不是在解构中使用汉语，他就无法逃脱这个封闭的隐喻系统"[1]，并创作了《作品57号》等口语诗：

> 我和那些雄伟的山峰一起生活过许多年头
> 那些山峰之外是鹰的领空
> 它们使我和鹰更加接近
> 有一回我爬上岩石磊磊的山顶
> 发现故乡只是一缕细细的炊烟
> 无数高山在奥蓝的天底下汹涌
> 面对千山万谷 我一声大叫
> 想听自己的回音 但它被风吹灭
> 风吹过我 吹过千千万万山冈

---

① 于坚. 棕皮手记[M]. 上海：东方出版中心，1997：3.

太阳失色 鹰翻落 山不动

我颤抖着贴紧发青的岩石

就像一根被风刮弯的白草

后来黑夜降临

群峰像一群伟大的教父

使我沉默 沿着一条月光

我走下高山

我知道一条河流最深的所在

我知道一座高山最险峻的地方

我知道沉默的力量

那些山峰造成了我

那些青铜器般的山峰

使我永远对高处怀着一种

初恋的激情

使我永远喜欢默默地攀登

喜欢大气磅礴的风景

在没有山冈的地方

我也俯视着世界①

　　20 世纪 80 年代，既成的诗歌话语方式已很难满足个体回归现实生活的愿景和表达，崭新的口语式写作不仅可以使诗重返生活的原初面貌，书写的本真状态，也给诗歌语言注入了新的活力。在《作品 57 号》中，于坚以口语的方式书写故乡喜闻乐见的山峰、河流、炊烟、草木、太阳、雄鹰，在易被忽略的细节与碎片的层层铺排与记叙中，演绎个人和故乡血脉相连的深层联系。不同于之前的诗歌(朦胧诗)，此诗不仅摆脱了晦涩与费解，更在一种"小我"的立场中挑战了读者的阅读空白，补充了传统诗歌世

---

① 于坚. 于坚的诗[M]. 北京：人民文学出版社，2001：7-8.

俗话语长期空缺的局面。口语诗提倡以口语的方式将个人生活的点滴感受清晰展现,基于此,韩东的《我们的朋友》自然成为一篇回归生活的细节之作:

> 我的好妻子
> 我们的朋友都会回来
> 朋友们还会带来更多没见过面的朋友
> 我们的小屋子坐不下
>
> 我的好妻子
> 只要我们在一起
> 我们的朋友就会回来
> 他们很多人都是单身汉
> 他们到我们家来
> 只因为我们是非常亲爱的夫妻
> 因为我们有一个漂亮的儿子
> 他们要用胡子扎我儿子的小脸
> 他们拥到厨房里
> 瞧年轻的主妇给他们烧鱼
> 他们和我没碰三杯就醉了
> 在鸡汤面前痛哭流涕
> 然后摇摇晃晃去找多年不见的女友
> 说是连夜就要成亲
> 得到的却是一个痛快的大嘴巴
>
> 我的好妻子
> 我们的朋友都会回来
> 我们看到他们风尘仆仆的面容

> 看到他们混浊的眼泪
>
> 我们听到屋后一记响亮的耳光
>
> 就原谅了他们①

比于坚《作品 57 号》更进一步，韩东的诗完全以口语组织完成，诗里充斥着小屋、烧饭、喝酒、眼泪等日常琐碎之事，以单身汉来我家吃饭、找女友、打自己耳光等细节书写了人物个体的真实感受。以一种落地的在场式处理，诗人举重若轻地描写生活景象、家庭关系和世情友谊等个体生存不可或缺的生命面相。以《我们的朋友》为代表的口语诗放逐了唯美的理想、浪漫的抒情和朦胧的意象，以接地气、活生生、热腾腾的生活场表现一个个有血有肉负担沉重的丈夫、妻子、男人、女人、朋友和儿子。作为具有预言性、立法性的文学体式，诗歌曾长期处于一种居高临下的俯视姿态，其后果之一便是对世俗生活、日常性的悬置。"口语诗"的提倡与流行，给诗带来一种平视姿态，"远方""彼在"等以诗人的在场性叙述转化为生活世界的"此在"，这不仅开拓了诗歌创作的内容空间，也是诗歌语言建设的一次实验和历险②。对此，于坚指出："口语诗"的意义——"第三代"诗歌的历史功绩在于，它重新收复了"汉语"词汇一度被普通话所取缔的广阔领域，它与从语言解放出发的五四白话诗运动是一致的，是对胡适们开先河的白话诗运动的承接和深化③。

从文艺的演变进程看，传统文艺追求宏大叙事，文艺与现实之间的关系相对稳定。现代文艺强调形式载体，从关注内容转向关注形式，强调表现以及如何表现。后现代文艺则有着较为浓重的个人主义色彩，注重人文关怀和审美诉求，有反思性和批判性精神。与早期诗歌不同，口语诗反对集体主义立场和精英主义倾向，对宏大叙事表示怀疑和不信任。宏大叙事

---

① 沈奇. 你见过大海：当代陕西先锋诗选[M]. 西安：西北大学出版社，2009：18-19.

② 孙丽君. "口语诗"的意义——论"第三代"诗歌中的口语化写作[J]. 作家，2015(20)：34-35.

③ 王家新. 知识分子写作或曰"献给无限的少数人"[J]. 大家，1999(4)：83-89.

表现出中心对非中心或边缘性话语的解读与支配，而反宏大叙事意味着对中心与非中心等级关系的解构以及地方性碎片叙事的解放。同时，在后现代语境发展起来的后口语诗歌，深刻契合了网络媒介的传播话语，逻各斯、本质、理性、自由、主体性等传统诗学的中心和权威被逐一消解，能指的符号意义、元叙事和作者权威也逐渐瓦解，呈现出一种反叛性和叛逆性，这一点在伊沙的诗里体现得尤为明显。

作为"口语诗派"最具代表性的诗人，伊沙主编《诗集诗典》《现代诗经》，出版有《一行乘三》《饿死诗人》《车过黄河》《结结巴巴》《野种之歌》等诗集作品。伊沙曾是 1990 年代中国诗坛持解构主义写作姿态的青年诗人，以无所畏惧的摇滚式口语，狂飙突进地解构了象征、意象、观念等传统诗歌话语。伊沙曾以断裂、结巴的语言为诗，用"病态"言语方式去冲击和解构"常态"诗歌语言，并且，他以《结结巴巴》一诗，改变了人们习惯中诗必须具备节奏、韵律等要素的观念——"此诗以粗暴消解虚妄，以结巴为失语命名，不仅揭示出当代诗人和文化人的精神偏瘫和主体破碎，更触及语言困惑的深层命题"①，带来一种前所未有的阅读快感。基于口语诗人不懈的诗学探索和语言建设，他们用优秀的口语诗作证明：口语与诗并非存在不可调和的矛盾，口语不仅可以入诗，也作为一种写作向度为现代诗作提供一种新的可能。比如，伊沙的《饿死诗人》：

> 那样轻松的　你们
> 开始复述农业
> 耕作的事宜以及
> 春来秋去
> 挥汗如雨　收获麦子
> 你们以为麦粒就是你们

---

① 佚名. 极限实验或对失语时代的命名——简析《结结巴巴》[J]. 诗探索，1995（3）：101-102.

为女人逆溅的泪滴吗

麦芒就像你们贴在腮帮上的

猪鬃般柔软吗

你们拥挤在流浪之路的那一年

北方的麦子自个儿长大了

它们挥舞着一弯弯

阳光之镰

割断麦秆　自己的脖子

割断与土地最后的联系

成全了你们

诗人们已经吃饱了

一望无边的麦田

在他们腹中香气弥漫

城市中最伟大的懒汉

做了诗歌中光荣的农夫

麦子　以阳光和雨水的名义

我呼吁：饿死他们

狗日的诗人

首先饿死我

一个用墨水污染土地的帮凶

一个艺术世界的杂种①

　　拒绝抚慰、直面逃逸，伊沙用《饿死诗人》一诗把那些拖着农耕时代小辫子的诗人们所播撒的充满矫饰、虚妄和无病呻吟，无关时代创伤和生命疼痛的所谓"玫瑰"与"乡土"式的诗歌，一炮轰成了碎屑。伊沙的口语写作在对雅俗对立的解构、生活本相的反讽、伟大与存在的颠覆和消解中，不

---

① 沈奇. 你见过大海：当代陕西先锋诗选［M］. 西安：西北大学出版社，2009：128-129.

惜运用"置之死地而后生"的绝地反击之语，以"饿死诗人"为代价换取光荣、重握真理。作为当时流传最广的作品之一，《饿死诗人》不仅是伊沙诗歌的代表作，更是其精神指向的缩写；不仅有北岛的精神深度，也不乏于坚、韩东式的语言质地，以《饿死诗人》等口语诗作，伊沙重新确立了诗的力量，一步步成长为当代最富影响力的口语诗人。

三、选择与走向：口语诗美建构和语言尺度

世界行进到万众狂欢的新时代，"狂欢作为一种颠覆性力量，解构了文化的权威性。狂欢所体现出来的世俗化和大众化特征，其内在本质是一种降格和祛魅"①。身处后现代语境，"狂欢"诗学及其所体现的无等级性、宣泄性和颠覆性等内容，皆指向一种去中心和去权威的亚文化理论。在《拯救与逍遥》中，刘小枫诘问："在这样的时代，诗人何为？贫困时代的真正诗人的标志是：诗的言说在他身上成为对其丧失了的绝对价值的诗的追问，贫困时代的诗人必须把自己诗化为诗的本质。"②其中，口语诗以其强烈的现代意识和叛逆性，通过对存在的逼问、生活的再现，直面精神的暗夜、世界的物化和时代的盛衰，通过对自己的书写，追问后现代文化的艺术价值和生存意义。

诗的魅力，首先表现在诗人对语言的精到把握与独特创造上，因为一切内心意识、思想感知或意义发现，只有落实于语言文本才具有诗学价值。凭借在场性、叙事性、及物性、批判性等写作原则，口语诗拓展了诗言志的现代化内涵，实现了语言—存在—世界的维度转换与诗学命名。但汉语新诗诗意与诗形的剥离积弊已久，口语诗更是被屡屡叫板为"口水诗"，由此带来了口语诗美建构的难度与困惑。当然，现代诗歌的语言美学研究与提高，仰赖于具体文本与诗歌建设，需要诗人在每一首诗的创作

---

① 杨向荣. 新媒介时代的文化镜像及其反思[J]. 山东社会科学，2020(12)：46-52.
② 刘小枫. 拯救与逍遥[M]. 上海：华东师范大学出版社，2011：75.

中保持敏锐的语言自觉，以此发掘或激活汉语的语言意识和诗美基因，从而确立口语诗的艺术特性和文学价值。

1. 口语诗的语言魅力

诗诞生于对世界的鲜活感受或新的认识，诞生于一种从未有过的刻骨铭心或灵魂战栗。爱伦·坡认为"灵魂的升华作为刺激"便是诗，何其芳说："诗意似乎就是这样的东西，它是从社会生活和自然界直接提供出来的、经过创作者的感动而又能够激动别人的、一种新鲜优美的文学艺术的内容的要素。"[①]毕竟，诗歌境界的高低取决于诗人的生命境遇、人生态度和情感体验，取决于世界观、人生观和价值观基础上的审美趣味与艺术理想。不同于朦胧诗对彼岸世界的追求向往，口语诗用最浅显、最平凡的语言表达，清除空洞的抒情，口语诗人意在从当下确认"此刻"的意义和日常存在的价值，力图将人们的目光从远方拉回近处，从伟岸之物返归琐碎之事。因此，口语诗提倡的不是飘渺的精神，而是天地的物意，笔下的真情。

以描写"爱情"为例，传统诗歌多描写其高贵缠绵、忧思情深，口语诗则真切自然得多，先看舒婷的《思念》：

> 一幅色彩缤纷但缺乏线条的挂图
> 一题清纯然而无解的代数
> 一具独琴弦，拨动檐雨的念珠
> 一双达不到彼岸的桨橹
> 蓓蕾一般默默地等待
> 夕阳一般遥遥地注目
> 也许藏有一个重洋
> 但流出来，只是两颗泪珠

---

① 何其芳. 关于写诗和读诗[M]. 北京：作家出版社，1956：37.

呵，在心的远景里

在灵魂深处①

　　与舒婷的辗转痴缠、以意象比喻逐层推进的写法不同，于坚的口语诗《寄小杏》一语道破、开宗明义：

小杏　在人群中

我找了你好多年

那是多么孤独的日子

我像人们赞赏的那样生活

作为一个男子汉

昂首挺胸　对一切满不在乎

只有夜深人静的时候

我才能拉开窗帘

对着寒冷的星星

显示我心灵最温柔的部分

有时候　我真想惨叫

我喜欢秋天　喜欢黄昏时分的树林

我喜欢在下雪的晚上　拥着小火炉

读阿赫玛托娃的诗篇

我想对心爱的女人　流一会眼泪

这是我心灵的隐私

没有人知道　没有人理解

人们望着我宽宽的肩膀

又钦佩　又嫉妒

他们不知道

---

① https://baike.so.com/doc/7595863-7869958.html.

我是多么累　多么累

小杏　当那一天

你轻轻对我说

休息一下　休息一下

我唱支歌给你听听

我忽然低下头去

许多年过去了

你看　我的眼眶里充满了泪水①

　　如果说之前的诗大都指向社会的、历史的、文化的诗性，指向人的思想、情感和精神的想象与高贵，口语诗则把目光转向了生活本身，让诗歌对整个生命敞开。通过《寄小杏》，于坚以平民视角、口语化的语言，展示了一个男人切肤的念想、冗杂的思绪和负重的生活，没有丝毫的矫揉造作，只是一种"这不是孤独的时刻/生活就在我的近旁/这是属于你的时间/我在把你想念/真奇怪我想象不出你的样子/我只是把你想念/我只是在想念着你/一切都已不在眼前"②的真实感受。基于对生活世界的全面关注，口语诗常深入生活内部，观察并探微生活真实，一反形而上的精神高蹈，从而拥有脚踏大地、归于日常的语言魅力和诗质内核。

2. 口语诗的口水化问题

　　由于对艺术纯粹性和美的重视，诗的语言和修辞问题被提到突出位置。现代意义上的语言和修辞，早已成为 21 世纪诗歌写作的中心议题。一种语言起源论认为，语言起于快乐或痛苦，一些与生俱来的情感冲动。西方先哲维柯、哈曼等甚至把诗看成人类的母语。现代诗歌并未脱离"原始词语"，依旧尊重并表现人类精神活动的自发性，关注情感本能以及生命

---

① 于坚. 于坚诗集[M]. 南京：江苏文艺出版社，2019：294-295.

② 于坚. 于坚诗集[M]. 南京：江苏文艺出版社，2019：87.

活动的原动力。因此，诗的语言不仅是思想观念的表现符号，还是生命精神的存在副本，它无时不在，又若隐若现。关于诗歌语言的推陈出新，陈超说："在这个诗歌的巨大王国里，我们的祖先仅仅表达了一半或更多些，我们的不满是基于现代人面临的更为窘迫的生存处境……诗不是本然就有的，也不可能仅靠'继承'得来，它只能是无数代'当代'人写出来的'一些新词'。"①从源头上看，"口语写作"注重诗歌语言的灵活性、原生性和本真性，并且，口语诗的民间立场，以日常生活和方言俗语入诗，决定了诗歌语言的灵性、活力与它的浅白、粗糙并存。以口语入诗也意味着把某些"弱点"暴露在读者面前，因为在中国人的诗歌传统和审美习惯里，诗向来是高雅的象征。

所谓众口难调，口语诗因其亲和大众的表述方式带动了草根写作，凭借网络的便利和发表的自由，得以快速传播，同时也出现了口语诗写作的随意化、简单化、同质化现象，被许多读者诟病为形式简单、内容直白、缺乏美感的口水诗。当代著名诗评家姜耕玉先生曾指出："三十多年来新诗创作的整体水准对历史的超越，主要表现在对文本意义的突进、拓展与写作的多元态势的形成，而诗体语言却散乱杂沓。可以说，没有一种文类像诗歌写作这么民间化，这么容易。"②在一些诗人笔下，口语诗成为一种没有门槛、无须准备的快餐文学或模式化写作，他们睁眼成文、开口即诗，比如《雨夜》：

> 天只管阴着
> 雨也紧着下
> 花折伞的一根折骨
> 断了
> 牵拉着一个角

---

① 陈超. 生命诗学论稿[M]. 石家庄：河北教育出版社，1994：81.
② 姜耕玉. 当代诗的语言美学问题[J]. 文艺研究，2016(11)：51-57.

　　　　雨水顺那角

　　　　躺进了袖子①

　　面对这样的文段，无论逐字逐句细读还是整体把握，都无法获得真正的、实实在在的诗意。另外像赵丽华的《我终于在一棵树下发现》："一只蚂蚁／另一只蚂蚁／一群蚂蚁／可能还有更多的蚂蚁"，读完亦不知所云。如果这也是诗，那么诗与非诗的界限在哪儿？另外，口语诗中，一些易造成人身攻击的暴力词语和人体语言的过分使用造成了诗歌语言的粗俗化和极端性，而"下半身"的反叛和对身体欲望的裸呈，进一步加剧了口语诗诗意缺乏和诗美流失等问题，甚至出现了诸如《情人》(伊丽川)这样的作品。

3. 口语诗的诗意获得与诗美构筑

　　借助赫尔德的"反映诗学"理念，一些口语诗人认为语言是直接感觉的产物，诗人凭借对语言的感觉和理解进行语言实践，以诗歌文本的成功创造探寻语言的魅力，比如汉语本身的独特性及其意味的丰富性。语言意向(意象)是诗人内心话语的本质性呈现，关乎感觉直观。在现象学家胡塞尔看来，直觉把握就是对意义的把握，因为"现象"不只是认识活动的最初层次，也是精神世界的基本构成。现代诗人的语言体验与意境创造，具有后现代语境人类心灵意识的复杂性，常以诗歌语言的指涉功能确立客观存在的意义属性。诗歌语言一旦摈弃了容易感受的直觉外壳，成为纯粹的符号表达、陌生的知觉体验或新的精神感受，诗意就变得晦涩沉滞而难以澄明。对此，姜耕玉先生指出："诗人对语言意象的捕捉与惊奇发现，不单是传统诗歌创造中对字词推敲和凝练的功夫，更是对内心体验与意识的独特把握。意向(意象)词汇的质量，取决于诗人的心理感觉印象，而诗人如何使心理感觉(意向)契入汉语词汇的诗意(意象)，充分展示出现代汉语诗

---

　　① 张静洁. 口语诗的诗意获得与尺度[D]. 中南大学，2011：22-23.

美的独特魅力，却是当代诗语言美学需要探索的难题。"①总之，口语诗的诗意获得与诗美构筑之路向取径，可总结如下：

首先，提炼诗歌意象，提升语言艺术。很多口语诗以日常生活和周身世界为写作对象，在抒发内心感受和精神意向时，缺乏有深度的形而上想象、思考、追问和回答，仅停留在对客观实在如细节、场景、事件、遭遇、直感、欲望等内容的呈现上，甚至一些诗人为降低口语诗写作难度，消灭其形而下对社会现实的反思和影射功能，造成一些口语诗形式简单、内容直白、缺乏诗意。正如谢有顺先生所说："它身上所具有的粗鲁气质，除了在最短的时间内有力地帮助诗歌接上了身体这一命脉之外，也把文学带进了新的危机——肉体乌托邦的崇拜之中。"②而这样的诗依然充斥耳目、肆意流行，比如《铲车》：

> 它抓土
> 伸着胳膊
> 张着大爪子
> 动作迟缓、夸张
> 它一抓就是一大铲
> 它抓住后就一股脑倒进
> 拖斗车里
> 它接触最多的
> 除了地上的土
> 就是拖斗车了
> 还有冷漠的世界在它的外面
> 滚烫的汽油在它的里面③

① 姜耕玉. 当代诗的语言美学问题[J]. 文艺研究，2016(11)：51-57.
② 谢有顺. 诗歌在疼痛[J]. 大家，1999(5)：186-190.
③ 赵丽华. 一个人来到田纳西[M]. 长春：吉林人民出版社，2014：93.

　　此诗完全是机器劳动场景的环节罗列和动作再现，缺少必要的诗美提炼与诗性创造。口语诗试图以口语的爽利代替书面语的陈腐，以叙事的切近取代抒情的矫饰，以生活实感代替庙堂理想。但若一味"热闹"，语言事件缺乏提炼，结构组织缺少匠心，诗歌的外在之美与内在之美将遭受双重损失。所以，口语诗必须守好语言这第一阵地。诗美出自语言感觉，见诸语言表象和意蕴指向两个方面——"出于诗性体验与独特想象的语言表象，与诗人的审美趣味、思想发现或生命敏感之间达成某种默契，由此构成诗的意象或意向性的语言效果。"①语言意象作为当代诗歌语言美学创构的基本元素，口语诗自不能偏废。

　　其次，经营口语诗形，体认美的逻辑。口语诗写作需要大智慧，口语诗写作有其限度，口语入诗并不意味着写出来的都是诗，成为诗需要一个艰苦的过程——从诗的口语抵达口语的诗。"若省略了上述这一过程，仅仅停留在诗的口语写作这一起点，以日常经验的材料组织成诗，那么这类口语诗写作是当代各类诗歌体式中最不具技术含量的，它导致的直接后果是谁都可以写诗，所写的诗仅仅停留在'快感式'的感受和'对应式'的写作上。"②所以，诗人需要透过常人的眼光来观察世界，发现平凡生活和世间万物的浓郁诗意，将诗贴近生命本身以创作更加真实、质朴和自由的口语诗。口语诗人反对以脱离具体事物的概念或思想为诗，但口语写作如果仅仅局限在"及物"和细节描写，没有"及事""上行"，诗人往往会因为对事物面相的执著而遮蔽了对其本质的观察。一些口语诗因执拗于生活的现代性和日常性，失去了对精神视域和世界整体的观照。对此，诗是"见"而非"看"，诗人应尊重美的逻辑，在书写日常经验、生命真实的基础上追寻更为广大和高远的艺术境界。

　　最后，更新语言意识，护守诗美基因。口语写作还面临一个难题，即容易从对生活的肯定走向对欲望的屈从。当代口语诗存在一个极端化的倾向，一些作品几乎沦为快感式的"口水诗"和"下半身"写作。好的诗歌尊重

---

① 姜耕玉. 当代诗的语言美学问题[J]. 文艺研究，2016(11)：51-57.
② 姜耕玉. 当代诗的语言美学问题[J]. 文艺研究，2016(11)：51-57.

人的欲望，但好的诗歌绝不停留于此，它穿越现象、超越原初。海德格尔说，语言是存在的家，但语言并不是存在唯一的家。语言既自我指涉，又包含人的经验和历史积蕴，所以语言必然与现世人生相连。写诗若一味追求文本之"乐"，沉溺于能指层面而对其他置若罔闻，诗便成为空洞的语言游戏，必然导致存在的虚妄和精神的荒芜，写作行为也就变得苍白乏力。姜耕玉先生指出："理想的口语诗写作是艰难的。一方面，要剔除文化和历史附加的语义，对附着在语词之上的文化和历史进行'减肥'运动，让语言回到自身；另一方面，也要告别和有意偏离日常惯用的语言和思维习惯。真正到位的有价值的'口语诗'写作，是一种需要更高智慧的写作，也是一种更具个性和原创力的写作。"①写的过程本身就是一个自主洞察并选择语言的过程：口语诗人在众多的语言之中选取和建构，这个过程本身就是写作态度，它意味着诗意的获得和诗美的抵达。

　　总之，口语写作是当代诗歌的一个重要方向，但不是唯一的维度，在写作的本质上与知识分子写作亦并无冲突，而任何诗歌写作均需要抵达诗本身。口语诗看重口语的原生力量、创造性和亲和力，以日常生活中的普通语言作为诗歌材料，把文学之外、诗歌之外的事物和语言纳入诗歌。无论如何，口语诗人在诗歌领域的尝试与实践，为当代诗歌注入了新的血液，他们以纯粹质朴的口语作品重塑了诗与生活的紧密联系。正如苏珊·桑塔格所说："艺术并不仅仅关于某物；它自身就是某物。一切艺术品就是世界中的一物，而不是关于世界的一个文本或评论。这并不是说，艺术作品创造了一个全然自我指涉的世界。当然，艺术指涉真实的世界——指涉我们的知识、我们的体验、我们的价值。"②当代口语诗人从语言中心论出发，走进日常，在对时代社会的全新书写中走向诗，并逐步完成了个体经验的语言化、文本化、艺术化转换，并且，借助个人化的写作，当代口语诗人实现了自我与环境、自我与世界、自我与历史的平等对话，真正走近了生活的细碎和具体，体认了平民意义上的——"大众的"生活。

---

① 姜耕玉. 当代诗的语言美学问题[J]. 文艺研究，2016(11)：51-57.
② 苏珊·桑塔格. 反对阐释[M]. 陈巍，译. 上海：上海译文出版社，2003：26.

第二节　伊沙及其口语诗创作

✍ 伊沙简介

　　伊沙，原名吴文健，男，当代著名诗人、作家、批评家、翻译家、编选家。1966年生于四川成都。1989年毕业于北京师范大学中文系。出版著、译、编118部作品。获美国亨利·鲁斯基金会中文诗歌奖金、韩国"亚洲诗人奖"以及中国国内数十项诗歌奖项。应邀出席瑞典第16届奈舍国际诗歌节，荷兰第38届鹿特丹国际诗歌节，英国第20届奥尔德堡国际诗歌节，马其顿第50届斯特鲁加国际诗歌节，2021年世界诗歌日线上国际诗歌节及中国第二、三、四、五届青海湖国际诗歌节，第二届中国澳门文学节等国内外诗歌交流活动。为美国佛蒙特创作中心驻站作家、奥地利梅朵艺术中心驻站作家。美国亚利桑那大学为其举办朗诵会，奥地利的两校一刊亦为其举办过诗歌朗诵会与研讨会。

　　陕西诗人伊沙是当代中国诗坛一个备受争议却又特色鲜明的独特存在。作为"民间写作"的重要代表，他出道不久即告别"学徒期"，以《车过黄河》《饿死诗人》《结结巴巴》引发诗坛的强烈震动，继而以不断翻新的作品成为20世纪90年代最具影响力的诗人之一。伊沙从1980年代中后期开始诗歌创作，1990年后随着《饿死诗人》诗集的出版，其诗歌的诗学价值与社会意义逐渐被大众注意到。作为国内较早关注伊沙的批评家，沈奇在

1992 年的《斗牛或飞翔的石头——初读伊沙》评论中指出："在第三代后的青年诗坛上，伊沙正成为越来越引人注目的人物。这不仅表现在他那种推土机式的掘进速度，坚实而有效，两三年内不断有作品闪耀于海内外各类诗刊，而且，还表现在他所显示出来的那种特异不凡的诗歌品质。"①通过《江山美人》《蚁王》《神秘的女孩》《9 号》等作品，不难看出，伊沙早期的艺术追求源自他对第三代诗歌的认知。对此，学者张强认为："伊沙诗歌的生成受到朦胧诗以降，特别是第三代诗的深刻影响，它对虚美、玄想、抒情的有意放逐，对世俗、丑陋、荒诞等形而下价值的体悟与表达，以口语为主的语言风格，无不透露出其与第三代诗的亲缘关系。此外，本土文学经验、文化语境、中国现场等因素及西方后现代文学大师的成就均成为启发与建构伊沙诗歌的重要资源。"②总之，伊沙在继承前人、吸纳中外营养、颠覆形而上文化传统的基础上，以自己独特的文学个性，成为当代诗坛的另类存在。

一、从朦胧诗到第三代诗歌：伊沙诗歌艺术的渊源

作为诗人，伊沙是一位勇于直面现实，并不断书写"现代启示录"的冷峻而自信的"斗士"。伊沙的诗带有荒诞意味，以现代寓言式的题旨策略、坚实鲜活的及物口语，直言不讳地反映时代历史、现世民生，正如他说的："历史写不出的我写。"当然，伊沙诗歌的出现，除由诗人自身条件决定之外，还与白话新诗，特别是朦胧诗以降的中国诗坛息息相关。朦胧诗的美与思，第三代诗歌破坏式的造势运动，后现代诗学取向皆是帮助伊沙诗歌孕育、成长的重要养分，并且，伊沙的"民间立场"、形而下诗学路向，以及鲜活有力的口语书写都给继起的"70 后"诗人带来了诗歌题材、思想倾向、艺术形式等诸多启示。对此，有学者指出："由于伊沙诗歌特色

---

① 沈奇. 沈奇诗文选集(卷四)[M]. 北京：中国社会科学出版社，2021：50.
② 张强. 继承·颠覆·再造——伊沙诗歌纵横论[J]. 现代语文(文学研究版)，2009(4)：116-119.

鲜明，其在题材选择、思维方式、艺术表达、口语品质等方面给继起的 70 后诗人，特别是'下半身'和'垃圾派'提供了有效参照，成为这些后来者的一个不远的传统。鉴于伊沙在第三代与 70 后之间承前启后的位置和作用，他被纳入'中间代'的行列。"①可见，伊沙在 20 世纪末期诗坛的重要性和影响力。

伊沙的诗一向呈现出颠覆传统美学、对既成文化规范的解构性倾向，他对白话诗中以朦胧诗为代表的"经典诗歌""抒情诗歌"嗤之以鼻。然而无论从正向继承，还是反向超越的角度，伊沙及其诗歌美学均与朦胧诗有着极密切的关系。比如，伊沙深受顾城的诗的语言艺术的影响，对北岛的诗的意象表达和思想力度亦表认同，他的诗语感畅达、气势贯通，同时刚正磊落。而在意象和抒情上，伊沙选择了逆向处理，他拒绝隐喻，具体直接地进入生活，简化抒情，广泛逼真地叙述存在。然而，倘若没有顾城、北岛的意象诗，便不会有伊沙的口语诗。因为，"尽管我最终长成了一位口语诗人，但在我开始的时候，经受过三年左右的意象训练，作为一个反意象的诗人这是必须经历的一个阶段，指导教师便是顾城和北岛"②。但是，伊沙与第三代诗人的亲缘关系更加密切，他们有着共同的后现代思维方式，和否定文化成见、反抗既存权威的非理性倾向，也同样在先锋与传统、灵与肉、神话写作与反神话写作中陷入沉沦与救赎的悖谬性处境。对此，伊沙坦言："韩东教会我进入日常生活的基本方式和控制力，于坚让我看到了自由和个人创造的广大空间。稍后，我还从李亚伟那里偷到了一种愤怒与忧伤交相混杂的情绪……我偷到了丁当的虚无与洒脱，偷到了默默坏孩子的顽皮与智慧，偷到了杨黎语言的陌生化效果，偷到了王寅招人喜欢也十分必要的优雅，偷到了王小龙的城市感觉和哲学背景，偷到了柯平的江南才子气……80 年代，自朦胧诗后具有进步写作倾向的第三代诗人

---

① 张强. 继承·颠覆·再造——伊沙诗歌纵横论[J]. 现代语文（文学研究版），2009（4）：116-119.

② 伊沙. 无知者无耻[M]. 北京：朝华出版社，2005：3.

中的佼佼者，被我偷遍了。"①

二、"60后"或"中间代"：伊沙诗歌身份的确立

随着20世纪90年代逝去、21世纪的到来，新一轮的诗歌命名渐次展开。2001年，著名诗人安琪，把积淀在"第三代诗人"与"70后诗人"之间被忽略的"当下中国诗坛最可倚重的中坚力量"命名为"中间代"，即出生于60年代的中后期，精神人格成熟于80年代中后期，写作风格既不同于"朦胧诗"和"第三代诗人"，又区别于"70后""80后"的诗人②。2004年，安琪、远村、黄礼孩主编的《中间代诗全集》由海峡文艺出版社出版，收录了包括伊沙在内的82位诗人的2200首诗作和50多位专家学者的相关研究文章。这是继1993年万夏、潇潇编选《后朦胧诗全集》之后诗界推出的又一重要代际诗歌选本，全面集中地展示了"中间代"的诗歌观念、美学理想和阵容分布。之后，"中生代""新世代"等类似命名随即出炉。有论者称，伊沙是"第三代最后一人""中间代第一人"③，可见其在诗歌史代际分野上的过渡性意义，当然也与他创作风格的承传变异有关。90年代是"中间代"诗歌的成熟期，个人化写作、多元化格局，知识分子立场、民间立场等共同构成这一时期诗坛发展的整体情状。伊沙诗歌以其极端的个人风格、鲜明的民间立场、独特的口语表达成为当时中国最具后现代色彩的诗人。

回头来看，伊沙在90年代诗坛身份的确立，得益于两份诗歌民刊——《诗参考》与《一行》，这也是"中间代"的重要阵地。《诗参考》由中岛（王立忠）于1990年11月在黑龙江省创刊，伊沙是该刊十余年从未间断的写作者之一。1993年4月的《诗参考》6—7期合刊，以两版推出伊沙诗歌，刊印数高达5000份，在当时的诗坛产生了广泛影响。之后的2000年，伊沙荣

---

① 伊沙. 无知者无耻[M]. 北京：朝华出版社，2005：4.
② 余娜. 新世纪诗歌的回归与融合——从"中间代"诗群"命名"现象谈起[J]. 楚雄师范学院学报，2011，26（5）：48-52.
③ 张强. 浅谈伊沙的诗歌[J]. 文学教育（上），2009（10）：62-63.

获《诗参考》"十年成就奖"和"10 年经典作品奖"（《结结巴巴》）。2004 年，《诗参考》出版《15 年金库》丛书，伊沙作品集位列其中。作为 90 年代十大民刊之首的《诗参考》，对于"中间代"（伊沙称为"新世代"）的意义，正如伊沙所言："在此我想说出我眼中的《诗参考》是属于这一代人的，《诗参考》是'新世代'的《诗参考》。就像《今天》与朦胧诗的关系，就像《他们》《非非》与第三代的关系，《诗参考》是'新世代'的灵魂刊物。正如中岛所说'《诗参考》不是哪一派的刊物，《诗参考》也不是同仁刊物'，它是一代人诗歌精神和诗歌艺术的重要见证。"①

1987 年 5 月，旅美诗人严力在美国纽约发起成立了"一行诗社"，创刊《一行》。"作为当时海内外具有后现代倾向之诗人的一种自由集合"，《一行》"无意识中开启了汉语诗歌中后现代写作行为之先河"②。伊沙的影响最初便产生于《一行》。作为该刊的重要撰稿人之一，伊沙的诗受到严力等人的影响："他是 1988 年我真正进入诗歌写作以后还能够对我产生影响的唯一一位中国当代诗人，没有严力的影响，我不会懂得应该与日常现实拉开适当的距离，充满现实的质感同时又具有超现实的意味……在我眼里，严力是中国现代诗的另一源头（如果把北岛视为一个源头的话）——是与中国传统诗歌情趣迥异的另类诗歌的源头，我以为严力——于坚、韩东——我构成了中国'另类诗歌'的一个谱系。"③伊沙的碎片式长诗《史诗 2000》《天花乱坠》《唐》等，算是直接得自严力所倡导和实践的"诗句系列"成果。对此，陈仲义④、钟秀⑤等学者均有评论。诗评家沈奇在《与唐诗对质——评伊沙长诗〈唐〉》指出："实际上，伊沙通过这种特殊形式，已将一种精神的对话，延展为一种语言的对质，企图以此来证明，古今两种诗歌语言的表现力度和意趣，以及跨越千年的古今诗人之心智与才华，并非天上地

① 伊沙. 无知者无耻[M]. 北京：朝华出版社，2005：4.
② 李震. 文化裂缝中生长的诗歌[J]. 诗探索，1994(3)：129-135，172.
③ 伊沙. 无知者无耻[M]. 北京：朝华出版社，2005：56.
④ 陈仲义. 古今诗心，何以互文交汇——评伊沙《唐》能否成为名篇[J]. 名作欣赏，2005(9)：105-111.
⑤ 钟秀. 虚妄的孤独——论伊沙《唐》及其诗歌创作[J]. 世界文学评论，2012(1)：73-75.

下、同文不同质，尤其在口语的层面，更有惊喜的认同感。"①自此，伊沙作品的意义渐被专家学者们揭示，包括王一川、李震、陈仲义、吴思敬、燎原、刘士杰、詹森、朱大可、西敏、陶乃侃等中外评论家均前后撰文，伊沙现象成为诗学研究的重要话题，诗歌翻译与海外传播也同时展开。

三、"民间立场"与"本城"意识：伊沙在西安的"壮年写作"

自大学毕业即在西安生活工作的伊沙，曾提及自己籍贯武汉、生于成都、长在西安的身世，他说自己没有"故乡"，只有"本城"。身处"文学大省"——陕西，伊沙敏锐地指认自己深入参与的诗歌文学属于城市文化的范畴，而有别于乡土文化的小说。他对西安城市生活的稔熟与敏感，落实为在"本城"经年如一的日常化写作之中。相较其他诗者"天堂"般的家乡，伊沙的"本城"是他无奈接受的"现实"，是当下纷繁的生活场。伊沙的"本城"写作是坐着开展的，只需要一把椅子、一个房间、一座城市②。2000年后，伊沙潜于"本城"西安，写身边习见的人和事，以日常化的口语表达"在场"的担当及对人间的关怀。有学者发现，伊沙的创作对"本城"意识的自觉强化，与他"民间立场"的写作身份密切相关，而推动这一诗歌信念的是美国诗人查尔斯·布考斯基③。

有"贫民窟桂冠诗人"之称的查尔斯·布考斯基(1920—1994)从美国学院派诗歌的对立面书写社会边缘穷苦白人的日常生活，主题涉及情欲、暴力等"形而下"的底层生活意象，呈现出强烈的反叛意识和进攻性。布考斯基认为诗歌没有什么神圣之处，它的功能在于把生活和感情真实地记录下来④。布考斯基的诗形式自由，不受格律束缚，不事技巧，毫不掩饰他粗暴的脾性和污秽言语，以其粗粝本真和对虚伪的极大杀伤力，被称为"新

---

① 沈奇. 沈奇诗文选集(卷四)[M]. 北京：中国社会科学出版社，2021：59-66.
② 伊沙. 灵魂出窍[J]. 作家，2008(7)：43-51.
③ 李一扬. 走向潜沉：伊沙的"本城写作"[J]. 文学教育，2016(3)：58-59.
④ 朱白. 布考斯基：底层社会的桂冠诗人[N]. 深圳特区报，2013-08-23(B09).

海明威",并且,布考斯基依靠经验、情感和想象,使用直接的语言,暴力描绘城市生活的堕落和美国社会的被压迫者①。从1995年开始,伊沙和其妻老G开始向国内翻译、介绍布考斯基的诗和散文,有《查尔斯·布考斯基诗选》②等面世,这也成为他学习借鉴的好时机。对此,伊沙曾说:"外在的完美充分暴露了一个内在的危机:我诗歌的空间与身体的扩张相比已经显得太小了,我清楚地意识到我必须有一个重新开始——也正在这时我读到了布考斯基的英文原作,他诗歌中所携带的无比自由的空间感和来自平民生活底层的粗粝带给我很大的冲击和宝贵的启示。从这年开始,我在略作调整的向度上,又重新写'开'……""我在……《我终于理解了你的拒绝》中记录着布考斯基对我的全部影响,事实确系如此:是布氏的作品帮我开启了我诗歌写作的第二阶段。这么说是不是有点大言不惭——我的第一阶段充满着金斯堡式的高亢与激越,是布考斯基使我冷静、下沉。"③

与伊沙"本城"意识相呼应的是他的"壮年写作",伊沙反对"中年写作"概念中的创作颓势与疲态,提出更有"男子汉"担当的"壮年写作"概念。立足"本城"西安,伊沙口语诗在对生活细节、人情世故的诚实描写中亦有轻盈腾跃的人文精神,从衣食住行的凡俗日常中获得源源不断的创作生机。加之,"不惑之年的人生阅历使伊沙的诗火躁之气渐消而愈发沉稳——亲人的故去与追怀、妻儿的相伴、生计的操持、亲历'生死关'的劫难、走南闯北的游历为伊沙的创作蒙上了温情、理解的纤细色彩与亲昵的人间烟火气"④。他的诗因而充满了"言说"的欲望与极强的"及物性",直指当下世界的事件、场景、人物、心理,在口语"无所不能"的言语表述中,通过戏剧性剪裁强化诗的叙事功能和社会性。伊沙的创造力惊人,有

---

① 徐淳刚. 查尔斯·布考斯基评传[J]. 诗歌月刊, 2012(7): 39-40.

② 查尔斯·布考斯基. 查尔斯·布考斯基诗选[J]. 老G, 伊沙, 译. 诗歌月刊, 2003(3): 45-46.

③ 张强. 继承·颠覆·再造——伊沙诗歌纵横论[J]. 现代语文(文学研究版), 2009(4): 116-119.

④ 李一扬. 走向潜沉: 伊沙的"本城写作"[J]. 文学教育, 2016(3): 58-59.

诗集、诗论，长篇小说、短篇小说集，散文集，译著和编著等多门类，其中，2017 年出版的《伊沙诗集》五卷本，收录了他 1987—2016 年间的六千首长短诗，是迄今唯一全面展示诗人伊沙对诗歌探索和实践的辑本。透过孜孜进取的野心与活力，诗作为伊沙文学生长的根性力量，诗性的贯通、诗才的流溢成为他文学艺术的核心品质。

有学者指出："中国现当代文学作品浩如烟海，但是，书写西安的作品却少之又少，西安在中国现当代文学作品中处于一种缺席的位置。"①与贾平凹《废都》中小说人物的城市空间和伦理化的西安镜像不同，伊沙对西安的书写诗意、直接，一贯展现碎片状、活态化的生活实感和对存在的批判。除诗集《在长安》，长诗《唐》等，伊沙写了无数关于西安人、事、情、物的诗，比如《最后的长安人》："牙医无法修补/我满嘴的虫牙/因为城堞/无法修补//我袒露胸脯/摸自己的肋骨/城砖历历可数//季节的风/也吹不走我眼中/灰白的秋天/几千年//外省外国的游客/指着我的头说/瞧这个秦俑/还他妈有口活气。"《我爱本城》："像农民爱他的村庄似的/我爱我的城市/我爱/本城的下水道/就像农民爱他的地窖//虽然今晚/我躲在下面不是为了偷情/而是为了藏身。"《朝代》："长安城/一座地下停车场/三层名称分别为：/秦/汉/唐/朝代/不过也是/一座大楼的/楼层而已。"不只瞬间的诗意显露，伊沙对西安也有点、线、面的立体表现，在对古都长安、诗意长安的解构里，承载他对现实西安与历史西安的多重复杂感受，且看他的一首代表作《人民》：

你没有见过人民吗

那请在夜间

来西安西京医院

第二住院楼

---

① 张文诺. 论中国当代文学中的西安城市空间想象——以长篇小说《废都》为例 [J]. 大西北文学与文化，2021(3)：171-182.

二层小卖部外

冰凉的地板上

密密麻麻

睡了一地人民

他们来自全国各地

将自己的亲人

送入这西北最好的医院

须用 7 天才能等到床位

再用 7 天才能等到手术

三用 7 天才能等到出院

一部分人等不到出院

散尽家财

耗尽心力

在这里

将亲人送上天堂①

无须惊讶，伊沙具有良好的古诗词素养和外文诗歌储备，有深厚的传统文化基础和开阔的世界文学背景与视野。特别是，鲁迅锋芒锐利的杂文创作，"一个都不宽恕"清醒而深刻的批评精神，给予伊沙重要启示和影响——"伊沙直面现实和自身的勇气，敏锐到尖刻的诗歌表达，对'人'完整而深入的观照和理解，都显示出鲁迅精神传统的当代延伸。"②《人民》一诗表现了诗人哀痛的内心、批判的姿态和直面的担当，也是在这样狂放真率、浅俗易懂的口语式表达中，我们见到伊沙的诗心和仁心。与其他诗歌不同，"伊沙则始终立足于'中国'，或曰'现场'，他的活力、热情、火

---

① https://www.poemlife.com/index.php？ mod＝showart&id＝77846&str＝1268.

② 张强. 继承·颠覆·再造——伊沙诗歌纵横论[J]. 现代语文（文学研究版），2009（4）：116-119.

爆、直接、尖刻、调侃、当下、现实感、颠覆性，以至世俗、矛盾、滑稽、轻狂、混乱、漏洞、难以容忍皆来自此"①。立足"本城"西安，书写家国人民，伊沙以共时性的日常口语记录当代中国社会变迁，在摇滚乐式的沉静与激越中，建构了一种新兴有力的男人之诗、城市之诗、当代之诗。

四、诗歌也是一种挑战：伊沙的特别价值与贡献

作为当代中国现代口语诗人的重要代表，无论对现实还是历史、对普通人还是边缘人，伊沙始终保持犀利的眼光，直面"真实"以及鲜活的生存体验，把一个完整的世界推给读者。就诗艺来说，伊沙坚持"事实的诗意"，综合运用细节描写、陌生化修辞、反向解构、小说叙事、蒙太奇画面构造等多种现代手法，在沉着饱满的口语诗实践中丰富现代汉语的表达功能，形成了一种独特的诗歌气质和艺术魅力。

首先，拒绝与再造：为社会百态提供有力见证。1990 年，24 岁的诗人伊沙写出《饿死诗人》，以一种决绝的态度与传统决裂，向以往的诗歌秩序发难。90 年代，对中国人来说，是一个深刻又急剧变化的年代。伊沙的第一本诗集《饿死诗人》产生于这一时期，仅看标题"结巴、野种、夜行者、假肢工厂、日本妞、强奸犯、名片、阳痿患者、危楼、叛国者、女囚、烟民、收尸者、太平间、愚人节、蚁王、案件、废品店、侏儒岛、色盲、乞丐王、老狐狸、乡村摇滚、快乐小丑"等可知当时中国社会百态。在之后的诗集里，又有"模特、电脑、精神病院、使馆、朋克、卡通片、方程式、汽车大赛、公共浴室、菜市场、城市的陷阱、动物园、酒鬼、国际象棋、人机大战、发廊、球迷、嫖客、窃听者、性爱教育、朋友家的厕所"②等社会现象的众区域和多样态。所谓"中国病相报告"，伊沙的诗记录并反映着

---

① 韩东.《我的英雄》读后[J]. 赶路，2005(2)：38.
② 伊沙. 伊沙诗集[M]. 杭州：浙江文艺出版社，2017(2)：35-1896.

中国转型期的社会特性和百姓生活，成为理解这一时期社会、文化、事件的历史文献。

确然，"九十年代则是个现实的时代、凡人的时代。经历二十年风风雨雨的跋涉，重重难关，举步维艰，使人们对改革开放道路上的盘根错节的阻力有了清醒的认识。特别是，随着卷地而来的商品经济大潮，随着以广告为运作基础、以提供娱乐为主要目的的大众文化传媒日益取代了以诗为代表的高雅文化的影响力，随着人文知识分子的日益边缘化，对诗歌和诗人的美好称呼早就成了遥远的回忆或隔世的妙语"①。只是，伊沙选择那些被以往诗歌秩序所排斥、拒绝，不被认可和不能接纳、毫无诗意甚至反诗意的事物入诗，那些时人眼中的"异类""另类"，现已然成为90年代的中国现象学代表人物。或许，你会问出身高级知识分子家庭、毕业于北京师范大学，作为高校教师的伊沙，何以热衷写如此粗粝"污秽"的"糙老爷们之诗"？是的，他介绍、描写、讲述，津津乐道甚至洋洋得意。他的眼光、趣味、说法，从来与众不同，使人很容易就辨认出"伊沙的诗"，并且，这样的写法有震惊诗坛、激怒读者之忧，却也正是伊沙的先锋和超越之处。毕竟，生活大于理念，更大于狭隘的文学——"伊沙在此吸取的乃是生活的充沛元气，这是构成一个诗人动力结构的基本要素。而且，它们也帮助伊沙发现并意识到自身蕴含的这种旺盛、健康的生命活力。这些题材本身，就已具备了造反的、起义的、革命的品质，就已具备了刺耳的、刺目的、咄咄逼人的、乱糟糟的危险特性，同时也具备着一种热闹的、狂欢的、明亮的民间喜剧精神。"②无论如何，伊沙的诗就是在90年代拜金潮涌动、物欲喧嚣的文化语境中产生的，他的诗也成为这段历史的有力见证。

其次，事实的诗意：对当代诗学的充实与拓延。美国女作家苏珊·桑塔格在《文字的良心》中指出："作家的首要职责不是发表意见，而是讲出

① 吴思敬. 转型期的中国社会与当代诗歌主潮[J]. 江苏行政学院学报，2001（2）：114-120.
② 唐欣. 诗歌也是挑战——伊沙诗歌简论[J]. 兰州大学学报，2006（6）：15-20.

真相"，"以及拒绝成为谎言和假话的同谋。文学是一座细微判别和提出相反意见的屋子，而不是简化的声音的屋子。作家的职责是使人们不轻易听信于精神劫掠者。作家的职责是使我们看到世界本来的样子，充满各种不同的要求、区域和经验。作家的职责是描绘各种现实，各种恶臭的现实。文学提供的智慧之本质乃是帮助我们明白无论发生什么事情，都永远有一些别的事情继续着"①。这也是当代中国诗人的职责和使命。同时，新的现象要求新的透视学，比如一种"伊沙式的"包含智性反思的透视学。伊沙把一种喜剧的视阈，一种笑，一种谬误推理的杂文策略引进当代诗学，这成为他独有的贡献。对此，于坚称："（伊沙）总是在非诗的匕首刺刀与纯诗之间创造他的诗歌空间……他的作品不是所谓的纯诗，但也不是杂文，它是一种具有杂文风格的诗歌，独创的、具有魅力的，充满攻击性的和相对于我们时代的诗歌体制——它总是造反的。"②学者薛世昌也认为，伊沙正是以诗歌的方式进行着杂文的事业③。

伊沙的诗内容驳杂，无所不包；手法灵活，不拘一格；立场坚定，态度鲜明——常以战士的姿态尖锐地批判现实。"阳光从背后刺过来/我看不见你脸上的伤/只见你光头明亮/但是你说：她是舒服的"（《强奸犯小C》）；"资产阶级/用裹着糖衣的/炮弹/将我们/打翻/这是论断//事实上/无产者也不是/可欺的/儿童//我们趴在/巨大的/糖弹之上/吃/厚厚的糖衣/将它们/全都吃光/然后四散/逃走//然后/远远望着/赤身裸体/婴儿般/天真的炸弹/听个响儿"（《事实上》）；"非洲儿童的饥渴/紧咬美国妈妈的乳房/拼命吮吸里面的营养/里面的营养是褐色的琼浆"（《广告诗》）。这些诗作，无不透露着他骨子里的反叛精神、斗争意识和喜剧天赋。"把有价值的东西毁灭给人看"（鲁迅），加上伊沙破坏式的"悲剧"思维和戏谑式呈现，他的诗反而带给人一种前所未有的爽利和解脱感。这种"笑中带泪"的杂文式笔触、"无赖"式写法恰是伊沙知识分子底色上的愤世嫉俗和人文精神的外

① 苏珊·桑塔格. 文字的良心[J]. 书城，2002(1)：92.
② 于坚. 伊沙的孤胆和妙手[N]. 中华读书报，2004-11-11.
③ 薛世昌. 伊沙：以诗歌的方式进行杂文的事业[J]. 文艺争鸣，2013(9)：114-119.

显。沈奇曾说："伊沙是个有血性，有思想，有现实责任感的青年诗人。"①伊沙的诗建立在"硬"的事物之上，紧抓事实的诗意，是有反抗意识、血性担当的严肃之诗。"他的诗带给我们轻松，也带给我们思索和顿悟，戏谑调侃的背后，深藏的是对人类、对社会、对文化的关注。他是一个冷静的理想主义者，本着严肃的写作态度，甚深地丰富着汉语写作的经验和维度。"②只是，伊沙对文化传统的解构，对粗鄙人性的揭露和批判，均来自他对自己的审视、对自我的挖掘和对灵魂的坦诚与剖析。

最后，口语诗创作：对现代汉语的丰富与延伸。与"第三代诗"的平静语调、线性结构和客观叙述不同，伊沙的诗凸显出一种生命力的狂暴、个性的宣泄和对语言的"游戏"性处理，他在诗中发出一种完全"个人化"的声音。他说："城市中最伟大的懒汉/做了诗歌中光荣的农夫/麦子 以阳光和雨水的名义/我呼吁：饿死他们/狗日的诗人/首先饿死我/一个用墨水污染土地的帮凶/一个艺术世界的杂种。"（《饿死诗人》）唐欣曾预言，把话说绝并以"艺术的杂种"自命，这正是以后他的个人特征和个人命运。同样，也有论者说，伊沙的诗，除了在颠覆僵化的文化价值观念方面有一定意义外，不会在诗歌史的其他扉页上留下痕迹。无论如何，伊沙对当代诗歌的意义绝不仅是一个破坏者，他的解构是为再造重建，为在诗中守住语言这个存在的家而努力。或是出于天性上对平庸的厌恶或蔑视，或是"因为在语言上获得了某种天赋"，对汉语这种"高度词语化和高度文人化的语言"，伊沙认为："对母语有抱负的诗人将改造它，将其从词语的采石场中拉出来，恢复其流水一样的声音的本质。"③事实证明，这最终将成为一种具有标识性的"伊沙式口语"和他所提倡引领的口语诗写作潮流。

对于伊沙，有人说他几乎是"诗歌事件的代名词"。事实上，伊沙生活和作品均表现出独立不羁，他强烈的"反文化""反传统""反崇高"意

---

①　沈奇. 沈奇诗文选集（卷四）[M]. 北京：中国社会科学出版社，2021：56.
②　刘小微. 论伊沙诗歌语言的创生性意义和策略[J]. 辽宁师范大学学报，2003（5）：96-99.
③　伊沙. 伊沙诗选[M]. 西宁：青海人民出版社，2003：6.

向，要把一切既成观念消解殆尽的解构主义姿态，透露出一股游牧民族的洒脱与剽悍①。多年来，伊沙用一些看上去潦草粗糙、通俗明了的语词写诗，那些脱口而出的话语简洁真实、狂放原始，带着生活的五味杂陈和时代气息，是最切近、最鲜活、最便利的现代汉语。同时，伊沙注重语言的音乐性、结构的戏剧化，他对节奏、转承、韵脚的处理不着痕迹，有别人无从模仿的功力——"伊沙这些多由短句构成、铿锵有力、凶狠、透辟，有很大回旋余地和想象空间的诗歌，其实已不只是日常语言，它是日常语言的华彩、巅峰和高潮体验，它给 1990 年代诗歌注入了新的快感和冲击力，起到了一种重新带动的作用。"②与那些戴着面具的写作者不同，伊沙毫不掩饰自己——"他大胆而朴素地使用了自己的肉体和灵魂。他必须利用总是在身边的要素重新创作诗歌。他必须让自己照他本人的模样渗入诗歌，无法无天，肌肉肥厚，酷好声色，热爱各种东西，但是在宇宙万物中他最热爱的是男人和女人。他的工作将用不寻常的方法来完成。"③所以身体叙事、男女情爱也是伊沙诗里的常见内容。当然，他的目标绝不在此，口语诗的价值和意义在于对语言和存在的擢升，对历史成见的消解和重建，对现世人生的介入和帮助，对未来世界的寄托和创生，故而口语诗的魅力在于它的精神性，在于一种鲁迅式的愤怒与反抗、犀利与战斗的斗士精神！

正如其诗所写："只一泡尿功夫/黄河已经流远"（《车过黄河》），"这个秦俑有觉悟，他说/我不入地狱/谁入地狱"（《点射》），"有限的几个/大小不一的错误/造成的原因/不是因为恶/而是因为善"（《又到岁末总结时》），"那些沦落市井的无聊之徒/整日吃喝嫖赌/为件小事去杀某人/视生命为粪土"（《我的祖先》）。伊沙以"短平快"的"杀毒霸"式语言，"为现代汉诗贡献了一种无赖的气质并使之庄严"④。总之，从语言艺术到精神诸层

---

① 刘小微. 论伊沙诗歌语言的创生性意义和策略[J]. 辽宁师范大学学报，2003（5）：96-99.

② 唐欣. 诗歌也是挑战——伊沙诗歌简论[J]. 兰州大学学报，2006（6）：15-20.

③ 惠特曼. 华尔特·惠特曼和他的诗歌[J]. 外国文学，1983（3）：69.

④ 伊沙. 我整明白了吗？——笔答《葵》的十七个问题[J]. 诗探索，1998（3）：141-149，154.

面，伊沙以口语书写提升日常，以及物性叙事容纳生命体验，不仅拓延了现代汉语的表达功能，丰富了先锋诗歌的后现代美学视野，更大大伸延了口语诗的诗性品质和现代汉诗的存在维度，成为当代诗坛一个不可或缺的存在。

第二章
新古典诗歌

第一节　沈奇《天生丽质》对古典诗美与现代诗思的开拓和建构

📝 沈奇简介

　　沈奇，1951 年生，陕西勉县人。自 20 世纪 70 年代起从事诗歌写作、诗学研究及诗歌教学。著有《沈奇诗选》、《沈奇诗学论集》（三卷）、《沈奇诗文选集》（七卷）及诗话集《无核之云》等 19 种；主编《现代小诗 300 首》、《九十年代台湾诗选》、《当代新诗话》（10 卷）等 9 种；在《文学评论》《当代作家评论》《文艺争鸣》《诗探索》及《二十一世纪》（香港中文大学）等海内外学术期刊发表诗歌评论及文艺评论百余篇，代表诗论《角色意识与女性诗歌》入选《中国新诗大系》（谢冕任总主编），部分诗歌作品和论文被翻译为英、日、德、瑞典、捷克、拉脱维亚等国文字。西安财经学院文学院教授，北京大学中国诗歌研究院研究员，中国作家协会会员。

　　回望新诗百年，关于"诗"与"非诗"的争论不绝于耳。在中国，从没有一种文体像现代汉语新诗，需要在不断的自我否定中确立自身，而其对古典诗歌的背弃，对古典诗意的"破坏"，几乎被视为白话新诗的一种原罪。新诗写作至今仍未脱离"翻译体"和欧化语言的影响，撰《中国新诗史略》时，谢冕指出："在新诗草创时期，这种'以夷为师'的'破坏'，终于使诗歌冲破了完美的，然而也是坚硬的格律的壁垒，以白话书写的诗歌终于获得了充分表达现代人的思想情感的自由，与这种成就取得的同时，接踵而来的则是历时久远的对这番'大爆破'的质疑和拷问，最大的质疑是，这一新生的白话体自由诗，是否造成了中国伟大诗歌传统的中断和割裂，既然承认这是'中文写的外国诗'，那么，它是否就此与中国诗歌分道扬镳了？"①

　　对此，中国社科院研究员刘艳以为：五四时期，陈独秀、郭沫若等人在诗歌理论和诗歌创作中所体现出的叛逆决绝，稍后艾青、冯至、穆旦等诗人的横空出世——向外国诗歌的学习和借鉴，再到郭小川、贺敬之仿马雅可夫斯基的"楼梯式"，以及20世纪80年代朦胧诗所生成的"新的美学原则在崛起"——北岛的冷峻峭拔、舒婷的美丽忧伤和20世纪80年代以来中国青年诗人对从荷尔德林到里尔克等德语诗人的偏爱等，无不表现出一种"以夷为师"的创作倾向；这样纵向来看，中国新诗的主导倾向恐怕还是"以夷为师"②。他认为鉴于五四开启的新文学全面向西方学习的浪潮，新诗的"非诗性"病根在襁褓摇篮期即已种下，其影响至今仍未断。

　　从事新诗创作半个多世纪的西南联大诗人群落的代表郑敏女士在对五四新诗倡导者进行反思和清算时，不止一次地提出："当我们切除了汉语文化中全部古典书写语言时，我们就切除了依附在其具体存在之上的一切的民族心灵语言。这历史伤口惊人之大，它使我们在一整个世纪里都感受到民族文化的隐痛。今天我们仍在弥补这个损失，整个人文学科都感到这

① 谢冕. 中国新诗史略[M]. 北京：北京大学出版社，2018：10.
② 刘艳. 古典理想的重构与新诗诗思的建构[J]. 中国文艺评论，2019(4)：10-18.

个伤口的存在和疼痛。"①

不可否认，百年新诗是"以夷为诗"一百年，也是古典理想与现代诗思重建的一百年。面对现代汉诗美学品格的建构历程，在承认新诗"以夷为诗"的选择倾向上，也应看到中国新诗在汉语语境中对古典诗美或隐或显的承续和重建。比如，当代诗人、文艺评论家沈奇，基于"古典理想之现代重构"美学理念，自2000年以后潜心系列实验诗歌《天生丽质》的创作，融会中西，汲古润今，打通现代汉诗与古典诗词各行其道的路径，通过字构、句构、篇构的语言探索，为新诗重建汉语古典诗美做出了种种努力。毕竟，诗是语言的艺术，诗歌创作起于诗人生命意识的内在流动，得于自由生命体验与诗性语言经验的完美邂逅，而落实于文字文本即语言的最终实现。精美卓绝的古典汉语诗词之语言实现，是有一套基本的诗学理论作为参照的。而现代汉语新诗在一味求新的极速发展中，出现了散文化、口语化、同质化、私人化、非诗化等一系列语言问题。从外在诗歌艺术形式来看，诗人力求超越传统的诗歌样式和语言模式的束缚，寻求具有现代意义的诗歌体式；而从内在的诗人主体精神来看，如何继承中国的诗歌传统，实现诗歌现代意义的调整和探索，才是问题的关键和难点。

其实，古典理想的重构与新诗诗思的建构于当代诗学来说是同步存在和发生的，而它之所以能够伏脉于百年新诗美学品格的建构历程里，是因为几乎在每一个新诗诗人身上，它都如此真实和真切地发生着②。像"汲古润今""以古为新"，是沈奇借鉴古典诗歌艺术传统和融合西方现代诗学理论之后的诗美境界。《天生丽质》原是诗人基于"古典理想之现代重构"理念的一次自设其难的文本实验，其呈现的古典诗美诗性已成为学界的共同指认③，比如重视意象与诗境的营设、赋予传统意象以现代内涵以重新认领和激活汉语汉字的诗性因子等，并且，沈奇从诗歌创作角度，以字构之诗

① 郑敏. 中国新诗八十年反思[J]. 文学评论，2002(5)：68-73.

② 刘艳. 古典理想的重构与新诗诗思的建构[J]. 中国文艺评论，2019(4)：10-18.

③ 谢冕，贾平凹，陈思和等. 边缘与中心的对话——"沈奇诗与诗学学术研讨会"七人谈[J]. 文艺争鸣，2017(1)：81-90.

性字词的抉择、句构之古典诗语的化用、篇构之现代禅趣的营造等为我们示范了新古典主义现代汉诗的可能性。

一、字构之诗性字词的抉择

汉语是世界现存的唯一保留文字和语音双重元素的特殊语言种类，汉字更是中华民族乃至人类最神奇最宝贵的财富。当代著名诗人郑敏先生在《中国新诗八十年反思》一文中指出："一个民族永远无法跳出他自己的潜意识、无意识中无声的语言，而生存、而认识世界。正如海德格尔所言：语言在说我们，而非我们说语言。有声、有形的具体语言是这种心灵内在语言的外化，后者德里达称之为无形的'心灵的书写'。当我们切除了汉语文化中全部古典书写语言时，我们就切除了依附在其具体存在之上的一切的民族心灵语言。"[1]

现代汉语虽沿用汉字，但其组织和结构套用西方语法与文法，汉字本身的运思机制多少受到影响。汉字一字一世界，以形会形，其意其旨意会后方可言传；汉字神且奇，字与字碰撞在一起，会"撞"出诗意，"碰"来隐喻，均因汉字的意义生发具有不可穷尽的随机性、随意性和随心性。故而，多年潜沉新诗研究的沈奇从汉字本源出发，于 2003 年开始实验写作系列诗歌《天生丽质》，力求从语言中获得突破。按诗人自己的说法，《天生丽质》是"本于'古典理想之现代重构'的理念，及反顾汉语字词思维的一次诗歌文本实验：实验要求每首诗的题目用词本身就是'诗的'，或与汉语诗性'命名'（包括成语）及诗性记忆有关的，并与诗作内容及创作思路，形成或先（命题）或后（点题）而几近天成的互动关系。通过这样一种内化现代、外师古典、融会中西的诗歌语言实验，来重新认领汉语诗性的'指纹'，和现代诗性生命意识的别样轨迹，进而开启生存体验、历史经验及文化记忆的深层链接"[2]。通过文本细读和整体考察，可见其大致脉络：

---

[1] 郑敏. 中国新诗八十年反思[J]. 文学评论，2002(5)：68-73.

[2] 沈奇. 诗心 试体与汉语诗性[M]. 西安：陕西师范大学出版社，2016：127-149.

1. 选定诗性汉字为题

《天生丽质》每首诗的题目用词本身就是"诗的",如"云心""岚意""茶渡""星丘""依草""上野""小满""缘趣""归暮""野逸""静好""雪漱""鸽灰""羽梵""怀素"等。这里的每一个汉字均是诗人刻意为之,或精心选制,或妙手偶得,再逐一打捞它们留存于现代汉语语境里的诗情妙意,以此触发广袤的诗味意境,生出丰盈的诗意空间,即诗人自己所谓的以古典诗歌中"词"的形式和感觉来写新诗,亦即有古典诗美的现代汉诗①。在这些诗里,古典诗美幻化成某种氛围,以无形的痕迹渗透在每一个诗句的节奏、颜色、空间和造型中。意境、语言、体式等古典美的自觉追求是毫无疑问的,但沈奇在追求古典理想的同时也蕴含着其对现代诗思的构建理念。

特别是,《天生丽质》的所有诗题均由两个独立的汉字组成,放置在一起的两个汉字以各自意象生成新的意象,整首诗则在阐释、演绎所选定的两个汉字字象,以及由它生发的诗性内涵和诗意联想。简言之,就是以诗的形式证明汉字本身的诗性。

2. 以诗证字生成文本

《天生丽质》的创格从辞藻开始,而"词藻的色调往往形成一位诗人的诗格。将辛弃疾、苏轼的诗词与柳永、温庭筠的作品放在一起,单从词藻上,就能看出他们之间的诗歌风格的差异。可见词藻对诗的整体的举足轻重的影响,因为词藻是一首诗歌的心灵外化成形体所产生的。字词上附有无形的心灵,情思的痕迹,因而赋有无可掩饰的魅力"②。首先选择诗性汉字组建意象诗题,再从这两个字词出发,延拓、聚合与其关联的诗性"记忆",最后结合现代诗歌写作互文、拼贴、跨跳、戏剧性等手法,杂糅物象、意象、文言、叙事、口语等文学技巧,借鉴古典诗词韵脚、节奏、句

① 沈奇. 诗心 试体与汉语诗性[M]. 西安:陕西师范大学出版社,2016:127-149.
② 郑敏. 中国新诗八十年反思[J]. 文学评论,2002(5):68-73.

式等体式，从字词到句子到篇章，即"诗歌文本实验"的生成过程，试以
《茶渡》为例——

野渡

无人

舟　自横

……那人兀自涉水而去

身后的长亭

尚留一缕茶烟

微温①

先看题目，汉字"茶""渡"。茶和酒，都可借浇胸中块垒，而诗正是诗
人宣泄心中块垒的正道，因此文学中的茶、酒跟诗的关系向来亲厚。而茶
香中有一片淡远，像诗心。汉字"渡"本身意味深长，其义横着过水，由此
及彼，亦静亦动，干系佛禅，内蕴与联想空间极大。诗人曾说第一次有
"茶渡"二字跃然于心时，惊喜不已同时被汉字惊艳，遂写下这二字为题，
顺着它们形质并茂，衍生下去，当相互的攀扯和对话完成，诗歌已写就。
诗的第一节分为三行，是对唐代诗人韦应物《滁州西涧》名句"野渡无人舟
自横"的改写，运用分行、跨跳、解构而后重新结构的现代手法，使原本
简淡清静的画境富有动感，此种改写尝试，源于诗人多年研究中国诗学的
所创所得②。最妙的是第二节"……那人兀自涉水而去"，仅这一句便打通
了古今，引流到现代。而"身后的长亭/尚留一缕茶烟"给读者巨大的暗示，
"那人"是相会还是送别，是见了还是没见，又是因何而离开，都是悬念，
又都是故事，这极大地丰富了诗歌内蕴。结尾的"微温"二字，不但留下足

---

① 沈奇. 天生丽质[M]. 银川：阳光出版社，2020：4.
② 沈奇. 沈奇诗学论集(卷一)[M]. 北京：中国社会科学出版社，2005：69-70.

够的想象与联想，且从节奏和韵律上增添余味，语尽而诗不绝。

细察《天生丽质》的大部分诗作，大致都历经了这样一个诗写过程，难得《茶渡》是第一首，它的诞生别有意义。《茶渡》一诗不仅证明了汉字"茶"和"渡"自身的诗性，也证明了"茶""渡"二字"碰撞"出的诗歌意境，而《天生丽质》之"质"，就是汉字本身的诗性根质。由此，诗人从字词的抉择上保证了古典诗美的现代建构之可能。而在词藻的丰富斑斓、语句的简洁变化之外，我们看到诗人语言功力的高超灵活，看到诗歌文本的绰约风姿，明显与当下某些译体诗、口水诗区别开来。在充分表现音乐性、形象美、节奏感等古典诗美特性的同时，《天生丽质》也开掘并丰富着现代汉诗的诗美诗思。

二、句构之古典诗语的化用

中国是诗的国度，拥有几千年诗的历史，即或是急剧现代化的今天，我们无论何人写诗，也无不处在中华浩瀚诗海的大背景下，也无一不会受到中国古典诗词的影响。《天生丽质》无疑是追慕古典的，这不仅体现在其整体的古典诗美诗性，也体现在每首诗的具体创作中对古典诗语的借鉴和化用。写诗化用古典诗词可表达与古人相近或相似的情感，可丰盈诗本身的形象，亦可充实诗歌意境，给人一种含蓄典雅、凝练庄重的诗美感受。

1. 化用古典诗文

着力于"外师古典，重构传统"，诗人在《天生丽质》的写作中，大量化用和改写了古典诗词文章。如《烟鹂》中的"南朝四百八十寺，多少楼台烟雨？"来自杜牧《江南春》的"南朝四百八十寺，多少楼台烟雨中"；《岚意》的"风动/那约了黄昏的/佳人/才心动"，来自欧阳修《生查子·元夕》的"月上柳梢头，人约黄昏后"；《松月》的"山有多高/月　就有多小"，源于苏轼《后赤壁赋》的"山高月小，水落石出"；《野逸》的"白云安适/天心如梦"来自管平潮《仙路烟尘》的"浮沉几度烟霞梦，水在天心月在船"；而《暗香》的开头"雪拥群山壮/雁引残云飞"，则来自李白《与夏十二登岳阳楼》的"雁引愁心去，山行好月来"和韩愈《左迁至蓝关示侄孙湘》的"云横秦岭家何在，雪拥蓝关马不前"等诗句。另外，《天生丽质》独特的句式结构和语言组织，其二一、一二和二二的三言、五言（七言）和四言的句式划分，以及省略主语、名词动用、多成分并置和简省助词、介词与关联词的语法结构，均得益于古典汉语及其文法。

事实上，诗人把心象表达于作品即"传意"的过程就是写作，读者了解作品即诠释、释意的过程是一种"重写"，一种再发现。今天的作者读中国古典诗词，引用、借用和化用旧时诗文无疑是一种再创造，是建立在作者与文本相遇基础上的一种"对话""交谈"和"创作"。或许"作者在作品完成之初，可能有某种可以界定、圈定的意向性，但作品中文辞、意象原是依赖过去另一些作品另一些文辞意象来发声，作者在选字、遣词、用象时或有一定的企图，但在作品中，文辞、意象会引发出更大更广的意义网"①。所以读者接收到的早已不是一篇单独的作品，而是无数其他作品穿插、融汇、回响、变化的综合体。由此，我们说诗歌文本的"意义"从来不是一个封闭、固定，以求开掘的既成结构，而是一个可经文辞进入并与之商榷交流、参化演变并有机生长的开放性美学空间。从这个意义上说，现代新诗写作对古典诗语的借鉴化用无疑是打通古今、引源开流的诗歌实践，《天生丽质》也以此达到了其实验写作的目的和旨归。

2. 创生古韵诗句

因写诗需要，诗人自己也创作了一些质朴清远、古韵古色的句子，这些句子携带着汉文化族群的诗性基因，读上一遍便会印到心里。比如："空山灵雨/有鸟飞过"（《云心》）、"燕子飞过/眼里起云烟"（《小满》）、"天地清旷/一鸟若印"（《大漠》）、"一月独明/天心回家"（《晚钟》）、"白云淡定/落花安详"（《深柳》）、"长臂恨晚/美人在肩"（《松云》）、"雨在心

---

①　叶维廉. 中国诗学[M]. 北京：人民文学出版社，2006：231.

里/语在山溪"(《孤云》)①等。现看一首具体的诗——《种月》：

万影皆因月

种月为玉
再把玉种回
月光里去

怀柔万物的诗人啊
连影子也一一种到
那梅　那菊
那桐　那竹
那细草的
摇曳中去了

——然后
德将为若美
道将为若居

坐看云起
心烟比月齐②

　　"月""玉""梅""菊""桐""竹""草""云"等物象，因深受国人青睐而被历代诗人写进诗文，成为华夏诗美的"元意象"和"集体无意识"。其中认为宇宙中的月球是由玉石构成的想法，化为原始先民对玉石的神话信仰，

①　沈奇. 沈奇诗选[M]. 西安：陕西师范大学出版社，2015：219-289.
②　沈奇. 天生丽质[M]. 银川：阳光出版社，2020：66.

是引人遐思的诗歌母题。"一夜欲开尽，百花犹未知"（熊皎《早梅》）的"梅"是春之报到，携带"林间隐君子"与"空谷俏佳人"等多重韵致，可反映诗人内心的最高情愫，比如自我的完美和与异性的爱情等。有人类学家指出，"语言最初并不是表达思想或观念，而是表达情感和爱慕的"①，而"梅"不仅有风华绝代的外在，还能忍耐寂寞，此冰玉样的孤清正可寄寓诗人的岁寒心事与理想人格。"春露不染色，秋霜不改条"（袁山松《咏菊》）的"菊"，因兼含隐退的隐士和坚毅的受难者两种品性而深受诗人们喜爱，加上受从"樊笼"返归"自然"的陶潜之"东篱采菊"的影响，应列花中四君子，它"淡而能久"的质素正是本诗乃至整个《天生丽质》所涵咏的文化意味。另外，"桐""竹""草""云"等古典意象，也同样因之前诸多诗人的应用而内蕴丰赡，沈奇正是在这样的实验与实践中达到与古代诗者"物""心"的共融，呈现出一种跨时空的生命直觉和宇宙感悟，以及"我思"式的诗性智慧②。

卡西尔把人定义为符号的动物，玉为石之美者，君子比德如玉；礼天地、吟自然，诗人在这儿把对"君子之德"和"天地之道"的追寻浓缩在"月""玉"以及怀柔万物的"月光"里。"梅""菊""桐""竹""草"和"云"可谓诗人的符号性世界，诗人不仅拥有丰盛的内部世界和植物式敏感，还善于捕捉自然万物稍纵即逝的生命律动，并抒写出他所感受到的美以及美的脆弱与芬芳。本诗最后以古意的"坐看云起/心烟比月齐"收拢作结，将一切笼罩在与"月影"相呼应而怀柔万物的"心烟"之中，以此达到了一种灵魂的飞翔，一种诗人清净自证的澄明和万物无为共在的自由之境。

三、篇构之现代禅趣的营造

禅的本义是静虑，梵文"禅那"是定、慧的通称，传至中土，融合中华文化与精神后成为中国禅宗。禅泯绝主观与客观，境界的修炼达成须自悟

---

① 恩斯特·卡西尔. 人论[M]. 甘阳，译. 上海：上海译文出版社，2013：44.
② 黄永武. 中国诗学（思想篇）[M]. 北京：新世界出版社，2012：217-227.

自证，无法言解，所以禅与诗本属二物。但诗讲求空灵，用诗表达禅的悟境，可致不"脱"不"黏"；而禅极机妙，用禅深究诗的悟境，可超出"言""理"之外——诗是最佳的表达，禅是表达的精髓——诗禅融合，相得益彰①。古时，唐代的诗道与禅道并肩而盛行，宋代禅诗繁荣以至巅峰，集禅、诗大成者的严羽曾在《沧浪诗话》中说："大抵禅道惟在妙悟，诗道亦惟在妙悟。"他总结出"悟门"一词为诗心、禅心互通的路径，且影响至明清。20 世纪以来，禅道风靡欧美，现代汉诗中的禅意诗歌亦备受瞩目，《天生丽质》系列诗歌的古典诗美，也突出表现在其对空灵的诗歌意境的营造和对禅理禅趣的现代言说上。

古典禅诗大多是山水诗，表现人与自然的和谐，诗人把禅意诗趣寄寓在自然物象里。现代禅诗的题材比较广泛，常取材于生活，把人生感悟借日常事件和生活情趣表现出来，因此现代禅诗有时以抒情诗的风格出现，甚至应用现代主义的象征与隐喻等手法。以"诗魔"著称的台湾诗人洛夫曾创作了大量禅诗，他认为"禅本是一种生命的觉醒，它除了可纾解紧张的生命情态之外，也可以松弛人生负面经验所积累的压力"②。有意思的是，作为当代著名诗歌评论家，洛夫是沈奇的重要研究对象。或许，可借用沈奇评价洛夫的话来说明《天生丽质》对古典诗美理想、现代生命意识和人文历史情怀的追求与建构："在他的诗歌世界中，我们不仅能获得强烈的我们中国人自己的现代生命意识、历史感怀以及古典情怀的现代重构，更能获得熔铸了东西方诗美品质的现代汉诗之特有的语言魅力与审美感受。"③

1. 空灵的意境

禅宗要旨基于对"空"的解悟，佛法中"空"是超越有限的无限，是生成一切的本然之物。禅通过"心"来把握"空"，以缘起为不变之自性，而"尽在自心"。从根本上说，美是对自由的呼唤，禅与诗不谋而合。禅宗"只可

---

① 马奔腾. 禅境与诗境[M]. 北京：中华书局，2010：23-39.
② 洛夫. 洛夫谈诗[M]. 南京：江苏凤凰文艺出版社，2015：249.
③ 洛夫. 洛夫谈诗[M]. 南京：江苏凤凰文艺出版社，2015：218.

意会不可言传"的智慧和老庄尚虚贵无、"得意忘言"的体道说，构成中国古典诗美之"空灵"的精神内核。于庄子而言，自由即游；于禅宗，自由即觉。受禅家自性和禅门直觉之说的影响，诗人写诗追求情景交融、心物合一、虚实统一的意境创造。空灵是虚与实、无与有、静穆与流动的统一。而诗歌空灵境界的创造离不开实象又不能执著于实象，诗人需经历一个"看山不是山，看山还是山"的心理过程，方能写出富有"字外味、声外韵、题外意"的空灵美。

　　另外，严羽的空灵理论直指诗的自由之境和诗人的性灵兴趣，作为一种自在自为、因兴起意的创造性活动，诗境应是一个透明无迹、清澈无碍的与万物众生不隔的意蕴空间。一首诗只有把意象、语字、述义、结构等处理到一定程度，读者阅读时，才不会感觉到诗人意象、语字、述义、结构的存在。沈奇看重诗的言语效果，注重诗美层次的超越性，常以空明灵动的生命境界表现诗的空灵美。所以，《天生丽质》在诗境的营造上常有空灵与禅趣的双重性，看这首《灭度》：

身在其中
其中有身
——何以独化

一念至此的那人
遂遁木而逝
化身：一尊古琴
伴　云卷云舒
抚　高山流水

——梦醒七点钟
早茶、早点

早间新闻

以及远方亲友的

手机短信

以及……

春风醉人

遛狗出门①

　　诗歌的美的意境不只是对周遭世界短暂的还原，还是诗人们对世间万物和生命意义的体认。中国古典诗歌之所以让人回味无穷，最主要的就是其含蕴的美的意境。古代诗人写诗表达自己对世界、人生的感悟与思考，同时也通过韵味悠长的意境表现出他们对审美的极致追求。所谓文学即人学，文学艺术的境界不只是简单的精神现象，更是作家的整个人格、整个命运以及整个时代所造就的理想性的人性境界，而诗歌是最富人性和灵性的艺术。宗白华曾说："艺术心灵的诞生在忘我的一刹那，即美学上所谓的静照，静照的起点在空诸一切，心无挂碍，和世务暂时绝缘。这一点觉心静观万象，万象如在镜中，光明莹洁，而各得其所，呈现着它们各自充实的、内在的、自由的各个生命在静默里吐露光辉。"②《灭度》正产生于"空诸一切"和"静照万物"的诗心时刻。

　　基于此，我们就能理解结尾的"春风醉人/遛狗出门"两句，即世界依旧是世界本来的样子，日子依旧是日复一日、年复一年的七点钟起床，吃早茶、早点，看早间新闻、远方亲友的手机短信以及处理诸多杂事，依旧凡事绕身，但"我"却"度化"了。"我"不再以其为烦恼，所以即使跟往常一样忙碌了一天后在傍晚遛狗出门，却感觉到"春风醉人"。这一切归结于诗人自性的觉醒。在另一首《让度》里诗人有类似的言说："本空——//云

---

　　① 沈奇. 天生丽质[M]. 银川：阳光出版社，2020：35.
　　② 宗白华. 美学散步[M]. 上海：上海人民出版社，1981：79.

过山不动/日影淡抹/草色一时凝重//风吹/花开/水流/其实各无情"，"本空"二字正是"度"的法门。

返回来看，诗歌第一节从我们的"三千烦恼身"出发，既然身在俗世，生命完成于与周遭之物的交道纠缠之中，又如何独(度，以独求度)化？接着第二节讲出度的方法——"遁木而逝/化身：一尊古琴/伴　云卷云舒/抚　高山流水"——即"灭"，灭刹那则见事终，身灭则心度，一切本空而自然醉人。在这里，空灵是一种自性和自心的宁静、一种身与世的和谐、一种超越时空的无穷。在这空灵的诗歌境界里，有诗人通过净化日常诸象而达致与自然合一的"自性"，有人与宇宙万物共在的虚空，在这空寂的背后，却是常存世间的臻于永恒的佛禅。

2. "否定"的理趣

其实，诗在万里之外，人们所知的只是人类肉身的影像，不是诗本身。著名学者赵毅衡曾说："《天生丽质》是一本奇书，它让三个对抗的元素——汉字，禅，现代诗——相撞成为一个可能。"[①]细读文本，诸多迹象表明，《天生丽质》对阐发古典禅宗和营造现代禅趣的尝试，可从处处渗透着的"否定"的禅诗艺术中表现出来。

首先，否定性字词。《天生丽质》组诗多次出现"空""无""不"这些否定性的字词，并且频率比较高。否定最大的作用是对"理"的否定，对主客二元的消解。采用超乎形象之外、时间之外、空间之外、你我之外等不符合实际经验，但仍在我们感觉经验之中的写作手法，从而产生超越时空、打破过去—现在—未来的时间顺序，达到"无理而妙"的效果。需要说明的是，这些"空""无"并不是对世间物象的简单否定，反而是与万物相互依存和转化的生动关系，是不再粘滞于身或心的融合性诗歌境界。

其次，否定义句子。组诗的很多诗里有否定义的句子，比如"'依草'不是'落草'"(《依草》)，"今夜 在高原/不洗澡 洗心"(《高原》)，"牛无意

---

① 沈奇. 淡季[M]. 香港：香港高格出版社，2009：20.

养花/石头从来不说话"(《静好》),"答曰:无哭无笑/只是自然在着"(《禅悦》),"虹非虹/影非影/空门不空"(《虹影》),"或者,当酒杯空了的时候/不必追问:酿酒的人/去了哪里……"(《微醺》),"风吹/花开/水流/其实各无情//鹰 或许孤独/而天籁没有所指"(《让度》),"真水无香/那么 清风/也就无痕了//却见一昙如烟/以 有来有去/证 无来无去"(《悉昙》))①,等等。苏东坡曾说:"诗以奇趣为宗,反常合道为趣。"在一反日常的陈旧句式和陈旧想象中指认禅机、禅理、禅意、禅趣,沈奇正是用这样的"否定"去表达"肯定",用人们逻辑理性和惯性的"否定",表达对生命直观以及宇宙物象的"肯定"。

最后,禅诗不可经营。某种意义上,诗人也是苦行僧,诗人写诗就是不断地修炼自身和自心的过程。评价一位诗人的价值时,我们"不仅据以他对个体生命之精神空间的探测深度,更要看他对人类整体的精神空间的拓展有多深广。写作是一种拯救,这拯救不仅指向个我,更指向整个存在"。② 而禅诗的写作本不可预谋和计划,作为一种随兴而至、随机而生的产物,它无关"真言"或"大义",也不是思考所得。为此,诗人需要不断地"自讨苦吃",且看沈奇的《孤云》:

孤云如佛
独立晴空

孤云不语
也　无雨

雨在心里
语在山溪

---

① 沈奇. 沈奇诗选[M]. 西安:陕西师范大学出版社,2015:219-289.
② 沈奇. 淡季[M]. 香港:香港高格出版社,2003:156.

其实孤云不孤
孤独的只是那片

再无其他云彩的
……天空①

　　禅诗需要禅悟，正所谓竹影扫阶尘不动，月穿潭底水无痕，所以"孤云不语/也　无雨"。但心若停止流动，即了无生趣；心必须流动，方能感受外物；"雨在心里/语在山溪"，这极妙的一句连通了云—雨，连通了心—语，连通了禅—人，也连通了诗人和你我！既是"孤云"，如何"不孤"，又为何"孤独的只是那片"？还是说看"云"的那片"心"孤，本无所谓"孤"与"不孤"，此第一层；"再无其他云彩"指出"云""孤"之根源，此第二层；"再无其他云彩的""天""空"了，这才是"真孤""大孤"，此第三层。可反过来看，"孤云"自性本"孤"，天空自性本"空"，一切无可又无不可。

　　总之，诗人正是在禅的参悟中，写出了破除执念，觉醒自性，通达地对待自然人生之"度"，以及深远、空灵的诗歌意境，并以"否定"指涉在"反常合道"的现代言说中生发奇意妙趣。象征派诗人马拉美说："如果一首诗要纯粹，诗人的声音必须要寂止……诗的内在结构必须从内在生长出来，如此便可以完全消灭机遇，诗人便可缺席……一切将都是踌躇不前，部分与部分各自的性向，互换、互交——一切组合成整体的旋律，这寂静即是诗的寂静，在它的空白空间里。"②在这些直觉式、妙悟式的诗里，沈奇正是通过诗人的离场、诗境的纯粹、诗意的自为呈现，以无声之声、空白之白锻造了一种寂静灿烂的现代禅趣。

四、古典理想与现代诗思的构建

　　读《天生丽质》可知，没有深厚的古典文化底蕴很难写出绝好的现代汉

---

①　沈奇. 天生丽质[M]. 银川：阳光出版社，2020：82.
②　徐有富. 诗学原理[M]. 北京：北京大学出版社，2017：236.

诗。事实上，当代新诗的尴尬与艰难，正跟写作者自身文化根基和古典传统的缺失与遗忘有关。如果说诗的本质是对世界的改写——通过改写语言来改写世界，那么沈奇的《天生丽质》以字、词为基点，遇字引象，由字构而词构而句构而篇构的成功实验，内化现代外师古典，以其不乏现代意识和现代审美价值的新形式，向我们证明了汉字以及汉诗语言的诗性根质，古典诗美对于新诗创作的借鉴意义以及继承古典理想对现代诗思构建的重要性和价值。作为今天的写作者，如何继承中华诗歌传统，吸取古典诗学精髓以丰富诗境，建构汉语新诗的现代诗思呢？

清人惠栋曾说："诗之道，有根柢，有兴会，根柢缘于学问，兴会发于性情，二者兼之，始足称一大家。"[1]创作是将诗人的心境映入诗境，因人的悟性有高下、历练有深浅、境遇有顺逆、学识亦有广狭，加上人们的才情有小大、坚持分勤懒，最终诉诸笔端形成文字的诗歌参差有别。新诗写作无疑需要灵感、需要匠心、需要学识、需要历练，也需要方法以滋久长，因此笔者罗列以下门径可作参考：

首先，读古典、广学识以明物义。创作需要"积学以储宝"，读书、向他人借智以增长学识，给养诗心。诗如其人，一切艺术背后都站着作者本人。李沂在《秋星阁诗话》中说："读书非为诗也，而学诗不可不读书，诗须识高，而非读书则识不高；诗须力厚，而非读书则力不厚；诗须学富，而非读书则学不富。"[2]读书广学，非单指读书本，德行的修养、内心的开悟也是一种学问，因为一切关于自然宇宙、人生社会的知识均是前人俯仰观察、穷究反省所得。广学识、察事理、究物义，习前人的功力以增强自身，才有可能以诗人之心化润读者之心，创作好的诗歌境界以提升读者受众的境界。比如，学习古典诗歌的体式结构。古典诗在起承转合方面功力深厚，彼时诗人都有很深的研究："启"如何惊人，"承"如何自然又不凡，"转"如何别开天地，以及"合"如何令全诗归宿自然、余味悠长。

其次，多实践、富历练以察兴会。读"书"增长才识，历练可广见闻，

---

① 黄永武. 中国诗学·鉴赏篇[M]. 北京：新世界出版社，2012：2.
② 黄永武. 中国诗学·鉴赏篇[M]. 北京：新世界出版社，2012：2.

读万卷书、行万里路和阅人无数对作家来说都不可少。所谓深入者所见深、浅入者所见浅，学识好才能看得深远，写作时方可触类旁通有左右逢源之乐而少枯木求源之苦；经历多方可与人与事设身体会，材料积累时体察物类寄兴情思，写作时以文字意涵唤起经验共鸣。历练，需要把"小我"放入时代社会之"大我"，去走古往今来无数圣贤智者所走过的人生之路，去观照历史世界与当下所处的万般人事和真理真知，惟其如此方能增加诗人思想之深度。毕竟，好诗是诗人用心"养"出来的。现代诗者应更多地关注社会，深入生活，坚信人民需要艺术，艺术更需要人民。马克思指出："人民历来就是作家'够资格'和'不够资格'的唯一判断者。"①文艺创作方法有千万条，但最根本的方法是扎根人民。只有永远同人民在一起，艺术之树才能常青，写作之源才不会断。

再次，常练习、谙作法以炼匠心。写诗怎样使自己的字句具体而真切？怎样做到叙述事物或抒发情感真实自然而又余韵悠长？那些化抽象为具象、变情思为画面，以静写动或以动写静，色、声、香、味、触、觉的应用，感官与印象的迁移黏合，象征、隐喻、歧义、双关等手法的贴合，构思、寓意、剪裁的妙悟等方法策略的掌握皆需要长期坚持和反复锤炼。新世纪20年，中国诗坛仍处在20世纪80年代以来的"创新"浪潮中，加上各种"排行榜"的推波助澜，出现了诸如反抒情、都市化、平庸化、反诗语、泛散文化等"先锋"写作流派，这些相对浮躁和急切的写作态势往往夸大皮毛、失其精髓，未能深入中国古典诗美抑或西方现代诗艺，多流于一些表面的模仿。为此新诗写作者们应潜沉练习，克服竞争、门户、流派的分界与干扰，着力磨砺好作品。

最后，多创新，在突破中立精神。艺术最顽强的生命在于不断创新，既往形成的任何语言形式是"桥"也是"墙"，所以每一位诗人对诗歌境界的追寻永无休止。顾城曾说："诗的大敌是习惯——习惯于一种机械的接受方式，习惯于一种'合法'的思维方式，习惯于一种公认的表达方式。习惯是感觉的后茧，使冷和热都趋于麻木；习惯是感情的面具，使欢乐和痛苦

---

① 王先霈、王又平. 文学理论批评术语汇释[M]. 北京：高等教育出版社，2006：1.

都无从表达；习惯是语言的套轴，使那几个单调而圆滑的词汇循环不已……习惯的终点就是死亡。当诗人用崭新的诗篇，崭新的审美意识粉碎了习惯之后，他和读者将获得再生——重新感知自己和世界。"①今天的诗人在关注现实、扎根人民的同时，应遵循诗美法则，发扬古典之长，能够把对时代的沉思和对现实的体验与整个人类命运作形而上的融合思考，构建富有中国气象、历史性和使命感的现代诗美内涵，这才是我们回顾新诗历史、面向未来发展的既定选择。

作为当代陕西的代表性诗人，沈奇精心耕耘数十年，终于推出《天生丽质》系列作品。坚持真实鲜活的"本真"为新诗本色，沈奇主张从日常生活与自然世界中捕捉新鲜的感受和思想的闪光，对汉语诗性的珍视、智性思考与禅意感悟的融合互涉是他的诗思特征，"汲古润今""以古为新"是他纵横海峡两岸、融汇中西诗艺的成功开拓，以平实简素的现代诗语、淡雅高贵的质实之美为新世纪的当代诗坛增添了一道别样的风景。总之，人生百态，宇宙万类，写在诗里无外乎时间、空间、情感和理性，或时空开阔情理雄健有豪迈壮怀之美，或时空狭小情思稔腻有优柔旖旎之韵。重视意象与诗境的创造，赋予传统意象以鲜明的现代特质，沈奇以婉转从容的笔调、疏密相协的节奏、清澈渺远的意境和静默深宏的诗文，为我们贡献了一种崭新的中国式新古典主义汉诗写作样态。

---

① 顾城. 学诗札记[J]. 福建文艺，1982(12)：24.

第二节 之道 吕刚 宋宁刚的小令制作

📝 之道简介

之道，原名王金祥，《诗人文摘》主编，《终南令坛》主持。作品散见《诗刊》《星星》《中国诗选》等诗歌刊物。作品《行李》展示于中国首列诗歌高铁，《雨》展示于北京地铁四号线，《荷说》获"荷花颂"全国诗歌大赛一等奖。著有诗集《我拣到了铜》《一根漂浮的石柱》等五部，主编《长安大歌》(陕西优秀诗歌作品选)。新作有《北纬0.7度》《咖啡园》等，部分作品被译为英、法、日、韩、印尼等语。曾参加第 32 届(以色列)、33 届(马来西亚)、36 届(捷克)、39 届(印度)世界诗人大会。现居西安。

📝 吕刚简介

吕刚，陕西长安人。1965 年毕业于陕西师大中文系。现在西安建筑科技大学文学院任教。从事现代诗创作、理论研究与教学工作 30 多年。著有诗集《大海的真相：吕刚诗选(1988—2018)》《秋水那边》、诗文集《诗文记忆》、诗论集《诗说》、文论选《东墙西向》等。诗作入选《现代小诗三百首》《你见过大海——当代陕西先锋诗选》《新世纪诗典》《长安大歌》等选本。获 2014 年《诗人文摘》首届"年度诗人"称誉。

📝 宋宁刚简介

宋宁刚，1983 年生于周原故里，2013 年毕业于南京大学哲学院，现为西安财经大学文学院副教授、硕士生导师。出版有诗集《你的光》《小远与阿巴斯》《写给孩子的诗》、诗论集《长安诗心：新世纪陕西诗歌散论》《沙与世界：二十首现代诗的细读》、随笔集《语言与思想之间》《纸上的关怀》等十余部。曾获第四届陕西青年诗人奖(2017)，第四届陕西青年文学奖·文学评论奖(2020)，入围第十一届全国优秀儿童文学奖(2021)。

　　作为一种现代性文体，"何为新诗？怎样现代？"是中国新诗发展百年最值得关注的问题。面对诗体解放与诗体建设的双向效应，21 世纪诗歌运用现代汉语探索现代诗体，深入抒写现代生活和现代情感，以具有现代意识和现代精神的语言艺术，担负现代人的周遭日常和历史责任。纵观 20 世纪新诗发展史，"小诗"以其含蓄的语言、哲瀚的思想、真挚的情感等风格特质占据重要位置，一方面它以艺术的成熟突破了早期白话诗的散文化、说理化窠臼，另一方面其所倡导的智性写作为汉语新诗开辟了一个新的向度，为中国诗语、诗体以及诗性的探索提供了强大的原生动力。在 21 世纪陕西诗歌场域，以之道、吕刚和宋宁刚为代表的小令制作以及他们创立的"终南令社"及其诗人群落，是作为中国"小诗"发展的现代流变存在并产生影响的。透过时代生活与历史文化的多重视镜，小令诗至少在诗体、诗语和诗美层面拥有自己的独特价值。

一、继承中创新：古典诗法、日本俳句与小令诗

　　"小诗"诞生于 1917 年沈尹默发表的《月夜》，作为一个诗学概念，它

出现在 20 世纪 20 年代——1921 年至 1924 年，诗坛形成一种用一至数行文字即兴表达点滴感悟、表现一时一地景物的写作潮流，人们称之为"小诗"运动。对于"小诗"这种"风靡一时的诗歌体裁"①，学术界曾予以及时关注，周作人、成仿吾、朱自清、梁实秋等批评家纷纷撰文，胡怀琛还专门出版了专著《小诗研究》，探讨"小诗"的诗学特征、"小诗"传统及其与国际诗坛的关系。自此，人们对"小诗"的关注持续不断。

作为一种形式短小、内容精练，表现瞬间见闻或思想感悟的新诗体，"小诗"的产生受益于中国古典诗词中绝句、散曲和小令的影响，同时也深受东方文化尤其是日本俳句的滋养。20 世纪中国"小诗"的早期兴起和流行也与泰戈尔《飞鸟集》《新月集》等作品的译介和传播分不开。很早，周作人、冯文炳等人就注意到日本俳句与印度泰戈尔诗对于中国"小诗"的重要性——"这里边又有两种潮流，便是印度和日本"②，"一方面是受翻译过来的日本的短歌和俳句的影响，一方面是印度泰戈尔诗的影响"③。但是，当代学者罗振亚在梳理中国"小诗"发展史后提出："日本俳句乃是'小诗'域外传统的主体，至于一再被抬高的泰戈尔，只是俳句和'小诗'之间沟通的一座桥梁，这是必须澄清的一个历史事实。"④所以，现代小诗是在丰厚的中国传统文化的熏陶和浓郁的东方文化的浸染下，经过历史与时代的淘洗磨炼后，最终形成的一种具有独特的诗体形式和鲜明的诗学特征的诗歌文体。其简约的外观、丰富的内涵以及对美学精神的精微呈现，在提高诗歌审美价值与文学品位的同时，受到 20 世纪以来媒体与大众的一致推崇。

20 世纪曾诞生了无数辉煌而灿烂的小诗，比如北岛的"网"（《生活》）、邵燕祥的"海"（《生活》）、铁杉的"一个闪电照出互相阅读的惊喜"（《一见钟情》）、黄淮的"每句空话都炫耀自己的权威"（《雷》）、麦芒的"你能永远遮住一切吗？"（《雾》）等。沈奇在检视现代汉诗的语言特色时指出："有如

---

①　任钧. 新诗话[M]. 上海：上海国际文化服务社，1948：56.
②　周作人. 论小诗[N]. 民国日报，1922-06-29.
③　冯文炳. 谈新诗[M]. 北京：人民文学出版社，1984：112.
④　罗振亚. 日本俳句与中国"小诗"的生成[J]. 中国社会科学，2010（1）：186-198，225.

简约是汉语诗歌的正根，小诗其实也是汉语诗歌的正根。"①小诗的兴盛曾倚重冰心、宗白华等先贤，以洛夫 1998 年出版的《洛夫小诗选》为代表的台湾小诗影响也很大。在代序《小诗之辩》中，洛夫直言："我认为小诗才是第一义的诗，有其本质上的透明度，但又绝非日常说话的明朗……哪怕只有三五行，便可构造一个晶莹纯净的小宇宙。"②白灵在编选《可爱小诗选》时说："诗之所以为诗，应是深深挖掘，轻轻吐出，所谓'深入浅出'是也，但诗人甚多不明'浅出'不仅是词语之浅近，还应包括字数之节省。雷霆万钧之力常只宜将能量发挥于一瞬，拖沓太久，则早涣散殆尽。不论闪电也罢、萤火也好，其能引人注目，即在于一瞬，因一瞬仍不易把持、易具变化和新鲜之感，因闪烁不定故可引世人之好奇、注目。"③另外，吕进也多次提及小诗发展对新诗诗体重建的重要性，这些均可说明诗界和学界对小诗艺术的看重。

小诗形式有多种变化，但不离简约精微这一根本特质。近年来陕西诗人之道、吕刚、宋宁刚所倡导践行的小令诗，是一种三行分立、多节组合式的短章序列，他们探索以"‖"分节，规定最长不超过 11 小节，即 33 行，更值得注意的是，他们对古典诗法与日本俳艺的深入借鉴和独特创制。

首先，小令诗对古典诗法的继承。文以体分，结构干系诗境。作为字、句、章、篇文体结构的建立者，刘勰的《文心雕龙·章句》篇云："夫设情有宅，置言有位；宅情曰章，位言曰句。故章者，明也；句者，局也。局言者，联字以分疆；明情者，总义以包体：区畛相异，而衢路交通矣。夫人之立言，因字而生句，积句而成章，积章而成篇。"④所谓"区畛相异，而衢路交通矣"，刘勰在此借指诗文句、章、篇的三层次及其组织框架和其中枢机。以刘勰为基，孔颖达在仔细研究《诗经》的诗歌结构后指

① 沈奇. 现代汉诗语言的"常"与"变"——兼谈小诗创作的当下意义[J]. 廊坊师范学院学报，2002(1)：1-6.
② 洛夫. 洛夫小诗选[M]. 台北：小报出版馆，1998：1.
③ 白灵. 可爱小诗选[M]. 台北：尔雅出版社，1997：1.
④ 刘勰. 文心雕龙[M]. 黄叔琳，注. 杭州：浙江古籍出版社，2011：121.

出："句必联字而言，句者，局也，联字分疆，所以局言者也。章者明也，总义包体，所以明情者也。篇者遍也，言出情铺事，明而遍者也。"①从文法到诗法，孔颖达的"联字分疆"指出诗句的断连以意义为要；章的作用在于"总义包体"，即整体的完整；而篇是"遍也"，言情铺事，明则遍也。由此，遍即妙也，一而万千，隽永不朽。

此外，孔颖达在对《诗经》以句数定章、以章数定篇的文体研究中充分肯定了诗歌句、章、篇的内在关联性。相比诗体篇是篇、章是章的清晰结构，小令的结构要复杂些，尤其终南令社的"令"以组诗形式发布，一组诗的每个小节为不同的人所写。有别于传统小令的一阕或双调，当代小令诗的序列结构充满了变化的可能和对线性排列的突破。或者说，在诗的章节组织上，小令诗更多运用现代戏剧、故事性或蒙太奇等技巧，而在句构上，它们呈现出古典的并列式、叠加式或多元回环式的组合关系。其中，每小节用"‖"符号间隔连缀的三行诗形式，极大地遵循了古典词令的句构方法。比如未名的"秋叶听雨/无眠人/生芭蕉心//月色清凉/秋蝉似木鱼/声声不断"②，吕刚的"我爱雨中/——翠竹的性感/芭蕉的宽厚//负米归家的蚂蚁/途中歇脚/也抬头望月"③与宋朝袁去华的《十六字令·归字谣》"归。目断吾庐小翠微。斜阳外，白鸟傍山飞"④一样采用了并列式的组织方法。

诗歌结构实际上是意义架构方式，从根本上说，小令诗继承的是一种中国古典诗艺的传释技巧，即不决定人称代名词，没有时态变化的事件之发生，避免"以思代感"，这是一种完全不同于英文或翻译文法对人、物、时、空的关系给定，破除前置逻辑和主体介入的本体呈现式写作理念。对此，叶维廉先生在《中国古典诗中的传释活动》中有精彩独到的说明：

---

① 十三经注疏[M]. 孔颖达，阮元，校. 北京：中华书局，1980：274.
② 未名. 令·落叶独饮忧伤[J]. 诗人文摘，2021(9)：27.
③ 吕刚. 令·肥猫步入秋月[J]. 诗人文摘，2021(9)：25.
④ 唐圭璋. 全宋词[M]. 北京：中华书局，2009：1507.

中国古典诗的传释活动，很多时候不是由我通过说明性的策略去分解、串连、剖析原是物物关系未定、浑然不分的自然现象，不是通过说明性的指标，引领及控制读者的观、感活动，而是设法保持诗人接触物象、事象时未加概念前物象、事象与现在的实际状况，使读者能够在诗人隐退的情况下，重新"印认"诗人初识这些物象、事象的戏剧过程。为了达成这一瞬实际活动状况的存真，诗人利用了文言特有的"若即若离""若定向、定时、定义而犹未定向、定时、定义"的高度的语法灵活性，提供一个开放的领域，使物象、事象作"不涉理路"、"玲珑透彻"、"如在目前"、近似电影水银灯的活动与演出，一面直接占有读者(观者)美感观注的主位，一面让读者(观者)移入去感受这些活动所同时提供的多重暗示与意绪①。

其次，小令诗对俳句艺术的借鉴。"别求新声于异邦"，小诗的勃兴曾是一些有识之士为增强诗体、提高新诗表现力而学习泰戈尔和日本俳句的结果。大量事实表明日本俳句(和歌)对1921年至1924年间中国小诗的生成与流行起了重要作用，实现沟通的两座"文化桥"是周作人和泰戈尔——"正是以'享乐'为特质的俳句的译介，和以'冥想'为特质的泰戈尔诗歌的译介两翼合流，开启了'小诗'运动的序幕，从而使俞平伯、康白情、郭绍虞、邓均吾、徐玉诺、沈尹默、冰心、宗白华、应修人、潘漠华、冯雪峰、汪静之、谢采江、何植三、钟敬文等人纷纷青睐于'小诗'，他们竞相写作，热闹非凡，并且随着冰心的《繁星》《春水》，宗白华的《流云》，俞平伯的《冬夜》，谢采江的《野火》，湖畔诗派的《湖畔》《春的歌集》，何植三的《农家的草紫》等诗集的陆续出版，'小诗'创作进入了鼎盛期，就连当时的专门性诗刊《诗》也不得不从1922年7月1卷4期起特设'小诗'栏目，为其提供生长园地。而后，批评家(周作人)又从理论上加以总结。在翻

---

① 叶维廉. 中国诗学[M]. 合肥：黄山书社，2015：34.

译、批评与创作的'合力'作用下，'小诗'完成了自己的命名。""关于'小诗'的来源'有两种潮流，便是印度与日本'亦成定论。"①不过，当代学者罗振亚在梳理中国小诗的生成史时，精辟地指出："严格意义上说，'小诗'的本质不是源于两翼，而是一翼，那就是俳句与和歌，至少是主要源于俳句与和歌。因为周作人当时置身于'小诗'运动的混沌之中，缺乏必要的审视距离，忽略了一个必须引人注意的重要事实：若追根溯源，曾被许多人奉为小诗影响源的泰戈尔的《飞鸟集》，其艺术故乡同样在日本的俳句。"②

　　走过一个世纪，当代陕西小令诗同样深受日本俳句影响，具体来说，小令诗对日本俳句至少进行了三个方面的学习和借鉴：首先形式上，借鉴俳句短诗"五—七—五"共十七字的结构方式，而后融合中国古典令体音韵和现代诗歌自由分行、不限字数等特点，进行中和处理后确立了"三行分立"这一基本体式。其次对俳句诗语诗境的学习，终南令社的诗人们力求以"不一样的诗体"写"不一样的诗"，试图与当下诗坛流行的一些现代诗区别开来，为此他们尝试开辟一条面向世界、深汲古典的小令诗歌路向。这一方面得益于令社的核心成员之道、吕刚等均是成熟老练的诗人，写诗数十年的他们有着丰厚的诗学素养；另一方面是因为吕刚、宋宁刚、未名等高校教师的背景，他们有浑厚的学养基础和学历背景。最后是日本徘人独特的人生境界与艺术追求对诗人们潜移默化的影响，给予他们心灵的浸润和滋养。

　　简言之，小令诗作为中国小诗的特别分类而存在，它的发生、发展以中国小诗的百年历程为基础，而对中国古典诗词传意方式和日本俳句诗歌艺术的学习借鉴是其蓬勃或壮大的内在动力。故而师法古典、面向现代成为小令诗的整体美学特征，它限定也激励着小令诗人的艺术创造与文学磨砺。

---

① 罗振亚. 日本俳句与中国"小诗"的生成[J]. 中国社会科学，2010(1)：186-198，225.
② 罗振亚. 日本俳句与中国"小诗"的生成[J]. 中国社会科学，2010(1)：186-198，225.

二、原粹的诗意：小令诗的艺术追求与价值向度

面对 20 世纪 90 年代以来大陆诗歌的发展情状，郑敏曾以《试论汉诗的传统艺术特点——新诗能向古典诗歌学些什么?》①《中国新诗能向古典诗歌学些什么?》②等文论述古典诗艺之于现代新诗的重要性，更特别强调"在近百年的新诗创作实践中始终面对一个语言精练与诗语表达强度的问题"③。正如沈奇对"简约"的重视，小令诗从"小"处立身，诗形玲珑、诗语精悍，需以有限的文本表达无限的意蕴。加之对理趣与智性的形上追求，需得在3 行 33 句之内呈现大千世界、人生境况，并且，小令诗从以象写意、原粹诗意、冥思理趣等层面追溯古典诗艺，通过诗形诗语、诗美诗质开启现代审美，力图创造一种跨时空、多语境的诗歌空间。

1. 崇尚简约，以象写意

在当代文化语境，小诗本身具有一种特别的力量，它以简约的文字击叩人心，也便于新媒体端的高速海量阅读和大众传播。同俳句一样，小诗并不容易写——"如此狭小的表现空间，既要使表达迂回委婉，又要向读者提供能够理解诗意的启示和线索，其表达技巧实在是至难无比。"④为表现丰富的诗意，小令诗注重开发自然亲和、得天独厚的先在资源，与俳句因物生情、生意、生思的诗美特质一致，小令写作突出具象性和及物性，在"以象写意"中综合比喻、象征等手法，努力经营含蓄蕴藉的意象、意境之美。

首先，以象写意，见微凝神。小令诗创作需要广阔的生命体验和丰厚的文化素养，以象写意关键在于诗人能否做到心纳万象、神游万物。徘人

① 郑敏. 试论汉诗的传统艺术特点——新诗能向古典诗歌学些什么？[J]. 文艺研究, 1998（4）：83-91.
② 郑敏. 中国新诗能向古典诗歌学些什么？[J]. 诗探索, 2002(Z1)：24-29.
③ 郑敏. 诗歌与哲学是近邻——结构—解构诗论[M]. 北京：北京大学出版社, 1999：347.
④ 川本皓嗣. 日本诗歌的传统——七与五的诗学[J]. 当代外国文学, 2004(3)：153.

芭蕉"坟墓也动罢，我的哭声是秋的风"以三个叠加的意象——坟墓、哭声和秋的风之间的流动呼应，写作者清冷、悲凉的意绪感受。与谢芜村则以菜花、日、月与"我"的共在，写诗人对日月同辉，菜花盎然生长的时光、生命之热爱。以象生象，以象凝神，以象写意，这是古典诗艺的妙道。吕刚的"悬挂头顶的刀与斧/取下来/放在墙角"，"散步的长尾雀/有短暂的/凝思"，宋宁刚的"流水还是油画/蓝与黑的色彩//明透的光/是谁撒上一把落叶?"等均运用了此法。另如沈奇的《四季：始于一或大于三》：

||

化雪的声音告诉我
所谓苍茫大地
也就只剩下慈悲了

||

小鸟约枝头
闲聊不停
树根默默想心思

||

守着豪言
新竹把自己
活成了壮语

||

墙头草两边倒
其实脚下站得挺稳
那墙坚实着的呵

‖

暮春，小母鸡
悄悄同石头商量——
我下的蛋再不碰你好吗？

‖

小喜鹊，翘尾巴
玩着手机怼妈妈——
学习影响生长！

‖

夏日行旅印度
解得人生若印苦海度牒
盖个章可以走了

‖

别了蛙声一片
开着门
也无月之闲木之闲呵

‖

淡茶沉色
窗外黄叶飘过
闲日人胖了

‖

秋雨时断时续

散步的老先生
犹豫去不去公厕解手

‖

掉一片叶子
叹一声气
老槐树不想说再见

‖

有关大雁塔
人都知道：塔还在
大雁早不见了！

‖

冬至雪日
狗熊恭立大树洞前
拜曰：能婴儿乎？①

以物化方式抒情、炼意、写神，小令诗对俳句瞬间性、及物性以及抒情方式的借鉴，根本上是对我国古典诗歌涵咏情性等诗美思想的追溯和认同——"常以暗示、弹力为要义，在'集中'上下工夫，用意象将从瞬间情景、悟性或心境中捕捉的诗意定型，将那一刹那浓缩为'最富包孕的时刻'，以少胜多，话短意长。"②避开理性问答，沈奇启用多重意象：从茶色淡沉到秋雨叶黄，从小鸟闲聊到树根心思，从墙头草、小母鸡、小喜鹊、蛙、老先生、大雁、狗熊到墙头、石头、手机、印度、公厕、老槐树、大

---

① 沈奇. 四季：始于一或大于三[J]. 诗人文摘，2020（1）：20.
② 罗振亚. 日本俳句与中国"小诗"的生成[J]. 中国社会科学，2010（1）：186-198，225.

雁塔或大树洞。由近及远、由高而低，由历史而精神、由外在而内情，几经时空跳跃、物象组合，诗人创构了一个丰富有趣、悠远深邃的至美境界，并且，通过物化方式，以象写意，省略关系线索，不仅提高了语言的暗示力和意义性，同时激活也强化了中国诗歌凝练含蓄的写作传统，在构建纯粹"物美"的同时为汉语新诗贡献了一种崭新的写作体式。

2. 对纯粹性诗意的构筑

以象写意，以景寄情，除对简约美学的秉持，小令注重瞬间性、真实性，注重诗人刹那的感思、体悟。正如周作人所言："它冲越了诗歌社团和流派的森严壁垒，冲越了创作方法与审美形态的诸多局限，冲越了一切形式的羁绊和单一的表现技巧，把原本倾向于现实主义或浪漫主义或象征主义的诗人统统召唤到它门下，自由放任地唱出自己真挚的心曲。"[①]以真实为诗的灵魂，之道、吕刚、宋宁刚等将个人作为诗的发源地，不论是对时代民情的探察，瞬间灵魂的悸动，抑或对纯粹诗美感应的捕捉，小令诗呈现出一种内倾性的开启之美。这种诗歌观念契合真正的诗皆"出于内在的本质"之特征，在抵达普遍性、永恒性的同时，弥补了当下诗坛喧哗言志，而少有言我、言物的原粹性诗意之缺憾。

小令诗的纯粹诗意构筑，突出反映在诗人对写景状物的偏爱上。因对季节自然的敏感与热爱，俳句有季节的诗、自然的歌和咏景十七字等别称，更留有"多愁的我，尽让他寂寞吧，闲古鸟"（芭蕉）等光辉词句。写诗多年，作为《终南令坛》主持，之道的小令诗精绝、美妙，善于书写世界之本相、人间之大美，比如《令·两寺渡》：

‖

古渡长风瘦
拍岸涛声

---

① 周作人. 周作人批评文集[M]. 珠海：珠海出版社，1998：38.

薄

‖

塘里青蛙
一夜鸣
假寐芦苇不吱声

‖

白牡丹
败了
放不下，半世清白

‖

寺无僧
渡无船
千年渭水，一朝缄默

‖

渭水岸
两顽童，唤来了七只
戏水白鹅

‖

鸢尾倒映水中
含苞带羞，欲言又止
谁解个中风情

‖

拱桥上

汉服少女

婀娜了一岸垂柳

‖

半里微波

残云稠

游湖归来，忙系舟

‖

司马

错，没错

巴山蜀水，将军纵横

‖

今日岸上把酒

且诗且友

文王归来不问渡

‖

古渡、古渡

我与吕刚、宁刚问大风

堪渡、堪渡

‖

满地落樱

少女捧一掬抛空

天上花雨，没了美人娇容

‖

睡莲、莲睡

菡萏探头

问四月，渭水何时醉了

‖

鹁鸟儿

默不作声

莫非与灰蒙蒙的晨曦赌气

‖

晨露草尖上

宠辱不惊。一朝沾尘

粉身碎骨①

此诗的本意是对某种流动性体验的客观化、直观化呈现。之道以时空交错的独特意象表现法，将这种体验的流动性如实捕捉、再现，其结果，就是作品中显露出诸多与人的意识活动相对应的大自然的"面影"。吕刚也深谙此法，写有"合欢树下/寡居的老人/歇脚""香山/终南山/——你我窗前各自的秋山""弯月的夜航船/行经窗前/划一道黑魆魆山峦的波浪"等佳句。其实吕刚尤善抒情诗，小令诗中他的情感表达极曲折含蓄，每每以物景先行写情思之真切、之纯净。另宋宁刚、未名、安娟、秦雪雪等，也常以四季景色、自然人事作为书写资源，探索人的存在和真实世界的关系。

----

① 之道. 令·两寺渡[J]. 诗人文摘，2021(4)：19.

只是，"真实并不单是非虚伪，还须有切迫的情思才行，否则只是谈话而非诗歌了……譬如一颗火须燃烧至某一程度才能发出火焰，人的情思也须燃烧至某一程度才能变成诗料"①。但，原本饱满丰厚的情感在小令诗里没有表现为一种燃烧或喷发，转而为一种内敛沉吟、一些平和寂静下潜藏的炽热幽深。以此对情感的提纯、升华处理不仅赋予小令诗开阔大气的诗美视阈，也塑造出一种天地混沌、万物齐一的诗歌境界。

3. 追寻一种冥思或理趣

朱自清在总结 20 世纪第一个十年的诗歌历史时，指出："中国缺乏冥想诗。诗人虽然多是人本主义者，却没有去摸索人生根本问题的。"②难以否认，中国诗歌整体上走的是感性化道路，抒情维度相对发达，但理性稍显不足，20 世纪兴起的小诗算是一种饱含理性因子、启发人冥想的智性诗歌。小令诗秉持这一路线，不排除传统天人合一、神与物游的悟性智慧之影响，同时学习日本俳句的徘境视阈和现代诗歌技巧。需要指出的是，作为一种新媒体诗歌呈现，终南令社的小令诗发布采用一种多人合作的组合样态。《诗人文摘》的近期小令诗，是由一位诗人主导，把其他诗人投票匿名选取出的三行小令进行统一编辑、再创造的结果。轮流主持，除主持人外，每人只晓得一期自己有几阕被选中，这种方法既保证了诗歌选择的纯粹性，也提高了诗人写作的自律和乐趣。

事实上，冥思或理趣均以禅或道做底子。依靠佛禅直觉，诗人"置身于对象的内部，以便与对象中那个独一无二、不可言传的东西相契合"③，透过事物的表层和芜杂，进入本质的认知层面，以诗包孕诗人深邃幽微的情思。比如芭蕉的名句"万籁闲寂，蝉鸣入岩石"写途经某小径，静极之时，突然的蝉鸣打破空寂，仿佛穿进了岩石，在人虫兼在、物我两忘的清明之际，理趣和禅意体验闪耀在生命的跃动中。之道的"燕子塘边濯足/蜻

---

① 周作人. 周作人批评文集[M]. 珠海：珠海出版社，1998：39.
② 张新. 东西方文化论争背景下的中国现代小诗[J]. 学术月刊，2002(6)：58-65.
③ 伍蠡甫. 现代西方文论选[M]. 上海：上海译文出版社，1983：83.

蚪塘底打盹/不清不浊,一塘春水""莺啼/蛙鸣。白鹭低头/啄泥鳅""没有鸟光顾/稻草人/傻乎乎站在麦田中"①,在"我"的直陈式表述中,通过燕子、蝌蚪、莺和蛙以及稻草人兀自濯足、打盹或啼鸣,写一种"低头也罢、傻乎乎也罢,春水不清不浊"的人生感悟。在苍茫悠远的宇宙和历史面前,人的孤独与美丽若无"鸟"来光顾,没有神灵指引,该是怎样的一番景象呢?之道以物写人,以物象存在的刹那写生命轮转的永恒,看似平常实则惊奇。

宋宁刚喜欢以小令诗写一些童趣、静趣和理趣,这源于他对儿童诗的关注、对自然的热爱和深厚的哲学素养。像"小远说话/发音不准/总把'男'说成'蓝'//爸爸问他/你是'蓝'的/还是'男'的?//他做个鬼脸/我是女的"②等出自童心的眼光、视角和思维,没有丝毫矫饰,诗文天真活泼、拙朴生动,充满了人的情真之美和思理之妙。

另外,小令诗中也有反映社会生活和时代历史的宏阔之诗,比如吕刚对当下的反思式书写、之道的警醒式呈现和宋宁刚的远景观望。纵观之道小令诗的诗名,可知他以小诗写大时代的决心和勇力。以《行走的陷阱》《你的善良早已腐烂》《孤独为何珍贵》《冗长的光芒被乌云剪掉》《咖啡不疲惫》《上帝是谁的替身》《腾空书架种花草》《躺在病榻上的云》等篇目,之道揭露陷阱、呼唤良善、痛斥枷锁、捍卫尊严,他写"瞧瞧/这些蘸了人血的文字/很快就要发臭""一只乌鸦/自豪地炫耀/它有一个装疯卖傻的祖国""放心吧/我不会与你谈诗/我们只谈腐烂"③等泣血的句子。以鲁迅式的怒眼疾目,在新冠病毒肆虐传播时,之道写下他对祖国人民深沉的关怀和热爱,这些诗不同于纤细柔美、婉转秀逸的写景诗,有鲜明的人道主义色彩,为小令诗的整体风格增添了一种刚毅和勇气担当,在当下尤显出其独特的诗歌价值和社会意义。

---

① 之道. 誓死起风波[J]. 诗人文摘,2020(11):12.

② 宋宁刚. 写给孩子的诗[M]. 西安:陕西科学技术出版社,2020:91.

③ 之道. 上帝是谁的替身[J]. 诗人文摘,2020(7):3.

三、美的实践：之道、吕刚、宋宁刚的小令诗

新诗百年以来的发展成果，主要表现在现代诗意语言对灵魂存在和生命本质的抵达，小令诗通过对古典诗法的继承和俳艺徘境的追寻，力图在文本意义的突进、拓展和诗歌体式的形成中确立自己。雷内·韦勒克说："艺术品绝不仅仅是来源和影响的总和，它们是一个个整体。从别处获得的原材料在整体中不再是外来的死东西，而已同化于一个新结构之中。"①以之道、吕刚、宋宁刚为代表的终南令社成员，在诗的语言意识和文本创造的自觉中探索、尝试，力求找寻和把握一点新诗的尺度和规则，即确立小令诗自己的"道"。经过数年的摸索、实践，他们的创作在延续 20 世纪以来小诗美学风貌的基础上，呈现出诗艺的多元化、诗思的丰富性等特点，同时形成了自身的独特性和价值。

首先，呈现一种回归内心世界的人性写作或神性写作倾向。与对时代、社会、现实的历史性写作不同，小令诗人以自己为阵地，在创作中高度关注人的灵魂状态和精神世界。通过倾注诗人的精神生命，从超时空、美的视阈去观照自然，他们试图以诗的方式回归原初存在，尤其生命体验本身的流动性、丰富性和广阔性，并且，"人性写作建立在对于人性的真实性与丰富性的艺术化展示的基础上，在传达真、善、美的艺术使命中以真为基石，兼顾善，美次之，追求灵魂的真实呈现与情感表现的力度是人性写作的要义"②。之道在小令诗中大量拷问灵魂、反思人性，以掷地有声的语言解剖自我，在《誓死起风波》《积攒的善良何用》《会撒谎的玫瑰》《你的善良早已腐烂》《谁为海棠拭泪》等篇，以"听/溺水的风/临死还不忘起风波""荒废的城池/堆满，等待翻身的/咸鱼""穷人何时能站这么高啊/使劲低头/也看不到地面""你偷偷穿上我的背影/无怨无悔/演绎杜拉斯的滥觞"

---

① 张隆溪. 比较文学译文集[M]. 北京：北京大学出版社，1982：24.
② 谭五昌. 当下中国新诗写作向度之一瞥[J]. 博览群书，2015(2)：28-31.

等刻写一代人的生存样态和人性面向。需要指出的是，人性写作的价值很多时候体现在诗的升华和提纯上，即一种宗教感和泛神论思想的庄严、纯粹式书写，这在吕刚、宋宁刚的小令诗里亦有体现。

其次，对时代境况、现实遭遇与历史记忆的诗性书写。虽然回归自身的人性观察是小令诗的主流，但并不缺少对现实的关注。诗人是否面对时代、现实发言，一直是当代诗歌写作的伦理问题与诗学热点。而能否超越个人的碎片化、内倾性写作态势，把握我们置身其中的当下，关键在于放眼世界、关注时代。近年持续发生了多次影响国家历史和人民生活的大事件，诗歌界屡有反应，比如"抗疫诗"。新冠肺炎疫情的出现对既有的生活产生了严重冲击，这既体现在人们的日常生活中，也体现在人的精神世界内。作为当代诗人不能回避的事实，疫情对国家战略、社会发展和个人生活的影响之大，已进入每一个写作者的视野。而这样波澜壮阔的时代，无疑也在呼唤和寻找一种伟大的、属于这个时代自己的声音。在"疫情时代"，诗歌呈现出把握时代先锋的敏锐性，此为诗人之道的心声：

‖
大疫之际
最让人恶心的
谎言与诗歌

‖
一副口罩
遮住大半个中国脸
外面只留下一双疲惫的眼

‖
月光下

瓣花们穿上礼服
去参加同胞们的葬礼

‖
口罩
让春光失色，好在还有柳枝
迎风摇曳

‖
爱不是紧贴，也不是疏远
是不管多遥远，心里都为对方留着
一副笑脸①

　　不得不说，对时代重大命题、社会现象和民生遭遇的书写，无疑是诗人作为人类灵魂工程师和历史见证者的责任与使命。如果"诗比历史真实"（亚里士多德），我们就更需要书写时代的好诗和大诗。这种"外向性"写作同样需要广阔的视野、宏阔的精神和深厚的情怀，诗人需要处理好个人经验、时代经验和集体经验，才能写出承载普遍记忆和生民之命的好作品。除了之道，吕刚、宋宁刚的许多小令诗，也涉及疫情和后疫情时代生活。无论如何，我们需要这样坚实有力地反映当下国人万众一心、砥砺前行的抗疫诗篇。

　　再次，超越日常、淡泊清丽的智性写作或形而上倾向。终南令社的诗初读平淡无奇，一些诗句直接源于生活话语，一些物象和事象日日发生，但这种看似简单平常的书写，实则包含了诗人淡泊平常、超越日常的审美趣味和形而上追求。而这种倾向源于古典诗歌境界淡远潜隐的一面，也受到日本俳句内在精神的影响。比如，吕刚和宋宁刚善于写幽静深咏的小令

---

① 之道. 上帝是谁的替身[J]. 诗人文摘，2020(7)：3.

诗，他们对于被表现的事物与作为表现媒介的语言，有清醒的认识，在写作中从不过分依赖修辞，"词与物"直接呈现，在事物的出现、退场中流露万物的原初秩序，真切地感知时间流动，触摸存在之痕，一如吕刚的小令诗《到林间云上去》：

‖

夜风

横吹

竖琴的楼

‖

乌云失手

白雨

倾盆而下

‖

屋檐下

小麻雀抖落脖上

水珠链

‖

晾衣绳上

雨滴们

命悬一线

‖

雨水妈妈的

三个孩子——
雨滴、雨珠和雨花

‖

给雨夜头断
也不折腰的庭树
鞠一躬

‖

雨后烟岚
——山谷的
深呼吸

‖

树下落的青果
一个、两个
三五个

‖

修剪工
照自己寸头的样子
剪修花木

‖

在校门外
与一个学生
作最后的沟通

‖

演出结束

人们说话

还是歌唱的调子

‖

木心蠢蠢

随一阵鸟鸣到林间

云上去

‖

云雾缭绕中央

山尾超凡

山头入圣①

　　最后，小令诗本质上是一种实验写作，它的成熟壮大仍需时日。从严格意义上说，以陕西诗坛民间刊物《诗人文摘》为主阵地，以之道、吕刚、宋宁刚、未名等诗人为主力军的终南令社及其诗作，是作为一种实验文体、小诗形态和新古典主义风格发声并立足的。其瞬间切入、高度浓缩的写作技巧和简约精练、便于传播的文体优势，以及以象写意、超凡入神的美学理想，尤其对智性的追求和自然的亲和，对当下浮华热闹的诗歌场有良好的借鉴意义，并且，小令诗对俳句俳境的借鉴和对形而上写作的经营，为提升当代新诗写作的精神层次和艺术品位，贡献了一份力量。另外，他们的小令诗境界和成功实验也为今天的小诗写作提供了一个新的可能性和选择向度。

---

①　吕刚. 令·到林间云上去[J]. 诗人文摘，2021(6)：21.

　　海德格尔曾说："在纯粹的被言说中，被言说独有的言说的完成是一种本源的。纯粹的被言说乃是诗。"①我们期待，小令诗在对纯粹诗美的旅程中为我们留下越来越多的好作品，也期待终南令社的诗人们通过每一次诗歌文本的成功创作，向我们展示现代汉语的耀人魅力，比如语言自身的独特性及其意义的丰富性。同时，我们也相信经过诗人对具体诗形的建构，发现并激活的古典诗美因子及其着力探讨的汉语新诗的美的逻辑和语言问题，对于新世纪陕西诗歌以及当代诗坛会有一个良性的促进作用，值得更多后来者去探究期许。

---

　　① 　海德格尔. 诗・语言・思[M]. 彭春富，译. 北京：文化艺术出版社，1991：169.

第三章
新语感诗歌

第一节　语感写作：为生命存在或
生活之魅而诗

这个时代最伟大的诗只能是从个体生命深处通向文本的。我们相信一个诗的庄严时刻必然来临，而为这个庄严时刻到来所铺设的道路，则取决于今天那些有觉悟的诗人推动着的每一块生命话语的石头①。

——陈超

作为当代诗学的一个重要理路，"语感写作"经20世纪90年代第三代诗人提出并发扬光大。几十年来，诗歌的语感写作已获得学界普遍认可，但"语感"概念并不清晰，为此产生过争论，也有诸多学者给予分析、厘定，其中，代

① 陈超. 生命诗学论稿[M]. 石家庄：河北教育出版社，1994：28.

表性的观点如王尚文曾说："语感是思维并不直接参与作用而由无意识替代的在感觉层面进行言语活动的能力。"①刘大为则认为"语感就是语言的无意识，语言使用者并未意识到他对语言的掌握和使用，但实际上却有效地使用语言达到了目的"，"以无意识方式活动的语言意识就是语感"等②，这些都切中了语感内涵的"无意识"本质。

关于诗歌写作中的语感，大致有两种态度，第一种是将语感与声音、口语相联系，如早先的杨黎认为"存在一个发声的'宇宙'，声音先于生命、表现生命还将超越生命，诗歌语言的全部意义都是声音的意义"③。而这"声音"包括语调、语气、语势、音节、音色、韵脚、节奏等内容。第二种是将语感与语义相联系，而不局限于口语，周伦佑就认为"语感先于语义，是诗歌语言中的超语义成分"④。即决定诗意的不是通常的语言意义，而是语感。两种观点都从诗歌的本质上界定，提出语感即诗歌。不过，于坚与韩东表示："语感即生命，是生命有意味的形式，生命是语感全部存在的根据。"⑤此说虽新，但"生命"一词的内涵难以廓清。对此，在谈论"第三代诗歌"时，陈仲义把诗歌语感定义为"抵达本真与生命同构的几近自动的言说"⑥，将语感与诗的自动言说并置，可谓进了一步。近年，李心释《当代诗歌"语感写作"批判》一文从语言意识角度，指出"'语感写作'强调的是对语言的无意识，但这同样是文学界语言意识加强与发展的必然结果。语感属于语言意识中的潜意识部分，成功地使用一种语言必须依靠语感。语感本来就是一种事实上的存在，对它的强调与重视恰恰就是语言意识中的显意识"⑦，算是学界对此的最新看法，也比较中肯全面。

其实，无论第三代诗人提出的诗歌"语感"及其半自动写作，还是21

① 王尚文. 语感论[M]. 上海：上海教育出版社，2000：35.
② 刘大为. 作为语言无意识的语感[J]. 华东师范大学学报(哲社版)，2003(1)：109.
③ 杨黎. 声音的发现[J]. 非非(理论卷)，1988(2)：36-37.
④ 陈仲义. 现代诗：语言张力论[M]. 武汉：长江文艺出版社，2012：236.
⑤ 于坚，韩东. 太原谈话[J]. 作家，1988(4)：77.
⑥ 陈仲义. 抵达本真几近自动的言说——"第三代诗歌"的语感诗学[J]. 诗探索，1995(4)：64-76.
⑦ 李心释. 当代诗歌"语感写作"批判[J]. 当代文坛，2016(6)：87-92.

世纪李心释主张的以语言意识打破语感与陌生化的二元对立态势，都肯定了语感写作的必要性。其中，李心释认为语感写作至少可以维系诗歌的两种品质，"一是不离自然口语的朴素与活力，二是不离生命的感性冲动"①。故从根本上说，"语感"是一种能力，是"诗人在长期写作实践中形成的具有强烈个人风格化的语言感受、领会和表达能力，一种带有浓厚经验色彩的比较直接和迅速感悟并捕捉诗歌灵感的能力"②。由此，诗歌的语感写作既是诗人笔下的语言质感，也指凭借对词语及词语间的语气、语调、语式、轻重、平衡等感觉，顺其自然、依势行文而成篇的艺术生产过程。语感写作内涵包括其在写作学、语义学等多层面的诗美要求、艺术征候和发展指向。

一、美的逻辑：语感诗学的内涵

考察近年的诗歌活动，诗人面临许多彼此纠葛的情势。一个极为显豁的困境是：如何在保持诗性精神自由的同时，完成当代题材的史诗处理以及对时代要旨的深入揭示。比如语感写作的现代性、现实性问题。对此，沈奇指出："诗关别才；别才者，语感之所谓也。"③而语感的本质在于"无意识"，在于直觉和语言能力。不同于叶圣陶从写作角度对语感的定义——"对文字的敏锐的感觉"④，当代语感诗学在对现实的观照与超越中已逐渐确立自己的独特内涵。

首先，语感是关于声音的诗学。与汉字的意象一样，汉语的声音也是诗歌写作的重要资源，古典诗学看重文字与语音的融合。"语感写作"概念的提出基于现代汉诗对文字记录语言之有效性的质疑："事实上文字只能记录语言中有意义区别度的声音和语言的理性意义，对于声音和意义的各

---

① 李心释. 当代诗歌"语感写作"批判[J]. 当代文坛，2016(6)：87-92.
② 李心释. 关于当代诗歌语言问题的笔谈(二)[J]. 广西文学，2009(2)：75.
③ 沈奇. 淡季[M]. 香港：高格出版社，2003：142.
④ 叶圣陶. 叶圣陶语文教育论集[M]. 北京：教育科学出版社，1980：266.

种微妙变化，文字的记录基本上是无能为力的。正是因为文字阻断了声音，使语感停留在笔头上，停留在是否合乎语言系统规则的直觉上。对诗人来说，文字代表的是语言的概念意义，声音代表的是概念意义之外的情感、态度、本能及与生命体验相连的一切意味。"①故而，语感诗学的第一要义：语感即"诗的声音"，是诗歌意义文本之外的声音文本，"语感写作"的目标就是要恢复声音与意义之间的协同与敏感关系。

其次，语感是指与生命同构的心灵之声。表面上看，语感写作的出现十分偶然，缘自1986年杨黎与周伦佑谈话中的一次"脱口而出"。事实上，早在1984年，杨黎就感觉到一个发声的"宇宙"与人的宇宙相对称，并以此推演出声音是宇宙的本源或纯粹的前文化界域。他进而提出"声音先于生命，声音产生生命，声音表现生命，声音还将超越生命"②。由此，"声音—生命—语言"的同构关系成为语感概念的基础，更生发出陈仲义"语言的全部意义就是声音的意义，语言是声与音的诗化"③的著名论断，并且，由于语感是语言与生命状态的同构和呈现，生命意识的觉醒就意味着语感全面显现的可能，那么对意识、无意识或前意识的直觉把握，对"自在"生命情状的重新揭示、考察、命名和探究，便成为语感写作的应有之责。

再次，语感是指语义流动的整体性语境。我们知道，声音是流动的，语义也是；诗歌是流动的，心灵也是。而文字是固定的，如何唤醒诗人意识深层的语言力量，使它和生命体验互涉同构，便成为语感诗学的第三大内涵和目标。德里达曾说："文字虽然用来记录语言，但绝不是对有声语言的简单复写，文字能够通过书写言语而创造出意义，文字与有声语言不存在谁优于谁的问题。"④故而，诗歌的语感既是对声的敏感，也是对字的敏感，语感诗学则是对语义流动与声音画面的整体性语境之构筑。为此，请看一首李森的诗《梨树和梨》：

---

① 李心释. 当代诗歌"语感写作"批判[J]. 当代文坛，2016(6)：87-92.
② 杨黎. 声音的发现[J]. 非非，1996(4)：26.
③ 陈仲义. 抵达本真几近自动的言说——"第三代诗歌"的语感诗学[J]. 诗探索，1995(4)：64-76.
④ 涂纪亮. 现代欧洲大陆语言哲学[M]. 北京：中国社会科学出版社，1994：335.

听说，在天边外。秋深，晨开，夜风在山谷结出卵石。

罗伯特·弗罗斯特的梯子，伸进梨树，高于梨叶。

弗罗斯特不在，只有鞍在。我不在，只有箩筐在。

梨问另一个梨——所有的梨，都在问梨。

为什么，梨核都是酸的，古往今来的酸。

有一个梨说，这不是梨的决定，是梨树。

梨树突然颤抖。一棵树说，也许是春天的白花。

另一棵树说，也许是风绿，雨湿，光荫。

还有一棵树说，难道是那把长梯，那些木凳。

日过中午，不闻梨喧。日落山梁，不见梨黄①。

  语感写作是对生命和直觉的自在言说，但除了文字与声音的转换，诗歌的语感写作还注重声音的联想聚合与生命的自觉言说等问题。有学者认为"诗歌语感中的要素并不比普通的语感多，无论声音、意义和直觉，自动或半自动的言说只是外显的状态，关键在于有没有对言说生命本身的直觉"②。因此，语义、语音、生命、语境的最终呈现效果是诗歌语感写作的艺术要求和美的抵达，一如《梨树和梨》静水流深的清澈性，这"清澈性是一种诗歌内容和语义的交融状态。这清澈源于其诗性生命对素朴事物本真状态的照亮，源于古典诗学对诗性隐喻的精致提炼，源于爱智者返璞归真的清明理性"③，这声音来自诗人的心灵，来自诗人生命境界的苍茫宏大。那么，如何在生命的自觉言说中，实现诗的声音、画面、语言、意象等元素归结而统于语感之纯澈呢？

  王新的诗论告诉我们答案：这首诗是清澈的，因为它只说了梨树和梨，意象疏朗、节奏鲜明；这首诗是复杂的，开头，天边外、深秋、夜风、卵石，是深秋的事物和事实，但一冠以"听说"，则全部虚化，转为隐

---

① 李森. 法蕴漂移[M]. 北京：商务印书馆，2018：53.

② 李心释. 当代诗歌"语感写作"批判[J]. 当代文坛，2016(6)：87-92.

③ 王新. 背负苍茫歌未央——评李森的诗[J]. 东吴学术，2015(2)：89-94.

喻；诗中"罗伯特·弗罗斯特的梯子"是一重隐喻，"我"可以是隐喻，也可以是事实叙述，"梨问另一个梨"，推向"所有的梨，都在问梨"，则为哲性追问。当然，所有这些意象和叙事指向一个总体隐喻的生成，然而，"日过中午，不闻梨喧。日落山梁，不见梨黄"这一客观实事的呈现，以其"涧户寂无人，纷纷开且落"的自足与冷静，轻轻解构了前面的所有隐喻。尤可贵者，在各种隐喻中，事物的诗性仍然得以保持，这首诗仍然很美，"弗罗斯特不在，只有鞍在。我不在，只有箩筐在"，"另一棵树说，也许是风绿，雨湿，光荫"，"日过中午，不闻梨喧。日落山梁，不见梨黄"，全然是纯正的中国古典诗语，鲜活，透亮，略带朴拙，来自唐诗宋词，更来自古老的《诗经》①。从评论家抽丝剥茧的鉴赏与评析中，我们不仅知晓诗美、诗境、诗语与诗体的建构过程和解构方法，也学得语感诗美背后的艺术逻辑和文化底蕴。

二、跨越生命：语感写作与诗歌艺术

生命本身是看不见的，诗也是。维特根斯坦说："哲学不是一种理论，而是一种行动。"诗，也是。事实上，诗歌的语感写作，是一种无任何遮蔽的纯粹、直觉式书写。艺术作为一种直觉意味着鲜明的个别性，就诗而言，诗人通过对语词作有节奏的安排，赋予以特定方式组合起来的语词以新的生命，从而将语言创造之初并未说明的东西告诉读者，或暗示给读者。同样，有欣赏力的读者也能透过言表深入一层，在言语表达的那些喜怒哀乐的情感中，捕捉到与言语毫无共同之处的某种东西，获得比人的最为深沉的情感更为深透的生命的节奏。在这个奇妙的诗歌生产和阅读中，语感既是桥梁又是目的，而基点是人和语言在时间上的合谋与共通，即一致的"生命的节奏"。其实，就艺术本质而言，凡可借助理论研讨的，都是第二义的东西，不是艺术本身。无论如何，我们只能从诗走进诗，看周梦

---

① 王新. 背负苍茫歌未央——评李森的诗[J]. 东吴学术，2015(2)：89-94.

蝶的《我选择》：

> 我选择紫色，
> 我选择早睡早起早出早归。
> 我选择冷粥，破砚，晴窗，
> 忙人之所闲而闲人之所忙。
> 我选择非必不得已，
> 一切事，无分巨细，总自己动手。
> 我选择人一能之己十之，人十能之己百之。
> 我选择以水为师——高处高平，低处低平。
> 我选择以草为性命，
> 如卷施，根拔而心不死。
> 我选择高枕，地牛动时，亦欣然与之俱动。
> 我选择岁月静好，猕猴亦知吃果子拜树头。
> 我选择读其书诵其诗，而不必识其人。
> 我选择不妨有佳篇而无佳句。
> 我选择好风如水，有不速之客一人来。
> 我选择轴心，而不漠视旋转。
> 我选择春江水暖，竹外桃花三两枝。
> 我选择渐行渐远，渐与夕阳山外山外山为一，
> 而曾未偏离足下一毫末。
> 我选择电话亭：多少是非恩怨，
> 虽经于耳，不入于心。
> 我选择鸡未生蛋，蛋未生鸡，
> 第一最初威音王如来未降迹。
> 我选择江欲其恕，涧欲其清，路欲其直，
> 人欲其好德如好色。

我选择无事一念不生，有事一心不乱。

我选择迅雷不及掩耳。

我选择最后一人成究竟觉①。

首先，与生命同构的语感艺术。诗歌的艺术性与独特性，与诗人感悟世界的方式、找寻诗美的途径以及诗人的经历和个性分不开。所以好的诗歌，也是一种生命境界。周梦蝶用一生经营出这首诗的精神与形式，这是一种绝对之美，更是他不容争辩的生命真实。这首诗同样有一种纯粹清澈的美，念诵之后会有一种近乎音乐的妙境。好的诗歌不仅提供一次赏心悦目的阅读，更通过美和意境寄寓一些哲思，一些对生命的特别感悟，一些对世界人生的省思和一种通达澄明的路径。因为，与诗人而言，每写一首诗都是一个新的出发，他必须不断地放弃，而后不断地占领。周梦蝶的诗以生命为语感，用一生去实现。诗人唯一做的，是锻造自己，然后把生命之境显露在诗美之镜。好诗是"养"出来的，"语感"落实在诗的生活内容中，流淌在诗的旨趣上，闪烁在诗的精神灵魂里。

故而，诗歌的语感写作源于生命自由自在的体验，源于生活多维面向的真实，也源于语言符号对世界诸象无目的的创设或开启。李森曾谈及诗人原初所创作的纯粹艺术，是让所有理论失语的作品；反而，那些三流以下的作品，是为理论阐释而备的②。因为"就使用中的语言来说，语言意识是对语言手段本身的意识，它不仅是对语言形式的意识，还是对语言符号的形式与意义之间协同的意识。因为符号是一个整体，形式与意义不可分割，从形式到意义是感知的必然过程，故而语言意识中并不存在一个独立的对语言意义的意识。那么语感的内容相应地有两个部分，一是关于语言形式的直觉把握；二是关于形式与意义协同的直觉把握"③。而诗只对诗发声，诗人只应该关注诗歌本身。让诗心和语言彼此照亮，让存在和诗人惊

① 周梦蝶. 鸟道——周梦蝶世纪诗选[M]. 北京：中央编译出版社，2015：121-122.

② 李森. 论原初写作[J]. 扬子江评论，2019(3)：102-105.

③ 李心释. 当代诗歌"语感写作"批判[J]. 当代文坛，2016(6)：87-92.

喜相遇，一旦"风云际会"，崭新的境界就被激活或创造出来。或许，理论的归纳和演绎，与艺术创作本身无关，毕竟诗人写诗的时候无暇顾及其他。如果这种诗歌写作是为某种预设的观念或范式，语感写作便成为一种语言探险实验。

其次，关于诗歌的语感写作实验。诗贵有魂，无魂之诗只是一种文字游戏，以诗人之魂赋予语言之躯，艺术与人类同时因承领神性之光而不寂灭于"借住"的物化世界。但如果你问，诗的语感写作可以实验吗？答案是肯定的。比如当代诗评家和诗人沈奇从 2007 年开始着意经营、2020 年出版的最新诗集《天生丽质》就是这样一种自设其难的"自觉"实验，他以诗证字，证汉字本身的诗形、诗性、诗质和语感，且看其中的一首《种月》①：

> 种月为玉
> 再把玉种回
> 月光里去
> ……
> 坐看云起
> 心烟比月齐

孙晓娅说，此诗"巧妙事理，情韵自在，禅味蕴藉，诗性盎然。古与今，情与理，禅与诗，象与境，多重维度巧妙交融，感通无碍"。杨匡汉以为，解读《种月》可以分三个层次：第一个层次，是对细节的处理，体现在意象的选定、句法的构造、修辞的灵巧上，"月""玉""梅""菊""桐""竹""细草"等各具活力意味，种去种回的往复回环，形成了万象争先的修辞效果。第二个层次，是对整体的把握，这些物象并非列柱式的铺陈，其间有恰切的关联，五德之玉和光影之月这一条主线起到贯穿整体的作用。第三个层次，是由"实"到"虚"的精神空间，连续的"种"，是抒情主体的

---

① 全诗见本书第 66 页。

倾心诉求，"德将为若美"赠予读者以思想的魂，"道将为若居"传递给人们以生命的芬芳。"坐看云起"这一古典式的作结，则完成了诗歌灵魂的飞翔，是清静自正的澄明，也是无为自化的宽待①。诗人把对德性的向往和对道统的寻求，寄托于也浓缩于"玉"和"月"的结上。不仅如此，还在这方寸之间把怀柔的芳树香草——收纳，让心烟与月、与玉共通。这种"共通"感是人类审美活动的基础，尤其与诗性智慧、汉语语感不可分。而本诗所达到的"心""物"同构的普遍性，不仅是抽象的，也是具体的，呈示出一种生命与生活、直觉与理念、语感与智性的融合。

再看《秋意》：

你说：做个好梦吧

梦浪漫的花
梦甜蜜的果
可我早已错过了
那样的季节

没有梦　我只是
真实地想着你
像秋天的树
想着春天的雨

你说：那就只长叶子吧
我的心一下就绿了……②

① 杨匡汉. 走向瞬间的澄明——《天生丽质》解读[J]. 文艺争鸣，2012(11)：95-98.
② 沈奇. 天生丽质[M]. 北京：文化艺术出版社，2012：117.

最后，语感写作与诗美表达。《秋意》一诗语感清晰，形质并茂，有看得见的词语质感、情感肌理和生命痕迹。诗歌是对语言表述情感的极限探测，因为言不尽意，写诗难免会遭遇语言表述情感的不足和挫败，而语感是一种弥补和补充，语感使语言转变为一种手段、一个过程、一种目的，一种"意"之链的绵延存持。卡西尔说："在人类意识最初萌发之时，我们就发现一种对生活的内向观察伴随着并补充着那种外向观察。人类的文化越往后发展，这种内向观察就变得越加显著。人的天生的好奇心慢慢地开始改变了它的方向。"①诗就是这种内向观察的途径，没有一个现成的世界等着诗人反复吟哦，诗的价值正体现在它的内涵和表现上。而此诗的产生与《天生丽质》最初的诞生——《茶渡》一诗一样，是非实验的，是不自觉的，是纯语感式的，得于诗人偶然的天机妙手②。

总之，诗是关于美的学问，形式决定着内容。诗歌创作，用语言精湛地表达感受以及对语感的领悟和把握，需要一个长期训练的功夫积累。臧棣指出："诗的形式，说到底，是人们愿意采用什么样的方式看待感觉的对象：它可能是自然事物，也可能是人事纷争。在本质上，诗的形式是基于生命感觉的一种给予能力。它是活的，它不是套路，尤其不可简单地归结为语言是否需要押韵。诗的形式，考验的是我们能否奇妙地理解事物的那种能力……换句话说，对诗而言，形式的本质就是表达是否精湛。"③既然"在本质上，诗的形式是基于生命感觉的一种给予能力"，那么，语感写作就是关于诗的本质写作。周梦蝶以诗人的一生告诉我们，语感与生命同在；沈奇则用《天生丽质》成功实验阐明，作为一种诗性汉字，语感藏在汉字基因里，诗人应穿过自我去洞见和表现它：不仅所见之物，还有人与世界的关系、人的感受、万物的感受，以及被俗世、政治或伦理所忽略的时空景观。因为任何可见之物的存在也同时存在于不可见的大地与天空之

---

① 卡西尔. 人论：人类文化哲学导引[M]. 甘阳，译. 上海：上海译文出版社，2013：47.
② 沈奇. 我写《天生丽质》——兼谈新诗语言问题[J]. 文艺争鸣，2012(11)：85-89.
③ 臧棣，王家新，王晓渔，陈超，张桃洲. 我们时代的诗歌（笔谈）[J]. 郑州大学学报（哲学社会科学版），2004(4)：134-140.

间，而诗人在进入诗性创造之域时，他所寻求的应不只是问题和答案，更是自动言说的生命节奏和语感艺术本身。如此，对语言的把握便是对世界的把握，对语感的承领便是对生命意义的思考。

三、抵达本真：当代语感诗歌的维度

不可否认，语感写作同时给诗坛带来了分歧和争论。比如，陈仲义曾说："然而语感造成大面积负面现象不可低估。比较其功过是非，笔者已然肯定语感对于当代新诗的建设性贡献，在于重构了诗歌语言学的一个重要尺度，与另外一种尺度的'陌生化'遥相对峙而又呼应。"① 李子荣也在梳理当代诗歌语言变化的历史脉络中发现："在社会政治文化视角下，诗歌语感写作获得了高度评价；但在语言学视角下，语感写作乃业界'常识'"，并指出："语感是当代诗歌创作中不能缺少又不能过分夸大的重要业务能力，是体现诗歌个性风格的重要因素。"② 李心释长期关注诗歌的语言问题，曾主持《广西文学》《当代诗歌语言问题的笔谈》栏目，撰写《论当代诗歌的语言问题》③《语言观脉络中的中国当代诗歌》④等文章，并对 21 世纪的语感写作提出了许多切实的建议和期待。

首先，关于语感写作的不同看法。其中，认可的态度和理由是：

(1) 语感对素材有独特的开发作用。(臧棣)
(2) 强调语感有利于按语言规律写作。(黄梵)
(3) 注重语感意味着对语言生命的尊重。(李心释)
(4) 语感是最具活力和创造力的语言。(小海)

① 陈仲义. 抵达本真几近自动的言说——"第三代诗歌"的语感诗学[J]. 诗探索，1995(4)：64-76.
② 李子荣，许杨. 当代诗歌语感写作分歧的维度探究[J]. 辽宁师范大学学报(社会科学版)，2016，39(4)：117-121.
③ 李心释. 论当代诗歌的语言问题[J]. 南京社会科学，2013(12)：128-134，140.
④ 李心释. 语言观脉络中的中国当代诗歌[J]. 江汉学术，2014，33(4)：52-58.

（5）语感是对语言个性的强调（树才），是形成诗人个人写作风格的重要因素（桑克）①。

简言之，赞成诗歌语感写作者认为，应利用诗人个体独有的语感基因展现不同的个性元素和生命体验。毕竟，语感如音色，不同的人音色不同，强调语感即可"闻声识人"，好以此建立自己独特的个人风格和诗美世界。相较而言，反对的理由有：

（1）语感是诗歌学徒期的练习（臧棣），是一个普通的词（清平）。

（2）仅凭语感写不出大诗（臧棣），完不成大境界（黄梵）。

（3）仅凭语感写作是懒汉行为（李心释），不可能抵达诗歌（清平）。

（4）若只赖语感进行创作，可能丧失诗歌想象力（李心释）②。

归而言之，反对诗歌语感写作者认为，语感是必需的一部分，但只是一小部分，不能丢弃，也没必要过分放大。对此，笔者赞同臧棣先生一分为二的看法，语感是诗歌写作的必备"常识"和常态存在，评价视角不同结论会不一样，只是"强调常识并非完全没有意义，有时候甚至很有针对意义，但，强调常识在任何一个行业中，都不是值得夸耀的事，当然更不具有方向性意义，因为在一个正常的行为秩序中，常识的重要性是不言自明、毋庸强调的"③。无论如何，对语感认识的加深都意味着诗歌技艺的提升，对语感艺术的尊重与把握对一个初写者是必要的，对一个技巧纯熟的

① 李心释，黄梵，臧棣，等. 关于当代诗歌语言问题的笔谈（一）[J]. 广西文学，2009(1)：88-94.
② 李心释，黄梵，臧棣，等. 关于当代诗歌语言问题的笔谈（一）[J]. 广西文学，2009(1)：88-94.
③ 李子荣，许杨. 当代语感写作分歧的维度探究[J]. 辽宁师范大学学报（社会科学版），2016(4)：117-121.

诗者更是难得和可贵的。

其次，当代语感写作存在的问题。首先是把诗歌的"语感"内涵归为普通语感对待，造成写作的同质化现象。诗歌的语感内涵原是非常丰富的，包括与生命同构的自性显现、诗性汉字的自动言说、超语义的语境整体以及文本语言的"无意识"等。诗歌中，形象是语言的形象，而非事物的形象；任何形象在被激活之前，都是非诗的。比如《九歌·湘夫人》"帝子降兮北渚，目眇眇兮愁予。袅袅兮秋风，洞庭波兮木叶下"。"北渚""秋风""洞庭波""木叶"是携带屈原印记的新形象。辛弃疾《贺新郎》："我见青山多妩媚，料青山，见我应如是。情与貌，略相似。"妙的不过是，情与貌，略相似的处理。诗中的事象、物象或情象只因诗人的生命吟咏和诗性创造，才独一无二或隽永不朽。

另外，由于写作者水平的参差不齐，也造成诗歌作品的平庸化和缺乏深度等问题。最常见的平庸写作就是把生活中的零星感受分行排列，冠名为诗，而这类作品却充斥于网络。它们被配上图片或音乐，以新媒体文案的样式被广泛传播和接受。恰如李心释的批评："在《太阳真好》中，'我和锦志出现在院墙外面/看了院子里的蜜蜂之后/我们把手插在衣袖里/晒太阳/太阳真好/冬天的太阳真好'……诗里只有自然口语的语感，并且由于这种口语语感还牺牲了文字上的简洁。"[①]除此之外，语感写作也存在诗人间的模仿复制，诗歌的诗质流失、语言粗糙和诗美缺乏等问题。所谓"诗在诗之外"，诗不是语言的简单堆砌，而是语言的艺术，打动人心的文字得从真实的生活经历里生长出来，没有实践历练和思想求索、缺乏实际感受与生命体验的诗苍白乏力，经不起阅读，更经不起时间检验。这也是当代诗人身处语感写作困境的根由。

最后，语感写作的发展维度和方向。其一，为生命存在而诗。生命之痛与生俱来。诗人对生命的热爱有多深，对人的痛苦理解有多深，对人生的书写就有多深。沈奇讲过："人生来是完整的、个性的、自由的，人对

---

① 李心释. 当代诗歌"语感写作"批判[J]. 当代文坛, 2016(6): 87-92.

外来的强制，命运的磨折，对不能自由发展自己以获得幸福的生存局限的反抗是天生的，且到了当代愈演愈烈。正是这种对生命之痛的不断追问和不断超越，才使诗人的言说成为人类存在的最本质的言说。"①写作是一种"拯救"，为生命而诗，不仅是一种"高贵选择"，也是一种诗化存在方式。其二，为生活之魅而诗。生活充满奇迹，生活也遍布苦难。诗人敏于个我存在的独特性与生命的不可重复，以语言思考时空永恒的可能，以诗心消弭生活的遗憾与疼痛，以诗美建构使人从普遍物化的秩序世界里超拔解脱的精神天地，恰是对茫茫人生的优雅回答。如黑格尔所说："在富裕中能简朴知足，在住宅和环境方面显得简单，幽美，清洁，在一切情况下都小心翼翼，能应付一切情境，既爱护他们的独立和日益扩大的自由，又知道怎样保持他们祖先的旧道德和优良品质。"②诗是生活的一种，有多少诗人，就有多少写诗的理由。其三，为时间为世界而诗。诗，从言从寺，从构字方式上，它是对一种神圣言语方式的祈祷和沉思。它告诉我们言语方式的特殊性，也标示了诗与现实对称或对抗的双重向度，以及高于我们生存空间的另一种指向。诗首先属于诗人，诗是诗人对真实的诘问、对真理的追求、对苦痛的吟咏和对命运的回答。诗不仅反抗生存外力对人的压迫和耗空，也反抗人身内部的自我奴役和消耗。佩斯在《远征记》曾写下这样的句子：

> 我建造了我自己，用荣誉和尊严
> 我在三个重大的季节里
> 建造了我自己
> 它前途无量——这片土地
> 在它上面我制定了我的法律③

---

① 沈奇. 淡季[M]. 香港：高格出版社，2003：154.
② 黑格尔. 美学(卷三)[M]. 北京：商务印书馆，1979：325.
③ 陈超. 生命诗学论稿[M]. 石家庄：河北教育出版社，1994：14-15.

像屈原、歌德、陀思妥耶夫斯基一般，佩斯不仅正视苦难深渊的存在，还要进入命名它，把它从盲目、原始的噩梦状态，升华为庄严的诗章。因为，诗不仅写中和、神妙，也表现悲剧、崇高。诗人不仅告诉人们"什么是，什么不是"，也进一步指出"什么应当是，什么应当不是"。诗人是什么？就其功能而言，他是人类精神高地中最了然最一般的存在，以灵魂之贵与生命之美为家。最伟大的诗都是从个体生命通向文本的，所以诗人，永远飞升在大地与天空之间。

总之，对生命的领悟、对世界的聆听、对生存状态的观照、对文化习俗的继承与反叛、对生活晦暗面的探触与超越，是诗性创造的必经之路。正如叔本华所言："要给人类的生存一种解释和意义。"[①]在工具理性宰制一切的时代里，在人类数千年文明覆盖的星球上，事物要呈现其本真的样貌，人要与诗性或神性碰面，需要一双澄澈的眼睛、一颗温柔的诗心来引领、照亮。诗歌起于诗人对时代大背景的感悟，对现实生活的洞察，和以独特的语感意象抒发悲悯苍生的大情怀。诗性创造，应超越时代语境、时俗地理和文化信息，以呈现精神的纯澈、生命的静美和境界的高远为最终目标。故此，诗人的写作应追求一种原发性和原生性的诗思，通过艺术的美学视镜和言语之舟，实现人与人、人与物的对话与证悟。诗人，是天生对语言敏感的人，语感更是写诗的必备质素。语感写作，不只是一种对物体节奏的调整、叙事方式的转换和语言边界的探索，一种关注被日常遮蔽的生活印痕、时空自然，超越物的控制性思维、进入万物共生的纯粹性写作体验，更是一种诗学理念和诗性世界观。

---

① 叔本华. 爱与生的苦恼[M]. 刘越峰，译. 北京：中国画报出版社，2012：163.

第二节　我们的时代：阎安　雷鸣的现代诗写

✎ 阎安简介

　　阎安，本名阎延安，1965 年 8 月生于陕北。现任中国作家协会全委会委员，中国作家协会诗歌委员会委员，中国诗歌学会副会长，陕西省作家协会党组成员、副主席，陕西省诗歌委员会主任，延河杂志社社长兼执行主编。系中宣部全国文化名家暨"四个一批"人才。1987 年开始从事文学创作，先后出版个人专著《与蜘蛛同在的大地》《玩具城》《整理石头》《蓝孩子的七个夏天》《自然主义者的庄园》《时间中的蓝色风景》等 15 部。诗集《玩具城》《自然主义者的庄园》英文版先后由英国峡谷出版社和美国查克斯出版社出版发行，在全球 37 个国家上架销售，另有 200 余首诗歌作品被译成英语、俄语、法语、德语、意大利语、日语、韩语、克罗地亚语，在相关国家 30 多种专业文学刊物发表推广。诗集《整理石头》获第六届鲁迅文学奖诗歌奖。此外先后荣获"2008 年度中国十佳诗人"、2013 两岸诗会桂冠诗人奖、首届"白居易诗歌奖·乐天奖"、第二届"屈原诗歌奖"等奖项(荣誉)。

📝 雷鸣简介

雷鸣，本名史雷鸣，1976 年生于西安，西安建筑科技大学博士，现为西安建筑科技大学副教授、贾平凹文化艺术研究院研究员。举办过多次个人画展，主要从事符号学、美学与文化研究，已出版诗集《野蛮派对》《下一个偶像是野兽》、学术专著《语言主义》《作为语言的建筑》《从泥土到上帝》等。

在一个贫瘠的年代里，诗人有什么用呢？

——荷尔德林

去理解……那宏伟的、开拓性的、全力以赴的劳作

——里尔克

因此这才是真正从事文学的时代

——罗兰·巴特

　　21 世纪的中国诗歌从根本上体现为一种现代言说，诗歌现代化是中国社会现代化进程的必然结果。20 世纪至今，中国这片拥有古老历史，记忆中一直是农牧交织的广袤大地发生了严重的甚至是惊心动魄的现代化事变。作为精神文化现代化的重要一隅，陕西诗歌的现代性内涵也是相当丰富的。阎安、雷鸣的北方诗写，试图以语言参与、记录并复活我们的时代，在"一种理应激起人类心灵上最大反应的变化却意外地保持了一种坦然的态度"中，诗人奋力澄清"现代混乱事象中包含着的恐惧和蒙昧"，以期"带来当代世界和语言之于时间的新答案"①。

　　诗歌的现代性，首先体现为诗歌观念的现代性，包括对诗的意识属性、审美本质的思考，以诗把握世界的独特体认和以诗美为中心的多元价

① 阎安. 整理石头［M］. 西安：太白文艺出版社，2013：自序.

值理念的形成，即现代诗学理论体系的建构。其次，诗歌的现代性鲜明体现在语言形态方面。郭沫若在新诗诞生初期曾说："古人用他们的言辞表示他们的情怀，已成为古诗，今人用我们的言辞表示我们的生趣，便是新诗。再隔些年代，更会有新新诗出现了。"①随着时间推进，为更好表现快节奏的现代生活和现代人思想的深刻、情绪的复杂和内心感受的微妙，诗的语言形态不断更新，出现了楼梯体、口语诗、"新红颜"等"新新诗"。再次，诗歌的现代性还体现在诗艺上，主要涉及"诗歌创作进程中作为内容实现方式的一系列的创作方法、艺术技巧，诸如对诗的炼意、取象、发想、结构、建行等的把握与处理"②，尤其对现代、后现代艺术手法的借鉴和应用。最后，诗歌的现代性最终取决于创作主体即诗人对现代性的领受和把握，也指涉文学受体与写作客体即社会人群的"行为"和"态度"。米歇尔·福柯视现代性为一种"态度"：

> 我知道，人们把现代性作为一个时代，或是作为一个时代的特征的总体来谈论；人们把现代性置于这样的日程中，现代性之前有一个或多或少幼稚的或陈旧的前现代性，而其后是一个令人迷惑不解、令人不安的后现代性。……我自问，人们是否能把现代性看做一种态度而不是历史的一个时期。我说的态度是指对于现时性的一种关系方式：一些人所作的自愿选择，一种思考和感觉的方式，一种行动、行为的方式。它既标志着属性也表现为一种使命。当然，它也有一点像希腊人叫做 ethos（气质）的东西③。

一、整体迷失与自觉言说

在阎安、雷鸣的诗学图谱中，西方文化尤其是现代、后现代文化起着

---

① 郭沫若. 文艺论集[M]. 北京：人民文学出版社，1979：215.
② 吴思敬. 二十世纪新诗理论的几个焦点问题[J]. 文学评论，2002(6)：107-117.
③ 王先霈，王又平. 文学理论批评术语汇释[M]. 北京：高等教育出版社，2006：758.

极其重要的作用。或者说，正是由于受到西方现代文化广泛而深刻的影响，赋予阎安、雷鸣的诗以不同寻常的思想性和艺术特色，因而，探讨西方文化与阎安、雷鸣诗歌的内在关系是必要的，有利于加深我们对诗学意蕴和现代性内涵的理解，和进一步认识言语方式与诗歌本体的复杂性、深刻性关系。一个显而易见的问题是，阎安与雷鸣的诗学理念并不相同，创作风格也各自分立，但他们对时代、世界、生命和存在的关注与省思都呈现出鲜明的现代性倾向。

谈论 21 世纪诗歌，应从我们置身其中的时代说起。编选《朱雀大艺术丛书》时（2007—2008 年），阎安指认当下文学、艺术中的精神性表达日趋衰微，因为"一个纯肉体表达的全盛时代正在到来——或已经到来"。面对整个世界不加遏制地深深迷醉于欲望奔突及其盛世表情之下，而"对精神洁净的向往被肉体的喜悦取代，对生命存在的永恒价值及其终极意义的探问被置之脑后，人之存在的物化遂成为怵目惊心的事实"。阎安认为中国当代文学和艺术整体性迷失的根本原因，在于"对自身文化传统和现代精神的双重断裂与双重放弃"，进而指出：

其实，人自身的迷失作为文学和艺术的主题探究与表达追问并非什么新鲜发现，而是西方现代文学和艺术已经持续了百年之久的传统。西方现代文明面对的主要问题之一便是西方社会及其人的精神异化问题。伴随着西方文明的现代化进程，人之精神的日渐物欲化、荒漠化、虚无化已成为难以治愈的精神顽疾。在人类文明进入全球化的今天，这一问题显然已不再是与我们无关的问题，而是已经成为需要我们与西方共同面对的人类普遍问题。但是恰恰就是在这一基本问题上，中国当代文学和艺术在整体上不得要领地误入了歧途……

反观中国当代文学和艺术，一个无可否认的事实是，不管我们利用了多少中国本土的经验和题材，其精神元素和基本方法却是师承于西方现代文学和艺术的。由于对西方文化长期的深度引入，当代中国文学、艺术不可避免地也遭遇了与西方相同的问题。而完全不同之处却在于，由于自身的文化传统在"五四"以后的文化革命和政治革命的反复冲击中已经断裂，更由于中国社会一直没有建立起类似于西方的宗教或哲学的基础结构，中国文学和艺术赖以生长的精神氛围比之于西方就要复杂得多，也恶劣得多①。

关于"看似怎么表达都可以"的时代文化语境，阎安犀利地提醒"它可能并非意味着开放和自由，而仅仅是一切价值都坍塌之后空虚心灵的无所依与自我放任状态"，"可能意味着缺乏至关重要的核心价值观"。针对这种迷失和困境，阎安主张诗人以"语言参与复活我们的时代"，"让语言写作品质纯粹并成为本时代关乎心灵的见证性力量"，即在关注真实的自觉言说中以诗的丰富性、深邃性、精神性及其艺术力量，确立自我，承担个人和时代，进而在对世界本源的抵达中扛鼎人类共同体命运。

并且，阎安提出一种"现代性诗"概念：现代性诗必然要协调和清理所有的物质，并赋予自己的存在以必然性，惟其如此，才不至于在终极意义上被物质所颠覆，在物质面前确保自己的独立尊严，确保人对物质的胜利。（《整理石头》封底）

不谋而合，雷鸣也强烈意识到工业文明、商业竞争、媒体霸权对时代艺术的无形挤压。世界迅速进入信息时代，面对赤裸的欲望叫嚣、注意力竞争、"刷存在感"的虚拟存在情状，雷鸣说："在获得技术性利益的同时，却也同时饱受心灵的寒冬的苦难"，进而指认"人类整体性地处于一种严重的但习以为常的精神病态"②。雷鸣认为，在一个"随时在线却未必在场"、不断被裹挟和强制植入的信息共同体中生存的人，是缺席和迷失的，至少，人的"意志的存在性，受到了极大的抑制和剥削"，而"诗歌是人类的

---

① 宗霆锋. 渐慢渐深的山楂树[M]. 西安：太白文艺出版社，2008：1-2.
② 史雷鸣. 野蛮派对[M]. 西安：陕西人民出版社，2010：167.

直觉，是我们的情感，是我们的态度"①！雷鸣主张以诗唤醒心灵，以语言激活灵魂，以艺术找回这个世界该有的真实、爱、信仰和世界。

诚然，语言是对存在的改写，诗不只是"为了忘却的纪念"，更为了"被忘却的现在、未来以及世界永不可及的某种属性"（阎安）。而"一个时代，总要用其自己的语言写作和思考"（雷鸣），阎安和雷鸣选择以诗人的方式、把生命中那些不断被时间强加的"痛苦"和"愤怒"，转化成诗、转化为对世界与众生的悲悯和期许。从一个时代到所有的时代，从一己之身到所有的人，他们希望以诗的神性写作一步步逼近对当代文学、艺术的根本期待："文学、艺术要理所应当地回归到生命和存在的本位上进行表达和陈述、结构和铺陈，应该回归到对生命存在及其过程与终极价值的探问关注上，发现本真世界及其无限细节的深度意义与精神魅力。"②以《与蜘蛛同在的大地》③《玩具城》《整理石头》《蓝孩子的七个夏天》④《自然主义者的庄园》⑤《下一个偶像是野兽》⑥《野蛮派对》等文学跋涉品，阎安和雷鸣不仅完成了个我自觉之诗，也完成了关护众生、企及世界的时代之诗。

二、"北方"和世界

"北方"是阎安、雷鸣诗歌核心意象的共同聚焦点。"北方"指中国地理坐标的秦岭以北，是诗人出生、成长的家乡，更是他们文学根脉的"血地"。对于阎安诗歌的"北方书写"，学界早已体认，比如 2018 年宋宁刚以《北方的书写与气象——试论阎安的诗歌创作》一文探析阎安丰富、深湛、广阔而富有生命力的诗语风格，以及"一种源自生命根柢的情感，长养出

① 史雷鸣. 野蛮派对[M]. 西安：陕西人民出版社，2010：166-168.
② 阎安. 在我们的时代旁观——语言参与复活我们时代的几种仪式[M]. 西安：太白文艺出版社，2008：3.
③ 阎安. 与蜘蛛同在的大地[M]. 西安：陕西人民出版社，1993.
④ 阎安. 蓝孩子的七个夏天[M]. 西安：太白文艺出版社，2017.
⑤ 阎安. 自然主义者的庄园[M]. 北京：中国青年出版社，2018.
⑥ 史雷鸣. 下一个偶像是野兽[M]. 北京：人民文学出版社，2006.

一个感恩式的宏深誓愿，进而落实于本真、大气、独行的"诗歌气象①。而在《野蛮派对》序言里，王仲生指认雷鸣的诗是一种"充满了北方力量的诗歌"，韩鲁华说"北方也是雷鸣生命精神的生发地"②，并且，阎安以"北方的书写者"自居，有《北方 北方》《北方的书写者》《北方那些蓝色的湖泊》《我的故乡在秦岭以北》《一个人将要离开北方》《秦岭以北》《南方 北方》等诸多关于"北方"的诗章；同时，雷鸣也有《疯狂》《无花》《给你的献诗》《匈奴没了名字》等以"北方"为主题的作品。可见，"北方"之于阎安、雷鸣诗歌的重要性和特别意义，尤其是作为诗歌意象指向的深刻内涵。

首先，作为文化地理和文学故乡的"北方"。生于兹、长于兹，正是北方特有的情志滋养着诗人，也影响着诗人，以对北方特有的感知和体验，他们自觉成为故乡的书写者。在阎安、雷鸣对秦岭、华山和关中平原，对草原、沙漠和北方山川的深沉咏颂中，显现他们对北方大地的真挚情感和无限感怀，并且，广袤的北方自然作为阎安"现代性诗歌"的"精神高地"和"真实世界"，是他"现代化事象"的存在之基——"透过许多看起来显得重重叠叠的现代化事象，在它们的背后，不可拒绝的仍然是那无休无止的浩瀚大地和荒凉中无限辽阔的北方自然，它们继续显示着人类之外造化依然如故的博大和依然故我的深不可测。"③甚至，关于这片土地的具体分布，阎安也有专门陈述：

> 远至河套的贺兰山、大青山沿线以南，由西向东绵亘1600余公里的秦岭以北，涉及陕甘宁蒙四省区的这一块中国大地，近3000年一直是中华民族和中国历史命运敏感而激烈的表现区和反应区，拥有着怎么讨论都不为过的独特的地质地理和文化。我出生在这个区域最中心的地方，我在这个地方工作、生活，同时像着了

---

① 宋宁刚. 北方的书写与气象——试论阎安的诗歌创作[J]. 玉溪师范学院学报，2018，34（3）：22-25.

② 史雷鸣. 野蛮派对[M]. 西安：陕西人民出版社，2010：1-4.

③ 阎安. 在我们的时代旁观——语言参与复活我们时代的几种仪式[M]. 西安：太白文艺出版社，2008：2.

魔似的不停地在这里进行着地理的、历史的和精神的游历，我刻骨铭心地把这整个区域都视为我的故乡。由于吸纳和协调了过多的历史风云、人类命运，抽象的时间在这里被完全具体化了，这里的天地万物中凝聚着无处不在的时间的气象和气质，千多年来人们就仿佛直接生活在象征中，这里成了人和时间可以直接相遇的地方。我甚至还同时认同她是所有人的故乡①。

其次，作为民族发轫和精神象征的北方。如上文，"北方"反映着民族历史和人类命运的过去与未来，作为一种"抽象的空间"，阎安视其为"所有人的故乡"。韩鲁华评雷鸣的诗时，指出："作为民族发端和历史形成的北方，有着苦难、深厚与沉重的文化内涵和民族历史情感。雷鸣爆裂而又沉重的思想，最适合于此形成。"②阎安又何尝不是，即使现在的他"几乎已遍历了全世界所有的文明形式和语言领地"。人们认为，奥地利赖内·马利亚·里尔克是具有"北方气质"的诗人，中国诗人艾青也曾在 1938 年 2 月战火逼近黄河，流离经过潼关时写下著名的《北方》一诗：

> 一天
> 那个科尔沁草原上的诗人
> 对我说：
> "北方是悲哀的。"
> 不错
> 北方是悲哀的。
> ……
> 我爱这悲哀的国土
> 一片无垠的荒漠
> 也引起了我的崇敬

① 阎安. 整理石头[M]. 西安：太白文艺出版社，2013：1.
② 史雷鸣. 野蛮派对[M]. 西安：陕西人民出版社，2010：3.

——我看见

我们的祖先

带领了羊群

吹着笳笛

沉浸在这大漠的黄昏里；

我们踏着的

古老的松软的黄土层里

埋有我们祖先的骸骨啊

——这土地是他们所开垦

几千年了

他们曾在这里

和带给他们以打击的自然相搏斗

他们为保卫土地

从不曾屈辱过一次

他们死了

把土地遗留给我们——

我爱这悲哀的国土

它的广大而瘦瘠的土地

带给我们以淳朴的言语

与宽阔的姿态

我相信这言语与姿态

坚强地生活在土地上

永远不会灭亡；

我爱这悲哀的国土

古老的国土

——这国土

养育了为我所爱的

世界上最艰苦

与最古老的种族①。

——《北方》节选

　　艾青诗里忧患的悲剧精神和痛苦不屈的抗争意识，使"北方"成为新诗写作传统的一个象征符码，成为一种祖国虽"瘦瘠""悲哀"却以"宽阔的姿态""坚强地生活在土地上/永远不会灭亡"的精神隐喻。这种爱国情怀，在阎安、雷鸣的诗里转化为一种对现实的透视、对故乡的眷念和对命运的关切，成为一种现代性的态度、气质或气象。应该说，这一步，雷鸣走得彻底又沉重，"北方广兮无春/无春兮无归//北方寂兮无花/无花无君"（《无花》）是他对北方的诚挚期待和满腔热泪。出于"爱之深责之切"，雷鸣借"疯狂"之态表达他对荒凉、无序、荒诞、沉默的"北方"之审视、之愤怒、之绝望：

在北方　时代正在人们的嘴唇上干旱

在北方　新成熟的女孩子正要嫁给主人

在北方　除了坟墓的内部到处都是荒凉和荒凉

在北方　为了忘记明天老人们必须绝望

孩子绝望　瞎子绝望　镜子绝望　做完爱的人们都在绝望

在北方　在北方　在北方？

北方是你心脏里的一个心房是你头骨里面的一个幻想？

北方是旋转的天空是谷物们都已死亡②

——《疯狂》节选

　　最后，作为整个世界的"北方"。与雷鸣一样，作为时代的担当者，阎

---

① 艾青. 艾青诗选[M]. 北京：商务印书馆，2018：108-109.

② 史雷鸣. 野蛮派对[M]. 西安：陕西人民出版社，2010：121.

安希冀从自身出发去承担这个时代之责。他追念"童话里慢慢长大"(《北方北方》)、"秦岭以北/那是我的故乡 和许多人的故乡"(《我的故乡在秦岭以北》),他热爱"北方那些蓝色的湖泊""黑铁和乌云""吹过了头的大风""山上的石头",以及"玩具城""乌鸦""黑暗"和"大地的尽头"。在"北方的一片树林子"有"最大的树",阎安变成"马""兽""鲸鱼""好鸟或假想之鸟",变成河流、山峰、巨鸟、雾、蓝或白……变成昼夜不分的整个北方,因为"我不会只对人类写出诗句,我的诗句的毛孔是向整个世界和全部存在敞开的,那是一种极其微妙的展开、对接、提炼、综合,它既与源头息息相关,又能涉及并抵达现代物质世界的任何一种形态、任何一种终端"①。在这种神性写作中,阎安确立了一个与物质社会相对,包纳宇宙万物的广阔、无际的诗性"北方",即他的"整体世界",所以整个北方地域的自然运动都是诗人的生命足迹。以《山海经》式的寓言创写,阎安期望自己成为这个时代一位刚健有力的"北方的书写者":

> 我甚至要写下整个北方
>
> 在四周的山被削平之后
>
> 在高楼和巨大的烟囱比山更加壮观之后
>
> 在一条河流　三条河流　九条河流
>
> 像下水道一样被安顿在城市深处以后
>
> 我要写下整个北方仿佛向着深渊里的坠落
>
> 以及用它广阔而略含慵倦的翅膀与爱
>
> 紧紧捆绑着坠落而不计较死也不计较生的
>
> 仿佛坠落一般奋不顾身的飞翔②
>
> ——《北方的书写者》节选

---

① 阎安. 整理石头[M]. 西安:太白文艺出版社,2013:封底.

② 阎安. 整理石头[M]. 西安:太白文艺出版社,2013:3.

从根本上讲，阎安倡导一种在世界本源结构上的写作——"一种不仅仅表达当下时代，同时也将历代以来的文学和人的存在作为一个整体，并将之上升到文学本体上的表达。"①对于"北方"作为文化方位之于当下文学艺术的建设意义，他曾说："在物欲横流的腐蚀致使文学精神深陷危机的情形下，北方质朴的风格气质、它在大地面貌上表现出的刚毅向上的锐利感、它那关乎天地的天然造化特征更有一种在本能上凸显精神力量的庄严品质。但这个北方却不是任何国家意义上的北方，而是指向整个世界的北方；这种文学精神也不是地域意义上的文学精神，而是代表了某种博纳深涵的、特指一个文学王国的、抵达了永恒精神和意义的东西。"②然而，这并非阎安、雷鸣诗之"北方"意涵的全部。因为，诗人不仅有历史意识、时间意识，还有人类意识，或者宇宙意识——"在宇宙的耐力和广阔中看人的事情，人尤值得关怀和怜悯。"确切地讲，阎安和雷鸣的"北方世界"向整个存在敞开，对所有世界发声，关注一切生命，故而他们的"北方"是一种基于人类历史、宇宙万类和未来意识的，关于真实存在和精神永恒的整体性指向和意象之物。

三、"不真实的城"

具象上，阎安、雷鸣的"北方"诗写是在对现代都市、时代生活的考察反映中落实和完成的。作为现代性气质的另一侧面，他们以认真严肃的态度书写世俗人生、城市日常，表现出一种认真执着的世界观和人生观。西方存在主义哲学认为，人在世的根本处境是绝对的孤独无助，人要获得真实的存在，只有自己承担起全部责任，即"自己独立成为一个生存者"。20世纪中期，冯至曾倡导诗人应有"认真""严肃""执着"的世界观，通过对存在的批判，唤醒个人的生命活力，由个人的自觉达到"民族的自觉"和

① 阎安. 整理石头[M]. 西安：太白文艺出版社，2013：3.
② 阎安. 整理石头[M]. 西安：太白文艺出版社，2013：3.

"民族的复兴"。如果说，阎安和雷鸣对世界、"北方"的诗写是从民族、人类、精神的整体性建构出发，那么"不真实的城"则是他们从"人"的角度对日常城市、现代境况和现实生活的反映。

在一个普遍物化的时代，诗歌只是少数人心灵的抚慰品。但诗人对真实的关注往往高于常人，多数时候，他们宁愿做一个清醒、痛苦又孤独的思考者。雷鸣在《疯狂派对》后记中说："很多友善的朋友担心我的痛苦超出我的承受。"这源于诗人心灵的敏感，对世界敏感，对痛苦亦然。里尔克以他的小说《布里格随笔》讲述："他是一个诗人，他憎恨'差不多'；或者这事对于他只是真理攸关，或者这使他不安，最后带走这个印象，世界是这样继续着敷衍下去。"①"世界是这样继续着敷衍下去"，诗人常常从人类灵魂的最高归处来看这个世界，所以，痛苦是必然的。然而，痛苦也是必要的。在诸事不求"认真"的社会，只有诗人会担心人要走入这条"可怕的道路"。也因为痛苦，因为破碎，诗人去弥合、去消除，去经年跋涉在求索的路上。雷鸣坦陈通过诗歌，他的生命精神得以穿越苦难，自我得以解脱，重新获得了生活的意义和目的。事实上，诗人的"认真"态度，是其作为独立存在的个体对人的生命的珍视负责，和对世界真实存在的恳切操心。

从波德莱尔笔下的巴黎——"充满迷梦的城"，到陀思妥耶夫斯基笔下的彼得堡——"最最虚伪的城"，艾略特笔下的伦敦——"不真实的城"，到冯至笔下的城——"不实在的、恍恍惚惚的城"，再到雷鸣的《疯狂派对》和阎安的《玩具城》，即为现代性视阈下现代都市的文学观感。无论如何不同，在失去存在的真实性这一点上，可谓一脉相承、一目了然。解志熙说："城市之不真实、不实在，归根结底是因为生活在其中的人处在一种失重的、空虚的存在状态之中。"②因而，对"不真实的城"的书写，实质是对人的"一种不真实的生活状态"的关注，这种对生命失重、存在无意义的

---

① 解志熙. 生的执着——存在主义与中国现代文学[M]. 北京：人民文学出版社，1999：164-165.

② 解志熙. 生命的沉思与存在的决断(下)——论冯至的创作与存在主义的关系[J]. 外国文学评论，1990(4)：79-88.

根本性焦虑才是雷鸣、阎安等诗人痛苦的根源。虽然，从一种不真实的生存状态跃向真实的存在，过程异常艰难，需要的也不止是"自由决断"之勇力，但诗人总会率先迈出一步，而诗正是他们以语言奋斗的结果。

雷鸣大量地书写西安，写西安的暗夜，写其黑色的悲哀与荒凉。仅《疯狂派对》一辑，就有《黑色蝴蝶》《黑夜是盲人的玫瑰》《黑色的鸟群》《黑夜中的你最美》《夜宴》《黑色之书》《黑暗花园》《黑暗的香水》《黑暗的舞蹈》《黑夜的心》《双重夜晚》等十多首以"黑"为主色调的意象诗，其他诗篇也常可见"死""绝望""葬礼""墓地"等近意象词。庞德把"意象"理解为"理智和情感的复合物"，艾略特创造了"荒原"这个现代诗歌的典范意象。吕刚曾提及把"意"与"象"分开对待，因为"意"的含义宽泛，可以是意志、情感，也可以是莫名的意绪，而诗人内心纷繁的意绪常成为他们的观照对象。在分析雷鸣诗歌艺术时，吕刚发现雷鸣的意象处理，有对"意"的偏重——"正是把升腾于心的各种意绪作为他诗歌的主要意象"①，当然包括诗人形而上的哲思絮语。在通感、反讽、荒诞、象征、惊异的雷氏语录中，雷鸣以立体、开放的诗歌结构为时代提供了一份生动详尽的"病相报告"。这份报告关乎人性"绚烂的伤口"，是世界"最繁荣最死亡的部分"，关乎整个北方之城的漫长"疼痛"。关于现代都市的具体观感，雷鸣写道：

> 我们张开嘴，让食物进入我们温暖的内部
> 然后我们进入城市，进入夜晚，眼睛和胃里都是黑的
> 开车进入没有声音的梦，我们仅仅缺少脚和刹车
> 斑马线像是胃
>
> 在床上摸索自己的身体，寻找开关让我们停下来
> 只有停下来才睡，睡着的才是人类，才看见红绿灯，才生病
> 街边的女孩，不要遇见我，不要看着我，不要跟我说话

---

① 史雷鸣. 野蛮派对[M]. 西安：陕西人民出版社，2010：157.

多少淫荡的人衰老的人虐待的人在等①

——《西安的夜晚》节选

应该说，雷鸣的诗从来不是写自己的一己哀怨或愤怒，他的锋芒所指是那些繁荣畸形的现代都市和里面一个个人的"行尸"或"走肉"，以及与之关联的更大、更广的整个世界的荒寒性存在。在雷鸣看来，现代文明导致了人精神的贫乏和人性的堕落，现代都市就像是"地狱"，"是一个病的地方，到处都是病的声音"，是一个罪恶的"深渊"②，因此他洞见它、揭露它、批判它。然而，诗人并非否定世界和文化本身，同20世纪的冯至写《北游》一样，诗人真正否定的是现代文明的荒芜、现代人性的"荒原"和现代都市的病态。"我虽然持批评态度，却极少针对具体。"——雷鸣热爱城市，也热衷于市场经济所创造的"物质化"的美。对于个人，诗人从来是温和宽容的；对于社会，他不甘放弃一个有担当的知识分子式"铁肩"。而从这个角度，我们便能更深刻地理解"雷鸣立足于他的时代，并为这个时代写真正的城市诗"③。

关于这座"不真实的城"，阎安有"软弱的爪子/抓不破城市的脸"（《雾》）、"当大街与整辆卡车同时陷落/当他怀抱的玻璃与他同时碎裂 死亡猝不及防"（《清洁工之死》）、"逼迫着我。我已经不适合在这里居住/这个横行霸道的城市"（《面具》）等申述，也以"玻璃""镜子"——一种极富现代美感却异常脆弱通明的物象为诗，比如"玻璃这种事物 你可要小心/（它没有心脏）/仔细观察一堆碎玻璃/除了死亡的形状 还是死亡的形状"（《玻璃》），描写城市对待人的死亡之轻易和不着痕迹。关于"不真实的城"里人的境况，阎安曾以"玩具城"命名和刻写：

---

① 史雷鸣. 野蛮派对[M]. 西安：陕西人民出版社，2010：117-118.
② 解志熙. 生的执着——存在主义与中国现代文学[M]. 北京：人民文学出版社，1999：148-149.
③ 史雷鸣. 野蛮派对[M]. 西安：陕西人民出版社，2010：159.

我也是你们时代的孩子 但

关于这个时代，我无法从容讲述——

　　从铁到铁(地下、地上和空中)

　　从城到城

　　从大楼的一层、二层……一直到第一百层

　　镜子的迷宫　迷宫似的镜子

　　镜像。孩子们的脸一边是父母给的

　　一边是玻璃和另一种类似的材料做的

我是你们时代的孩子 疑惧

顾虑 穿梭于镜像的迷宫

没有家乡也没有方向①

——《玩具城》节选

　　世界诚恳地落实在每一个时代，这个时代就是一切时代。文学艺术之必然，在于每个时代都在寻找它的表达者和实现者，只是"诗人的品质不同于时间的品质，时间要守住现在，本时代的追逐在时间的向度上奔突同时又势所必然地遭受着时间的诋毁，因而人要想克服时间的折磨，势必另寻出路"②。作为时间的"选中者"，诗或诗人拥有时代生活但更想超越它。诗歌的伟大之处在于，它立足本时代也立足一切时代，它关注所有的人和所有的心灵，更关注存在世界的本质。为此"诗人不仅仅要阐释人类共同命运的偶然性，而且天然地他要担当自己独特的命运，面对世界和诗人自身属于脆弱的那一部分，诗人应该心甘情愿地让自己成为一个牺牲者"③。

---

① 阎安. 玩具城[M]. 西安：太白文艺出版社，2008：7.

② 阎安. 在我们的时代旁观——语言参与复活我们时代的几种仪式[M]. 西安：太白文艺出版社，2008：3.

③ 阎安. 在我们的时代旁观——语言参与复活我们时代的几种仪式[M]. 西安：太白文艺出版社，2008：3.

不同于对"北方""世界"的整体性刻画，"不真实的城"作为诗人阎安和雷鸣对这个时代都市人生存状态的真实概括和镜像反映，正如冯至评里尔克所言："美与丑、善与恶、贵和贱已经不是他取材的标准；他惟一的标准却是：真实与虚伪、生存与游离、严肃与滑稽……"①无意于现代都市的摩登时尚，它的意向所指是一种"伴随理想和精神深度的更高的现实和存在整体，一种现代性的困境与突围之思"。

四、时间：诗的本体与功能

一方面强调整体迷失与自觉言说的必要，并因而确立一种"北方"意象和向真实世界叩问与探询的精神指向，另一方面从生活立场审视"不真实的城"与个人生存的孤独境况，强调人应勇于承担，从自身出发克服时代挑战，以一种"认真""执着"的态度认领诗性自我以及"真实"存在，这是阎安和雷鸣诗学于现代性诗写的双重向度，也是他们诗歌思想和诗美创造的两大突出主题。这两个主题都有鲜明的存在主义思想和现代性意指，且阎安和雷鸣在具体发掘中又表现出强烈的现实感和创造性——如果两人在各自诗歌中有针对性地分别强调或侧重点不同的话，在对诗的精神性、现实性并从整体上使二者协调互补以免偏失的努力，却是始终一致的。这充分显示出阎安、雷鸣作为诗者对时代人生的深彻体悟，对现代哲学与艺术理想的深刻坚守和创造性转化。

1. 诗与时代：介入和旁观

阎安和雷鸣的诗是整体性的，以一种自高处往下的广阔视阈覆盖一切，他们的诗源于北方大地，却在山川河流、白昼黑夜、太阳巨枭、魔鬼牢狱、石头镜子间穿越纵横，从他们冷冽、凌厉的语感锋芒中流露出强烈的担负力量和拯救意志。作为时代的一份子，阎安和雷鸣批判"人类中心

---

① 冯至. 冯至选集(第2卷)[M]. 成都：四川文艺出版社，1985：126.

主义"的狭隘自私和"与物质狂欢"的现世法则，在直面自然世界之美好与人性欲望的无限膨胀中，质询人类整体迷失与生存困境的现实原因，提出一种承受"孤独个体"并与他人"共在"的精神路向，这种神性世界观也决定了他们以语言为筏，在人类"爱"的精髓中反哺、启思，克服当下世界的艰难。

然而，知其不可为而为之——"不辜负高贵的洁白/默默地成就你的死生。//这是你伟大的骄傲/你却在否定里完成/我向你祈祷，为了人生"（冯至《十四行集》）①，诗人相信，一切存在都是神的存在，一切生命的正当性在于其独特性。阎安说："从你我他到食色性，从感恩到救赎，从敬仰到复活，语言是我们时代最接近神明和世界心灵的事物。"②他选择以语言艺术的优雅，赋予生命和存在以尊严，让人类文明本身成为优雅与尊严的见证者。在一个信仰暧昧的时代，人需要摆脱精神困境，世界的真实需要澄清。作为真正的诗人，"抵达并实现词语及其在此之上更为宏大的意义建构，这是一生的事情，而且从开始到最后你永远不可能做得最好"，为此你必须承受和付出代价：

> 你是时代的反对者，也是肯定者，心灵涉及信仰，但你必须面对信仰在本时代的陷落程度。比如说，人们要问你，你自己也会发问，你的诗歌是什么意思？而你明明知道，有没有心灵或不健全的心灵才苛求意思。你生活在被意义架空但却不断索要意义的人群当中，而这种意义诉求其实是一种群体性的幼稚浅薄，他们实际上就是要在一种事关心灵的语言事件中获得那种可以自私自利占为己有的价值。这就是说在很多情况下，你必须不妥协地涉足于自我与世

---

① 冯至. 冯至诗选[M]. 成都：四川人民出版社，1980：28.

② 阎安. 在我们的时代旁观——语言参与复活我们时代的几种仪式[M]. 西安：太白文艺出版社，2008：1.

界的多重悖论之中①。

的确，以语言找寻心灵，以诗的艺术寻找一种"世界与内心的确切关系的表达形式从来不是件轻而易举的事情，那几乎是对一系列人生事件和世界事件几近困兽犹斗的反复穿越"。对此，阎安提出诗人的"旁观"，倡导一种诗与时代的对称性结构。因为，诗人选择退回到一个"旁观者"的位置，诗的语言写作便成为一个"旁观者"对当下时代的具体展开或与之周旋的过程。不过，"旁观者"取向旨在强调诗歌写作的独立，要求诗人跳出本时代语境，从而确立一种为一切时代言说的整体语言立场。从根本上说，这只是一种写作策略的"旁观者"，是对智性和距离的强调。事实上，关于诗的取材、艺术精神和文化品格，阎安均以担负者姿态介入，为了担当自我和世界，他甘愿"成为一个牺牲者，把自己作为先天的抵押品留在彼岸"②。

2. 诗人（诗）的故乡

阎安热爱北方的石头，热爱石头的恒久和寂静，在秦岭巨石拔天而起的阴影里、在戈壁横陈的巨石阵中，他看见时间的悲伤、生命的古老。当他在游吟中深切、真实地感受到石头的魅力，发现石头通过自身存在把时间变得澄明和温暖的时候，无原则的感恩和爱意便充盈整个世界和他的内心。也是在那些时刻，阎安领受到时间的艺术，确立了诗人的神性生命，也完成了由日常书写的抒情诗人向现代性哲理诗人的根本转变。因为，"日常生活中无不存在取舍的问题，只有取舍的决定才能使人感到生命的意义。一个作家没有中心思想，是不能成功的"③。关于诗歌成为人类灵魂栖息地的渊源，阎安指出：

① 阎安. 在我们的时代旁观——语言参与复活我们时代的几种仪式[M]. 西安：太白文艺出版社，2008：2.
② 阎安. 在我们的时代旁观——语言参与复活我们时代的几种仪式[M]. 西安：太白文艺出版社，2008：3.
③ 冯至. 冯至选集(第2卷)[M]. 成都：四川文艺出版社，1985：126.

　　诗歌，这一最早由诸神直接参与的人类仪式，这一代表文明和人类命悬一线的终极性协调仪式的极端化文体，一定拥有着我们时代混乱生活之外异常特殊的语言神态。它居住在时间之中、我们的内心之中持续修炼，修炼着人和世界的真实的神态，那像生命本身一样生生不息、与时间同在的神态将会凝结为语言①。

　　阎安和雷鸣以秦岭为家、以北方为家、以世界为家，同时也以语言为家。阎安说，诗人因热爱故乡而不拒绝任何时代；雷鸣说，"我要在石头里遇见你/我要在城市里遇见你"（《只有》）。在对时间的持久眺望和反复抵达中，诗人实现了故乡之爱和生命之远。只是，如果"北方"是诗人的故乡，世界是存在的远方，那么空间呢？作为空间的"灵魂"，人类、石头或万物共存于时间之中。毕竟，语言艺术不仅占领时间，也依存于空间，地域、历史、自然、文化的交融构成诗歌创作的不竭生命。到底，诗人（诗）的故乡在哪儿呢？

　　诗歌的现代命运和大地的命运以及代表大地命运的时间，它们从一开始就是永恒地、天然地联系在一起的。我们肯定不是仅仅生活在现实中，诗歌的维度也不单单在现实中，它必须从时间出发，用直接关联时间的那样一种浩大的观照体系，概括整个世界，然后才能把诗性意识对世界和人的关怀诚恳地落实在每一个时代。时间，才是人的那个来去自由的故乡②。

　　从空间维度，阎安确立了诗的时间性及其自由本质。人的时间中有现在、过去、未来三维，关于人的言说也有人的现在之在（我是谁）、过去之在（我从哪来）和未来之在（我往哪儿去）。诗不仅关注人的未来，也关注未

①　阎安. 整理石头[M]. 西安：太白文艺出版社，2013：3.
②　阎安. 整理石头[M]. 西安：太白文艺出版社，2013：3.

来的人，因为诗关注的是人的整体，包括过去、现在和未来的整体的人。所以，"时间，才是人的那个来去自由的故乡"。在时间里，人皆有其不同的遭遇和境况，达到"人的自由"，才是诗的目的。而文学、艺术如若不能在本真的前提下对美与善实现充分的介入，在美与善的层面引导作为空间的灵魂，慰藉人类心灵，不能从对永恒真理的探询方面为人类阐明生命的本源和去路，便失去了在时间中存在的意义。

3. 诗的常态与人的存在

诗对时代最重要的任务和责任就是触及真实，这真实包括物的真实，事的真实，核心是人的真实存在问题。只是，世界何其复杂，在一个博大的整体性结构网中，生命的存活却是个我的，如一个个有细节质感、纹理饱满的意象载体，以诗引领人们回归本真面临的路途必定困难重重。为此，马永波提出应重视诗的现实主义传统，记录时代人生的真实状态。

不过，伟大诗歌的诞生从来都是艰难的，除了非凡的毅力与耐心，诗人必须在漫长岁月里自觉地扩大和深化自我体验，以准备迎接生命和艺术辉煌完成的可能时刻。恰如里尔克所言：

……我们应该用一生之久，尽可能那样久地去等待，采集真意与精华，最后或许能够写出十行好诗。因为诗并不像一般人所说的是情感(情感人们早就很够了)——诗是经验。我们必须观看许多城市，观看人和物，我们必须认识动物，我们必须去感觉鸟怎样飞翔，知道小小的花朵在早晨开放的姿态。我们必须能够回想：异乡的路途，不期的相遇，逐渐临近的别离——回想那还不清楚的童年的岁月，想到父母……可是这还不够，如果这一切都能想得到。我们必须回忆许多爱情之夜，一夜与一夜不同，要记住分娩者痛苦的呼喊和轻轻睡眠着、翕止了的白衣产妇。但是我们还要陪伴临死的人，坐在死者的身边……我们回忆，也还不够。如果回忆得多，我们必须能记，我们要有巨大的忍耐力等着它们再来。因为只是回忆还不算数。等到它们成为我们身内的血，我们的目光和姿态，无名地和我们自己再也不能区分，那才得以实现，在一个很稀有的时刻有一行诗的第一个字在它们的中心形成，脱颖而出①。

——（《布里格随笔》，冯至摘译）

可见，追溯人的存在和丧失是一切文学艺术的最高主题和本质属性。在里尔克看来，世俗生活中，纯粹生命往往处于被遮蔽状态，受到现实性、偶然性和时空流变的支配。如何将人的经验从常规习俗的沉重和无意义的关系网中提升出来，恢复记忆与生活、时间与生命、诗与存在的本质联系，才是每个诗人必须要面对的重要任务。人类虽然属于此时此地的有限存在者，但仍然可以分为一个超时间的存在整体。阎安认为，这个存在整体并不一定在彼岸世界，而是我们置身其中的时代。因为，物与人是一种相互依存的关系，人需要物以实现历史性生命，物也依赖人以进入内在永恒的精神空间。从这个意义上，阎安开展他《整理石头》的写作，在心—物同构的神性世界，通过自我超越达到自我回归，即"拒绝虚无，红与白同样热烈"（《一块红布背后是白》），成为"那个整理石头的人"，回归到存在的本质——"就是你每日都要死而复生一次的灵魂的影子/甚至就是你本身的影子。"（《蜘蛛》）

诗作为一种呈现，诗人关心的永远是人的存在以及存在的真实。阎安、雷鸣的现代诗写，标识着他们鲜明的民间立场、活跃的语言意识和对存在的全面探折——以"当代中国人真实的生存体验、生命体验和审美体验同呼吸共命运，以重建现代诗歌精神，并彻底告别官方诗坛的辖制，以自由、自在、自我驱动与自我完善的民间化机制，开辟现代汉诗的新天地"②。同时，阎安和雷鸣的诗歌空间惊险、浩大，在时代的反讽、城市的荒凉、生活的困境和世界的荒诞之外，树立了一种存在的勇气、个我的担

---

① 西渡，解志熙. 关怀的诗学及其他——谈诗小札拾录[J]. 文艺争鸣，2015（3）：103-121.
② 沈奇. 诗心 诗体与汉语诗性[M]. 西安：陕西师范大学出版社，2016：51.

当和以艺术拯救心灵的美好志愿。

同时，在先锋和常态相互转化的当代诗坛，阎安与雷鸣的"北方书写"启示着另一种诗心、诗语与诗性的可能，他们企求超越狭隘的时代精神以回归诗歌本体，期望以艺术的优雅找回人的庄严。对于真正的诗歌艺术而言，方位没有意义，万象也非本体，诗人所做的仅是对生命本源和世界本质的表达，只关乎"语言天然禀赋中包含的终极性本质和秘密"，即，他们希望以诗的本质行走为缘起，在亘古绵延的宇宙有一个好的开端，人们得以安慰灵魂并确立这样的自我：

> 在我的心目中，世界是上升的，因而是奇异的（这是我和现实世界的不同之处，它保证了我作为旁观者对世界进行观察的入迷程度和骨子里的不妥协程度）；只有在世界的怀抱之中，我才是自由的、自为的，加上理想，生命又是强健昂扬的；我感激真实给我成立的条件，它没思维，它不跟我纷争，它是意识成立的唯一条件；我是人，我充分地意识到自我作为世界元素的多重性（包括惰性），为此我鼓励自己要信仰，不要自恋，这样既顺从了真实的需要，又实现了理想作为身体和心灵共有的倾向性而必然导向的广阔空间①。

陈超说，现代诗的价值准则——语言比生活更真实，形式比诗人更重要。毕竟，不是诗人的观察，而是诗人的灵魂赋予了诗的独特性和价值性。阎安和雷鸣的现代诗在秦岭、北方和玩具之城，石头、玻璃和民族记忆，通感、移情和语言漂流，生存结构和生命现象，时代经验和神性信仰……中反叛并抵达，且不留余地。如是，诗成为世界观、立场和方法，成为一种对生命和存在的命名；如是，虽千万人，诗人往也。

---

① 阎安. 在我们的时代旁观——语言参与复活我们时代的几种仪式[M]. 西安：太白文艺出版社，2008：4-5.

第四章
女 性 诗 歌

第一节　当代女性诗歌：从主体身份建构到
文化空间实践

　　所谓"当代女性诗歌"，是指依然在演进中的当代中国文学场域中的一种诗歌思潮和诗歌现象，包括自 20 世纪 80 年代中期至今的中国当代女性诗歌。因此，女性诗歌创作不仅同时代语境、其他写作群体，也与新诗发展的历史脉络和伦理向度密切相关。作为当代文学现象中的批评概念，女性诗歌特指一部分诗人的写作及其成果。然而，无论从文学思潮、批评立场还是理念设想上来看，女性诗歌研究都不等于女诗人研究。女性诗歌概念自诞生之日起，便期待后来者对其进行形态扩展、思想拓深以及持续实践。况且，女性诗歌的理论指向并非只是超越性别的话语，也要求从不同层面将性别议题转化成当代文化批评与建构的能动主题，包括"对性别差异及造成差异的社会历史根源的探寻；对性别差异带来的诗歌气质、经验与风格的影响；以探寻女性(性别)经验为批评视角，旨在建构女性诗歌的写作传统而对历史上的女诗人进行的挖掘或重评的研究；以及在批评建构的意义上，期待关心与关注性别议题的两性同盟者的参与，直至作为议题的'女性诗歌'成为文化涵义明晰的，并在获得普及和普遍接受后成为一种文学常识，进而'女性诗歌'也就将变为近乎可消失的一个概念"①等诸层面。

新时期以来的女性诗歌，不仅具有性别意识启蒙的前卫性，也具有文化空间实践的先锋性，在张扬女性主体、体认女性意识方面走在其他文体之前。而随着女性主体身份的确立和女性意识的凸显，女性诗歌在一定程度上找到了属于自己的倾诉方式与表现形态，形成了抒发自我、书写日常的"小传统"，也同时造成其后来发展的偏激和困境。21世纪伊始，通过自觉吸纳中西方文化资源中的有益成分，女性诗歌获得了开阔的历史感、超越性的精神向度、融媒体视野，以及跨文化语境的"大传统"背景，在"超性别"写作与"无性别"实践的尝试与突破中持续前进。

一、新时期女性诗歌：女性意识与主体身份的确立

20世纪80年代初，一大批年轻诗人以崭新的诗风崛起于诗坛。他们以象征、隐喻等方式来表现情思，诗歌意境朦胧、主题多义，明显区别于他者。除了强烈的理想主义倾向和启蒙革新精神，朦胧诗在对人性的自省和时代的反思外，还表现出另一种诉求，即女性主体人格的独立。舒婷在《致橡树》《神女峰》等诗歌中表达出一种男女平等的意识诉求，女性完全自主、不依附于男人的独立形态，既是对传统父权文化规约下女性品质的反叛，也是对人格自由的真切呼唤。"与其在悬崖上展览千年/不如在爱人肩头痛哭一晚"（《神女峰》），舒婷基于生命本真的呼喊意在消除男性文化长期加在女性身上的"妇道妇德"和神性枷锁，还原神女本来的人性品质，从

---

① 周亚琴. 当代中国女性诗歌：从理论"现实"到实践"空间"[J]. 东吴学术，2019(6)：31-37.

而使"人"从虚假沉重的"神"的阴影下复活。这种正视人性、去除神性以复归世俗性的认同旨归，也成为 20 世纪 80 年代初女性创作的共同追求。当代学者、批评家张桃洲在《中国当代诗歌简史》中，将 1980 年代中期喷发的女性诗歌思潮理解为"第三代"诗歌的"生命意识、自我意识"启发了女性诗歌"作为个体的性别意识和角色意识"之结果①。那么，"性别意识和角色意识"对于女性诗歌的意义，究竟是什么呢？

有学者指出："从女性主体的角度来说，女性意识可以理解为包含两个层面：一是以女性的眼光洞悉自我，确立自身本质、生命意义及其在社会中的地位；二是从女性立场出发审视外部世界，并对其加以富于女性生命特色的理解和把握。"②这表明"性别意识和角色意识"的本质在于女性主体身份的确立，而以女性为审美创造主体，以语言艺术的形式反映社会生活和人类情感，特别是女性生活女性心灵的中国女性诗歌，它在揭示女性个人和群体的命运，表现女性人生的切身体验，展示女性精神世界追求方面，占有十分重要且醒目的位置。当代诗人兼评论家臧棣曾说，如果只是把"女性身份"和"女性角色"当做女性诗歌的具体特征，"就会损害它内在的价值"③。尽管臧棣没有明言诗人的女性身份为何会与诗歌的"内在价值"相冲突，但朦胧诗的启蒙思想和人性立场已然成为新时期女性诗歌的重要精神源头，成为当代女性意识觉醒的萌发地，也成为 20 世纪 80 年代以来中国女性诗歌创作的"小传统"。

中国女性诗歌的发展是一个动态的过程。1986 年翟永明《女人》④组诗的发表，标志着当代女性诗歌"黑夜世界"的开始。从自白式的话语表达、"黑夜"意象群的高频运用和身体经验的大胆呈现中，20 世纪 80 年代中期的女性诗歌开始走向女性意识的全面觉醒，以及女性主体身份的确立。《女人》组诗中，翟永明以"泥土和天空/二者合一，你把我叫作女人/并强

①　张桃洲. 中国当代诗歌简史[M]. 北京：中国青年出版社，2018：97.
②　乔以钢. 多彩的旋律——中国女性文学主题研究[M]. 天津：南开大学出版社，2003：9.
③　臧棣. 诗道鳟燕[M]. 西安：陕西人民教育出版社，2017：11.
④　翟永明. 女人[J]. 诗刊，1986(9)：13-16.

化了我的身体""你抚摸了我/你早已忘记"①等批判男权文化形塑女性，使女性成为他者的文明本质。唐亚平组诗《高原女人》②也以"黎明前图腾的梦境""甚至连贫穷也不懂的女人""高原女人的粗野是羞涩的""只要女人的怀里有个儿子""高原是这样难以告别"五节写了边区妇女的生活情态，控诉女性被视为传宗接代的生育工具的事实。简言之，以翟永明、唐亚平等为代表的女性诗歌中所表现出的鲜明的性别对抗色彩，和对男权文化形态的反叛意识，无疑是 20 世纪 80 年代初期朦胧诗所寄寓的女性"主体独立"精神的内化和延续。

自 20 世纪 90 年代开始，商业消费大潮兴起，中西文化互动愈甚，文化界、诗歌界纷纷转型，从现代性向后现代性迈进——"特别是，随着卷地而来的商品经济大潮，随着以广告为运作基础、以提供娱乐为主要目的的大众文化传媒日益取代了以诗为代表的高雅文化的影响力，随着人文知识分子的日益边缘化，对诗歌和诗人的美好称呼早就成了遥远的回忆或隔世的妙语。……拜金潮的涌动削弱了诗人的自信，物欲的喧哗使诗的神圣性遭到了动摇，要求当年的启蒙者下课的钟声已经敲响。诗人们承受了前所未有的思想危机及至生存危机。"③由此，诗歌失却了之前的启蒙地位和精神导向，开始从中心滑向边缘，诗歌写作逐步关注日常生活的审美化。从诗歌话语实践发生的外部环境看，20 世纪 90 年代女性诗歌中的日常生活经验书写切合了时代语境和社会语境。而从女性诗歌写作的发展趋势看，20 世纪 90 年代女性诗歌中日常生活经验的表达，可说是新时期女性诗歌中女性意识书写的深化形态。

美国学者伊莱恩·肖瓦尔特在《她们自己的文学：英国女小说家：从勃朗特到莱辛》一书中指出，女性写作的崛起可分为：妇女阶段——模仿主导传统的流行模式，内在化其价值标准及其对社会角色的看法；女权主义阶段——反抗这些标准和价值观，以及提倡女人之权利与价值；女性阶

---

① 唐亚平. 唐亚平诗集[M]. 上海：上海人民出版社，2016：135-136.
② 唐亚平. 铜镜与拉链——唐亚平选集[M]. 桂林：广西师范大学出版社，2017：56-78.
③ 吴思敬. 转型期的中国社会与当代诗歌主潮[J]. 江苏行政学院学报，2001(2)：114-120.

段——不依赖反对，转向内心，寻找自我位置，寻求身份认同①。1990 年代女性诗歌挖掘日常生活的诗意，记录被宏大叙事所遗忘的生命细节，这正是伊莱恩·肖瓦尔特所划分的从女权主义阶段向女性阶段的推进。这一阶段，女性主体身份通过抒写日常的诗意和智性而得以确立，最有代表性的诗人有王小妮、尹丽川等。《白纸的内部》《爱情》《月光白得很》等诗展露了王小妮细腻沉实的"个人化"写作状态。"……这是一串显不出痕迹的日子。/在酱色的农民身后/我低俯着拍一只长圆西瓜/背上微黄/……/不为了什么/只是活着。"②(《白纸的内部》)在王小妮平静、朴素、洗练有力的沉稳语调下，是冷静体察、细致感受和深刻反思的生活视角，饱含着诗人对日常世界的独立感知和智性思考。

二、新世纪女性诗歌：中西互联的大文化语境

经过 20 世纪的探索，21 世纪女性诗歌呈现出一种崭新的蓬勃面貌，除少数诗人在消费横流中迷失，成为被男性窥视或消费的"风景"外，大部分女性诗人仍坚守诗歌本质、修持诗心，并进行深度学习和理性探究。在中西互联的大文化语境下，新世纪女性诗歌呈现更多跨文化元素，诗人们书写时代、展现多维情思，在给诗坛输入新鲜血液的同时拓宽诗歌本体的表现边界，为女性诗歌发展提供了许多优秀范本。

出现这一良好势头的原因是多方面的："首先，女性诗歌经历了上世纪的探索之后，有了更加清晰、稳定的发展路数，在兼具性别立场与艺术价值的同时，立足于全人类，以更加自信豁达的视界去构建全新的女性诗学。其次，对于日常生活及社会底层的进一步深入开掘，是诗人们对于1990 年代诗歌传统的扩展和升华，并使得这一向度的写作更加成熟，也让诗歌与存在、日常生活相统一，增加了诗歌介入现实、书写生活细节的能

---

① 伊莱恩·肖瓦尔特. 她们自己的文学：英国女小说家：从勃朗特到莱辛[M]. 杭州：浙江大学出版社，2012：236.

② 王小妮. 白纸的内部[J]. 诗选刊，2018(Z1)：24-26.

力，成为诗人与时代、世界对话的载体。最后，女性在历史发展过程中的生存处境决定了女性在哲思领域的沉默与失语，新世纪女性诗歌直面现代人的生存焦虑与困境，对于人类精神层面的思考与困顿进行言说，在诗歌本体研究、人生信仰等问题上女诗人们努力发出自己的呼声，使得女性诗歌逐步从放纵情感的书写走向了现代理性观察的层面。"①即，新世纪女性诗歌开始从主体意识书写转向文化空间实践。

首先，移动互联网技术塑造了当代女性诗歌的文化空间。21 世纪步入全球互联的新时代，从线上诗歌论坛到各种自媒体公众号，诗歌的传播方式发生迁移，文学阅读和接受等行为习惯也发生改变。同时，作为文化生产的空间载体，网络新媒体也影响着当代汉语发展，促使文学批评的观念和形态进一步裂变。美国学者迈克·萨尔在《无束缚的诗歌》一书中曾说，诗歌具有在媒体形式中寻找新的受众和意义的能力，它可以借助新媒体建构自身的文化意义。在他看来，新的媒介形式不仅没有偷走诗歌的读者群，而且给予人们更多体验诗歌的方式②。女性诗歌是这种新兴文化空间的践行者，因为网络去中心化、互通性、匿名性等特征，使得男权话语的主导地位相对薄弱。21 世纪以来的女性写作者也活跃在网络平台，带动了各种诗歌思潮。比如诗人莱耳创办了 20 年的"诗生活网"，是迄今中国唯一的综合型专业诗歌网站。除各种诗歌网站、新媒体刊物外，各种诗歌活动、评奖颁奖也借助网络平台。其中，影响最大的当属 2008 年的网络抗震诗歌，《孩子，快抓紧妈妈的手》一诗牵动无数国人的心。随着互联网的普及给写作带来的便利，活跃在网络的女性诗歌写作者分布于各年龄段，年过九旬的诗人灰娃使用智能移动设备与读者交流，患有脑瘫的女诗人余秀华常年在网上写诗、发布，更因《穿过大半个中国去睡你》红遍全国。总之，在国际互联的大文化语境下，扁平化的网络平台和多媒体融合，不仅在传播层面影响着诗歌文本的生产传阅，而且在哲学层面重塑了诗人存在

---

① 罗振亚，李洁. 在突破中建构：论新世纪女性诗歌的精神向度[J]. 东岳论丛，2016，37(5)：110-114.

② 卢桢. 在云端与大地之间：新媒体时代的诗歌生态[J]. 扬子江诗刊，2021(1)：46-47.

与信息空间的关系。

其次,网络诗歌:作为一种主体身份与性别自觉的空间实践。网络使得中国诗歌场域变得丰富且复杂,主流文学、民间刊物和网络诗歌共同构成了 21 世纪相互交叉和渗透的新诗生态场。女性诗歌也在其中扮演着重要角色,比如 2010 年李少君、张德明提出的"新红颜写作"①,囊括了翟永明、横行胭脂、施施然、金铃子、书女英慧等女性诗人群落。通过网络,女性前所未有地实现了对诗歌这一富有原始思维特性艺术的主宰,而"文化实践"作为一种空间身份与性别文化的能动行为,是对代际、媒介和语言等场域元素的整合与利用。由此,女性诗歌写作者的身份不再是单一的性别指认,而成为被自觉建构的多重、流动性主体。对于在博客兴起的"新红颜写作"现象,霍俊明指出:"在上个世纪末以来狂飙突进的现代化的工业景观和城市化的场景中,女性更渴望完整存在和独立依存,而博客似乎为'个人'的自由尤其是写作的'个体主体性'提供了前所未有的广阔前景。通过阅读博客上的女性诗歌,我们会发现起码有半数以上的女性诗歌不仅在一定程度上脱离了雅罗米尔式的'要么一切,要么全无'的精神疾病气味的青春期的偏执性,而且是以包容、省察的姿态重新打开了女性诗歌崭新的审美视阈和情感空间,在经验、语言和技艺的多重维度上扩展了女性诗人和女性诗歌的空间视阈。"②并且,借助网络,女性诗歌以一种"同时性"的方式交流传播,诗人之间可以相互协作,致力于在共同的语境中寻求诗歌表达的个性化与风格的多样性。

最后,跨语境写作:对中西方文化资源的整合与运用。女性诗学问题,实质是一个现代性问题。陕西诗人、学者沈奇曾说,做诗人,且做女性诗人,是一种诱惑,也是一种陷阱③。为突破女性诗歌一贯的写作定式,扩大诗歌表现力,21 世纪以来的一些女性诗人不再局限于身体和爱情等生活题材的书写,而是尝试吸取中西文化资源,学习其中的有益成分。翟永

---

① 李少君,张德明. 海边对话:关于"新红颜写作"[J]. 文艺争鸣,2010(11):39-42.
② 毕光明. "新红颜":诗写的自觉与批评的自觉[J]. 文艺争鸣,2011(7):70-76.
③ 沈奇. 角色意识与女性诗歌[J]. 诗探索,1995(1):67-71.

明、金铃子、鲁西西、吕布布的诗均有相当深厚的古典文化底蕴和世界文学视野，她们不同程度地进行着跨文化写作实践。

作为当代最优秀的女诗人之一，从 1990 年代中后期开始，翟永明的诗歌出现新的转变，在意象选择上既有基于现代化生活的"都市化"和"时尚化"，比如《洋盘货的广告词》里商业楼盘的英译名称，《纽约 2006》的"报纸头条、美元数字、LOGO、民主化"，或《飞行》《登录》等诗中的外文词汇或网络用语，也有取掘于传统的"古典化"特征，比如《忆故人》中"故人就在我隔壁 也在天涯 我们不再见面 连电话也不打 手机短信发送出千只万只大雁 这些数字相思 省了尺素 也省了儿女共沾巾"①。在古代典故中诠释现代精神或在现代经验里加入古典意象，翟永明不仅为日常生活的经验写作打开了更深广的范围，开掘出时尚化语言的诗意，也在古典意象中纳入现代文化精神，使传统与现代两者在对峙中实现对话和互融，形成一种新的表达范式。例如《四种爱情》把嫦娥(神话传说)、虞姬(古时典故)、白流苏(小说人物)、张爱玲(现代作家)四个完全不同时空的女性，并置一处探讨爱情之谜："千千万万的目光中/张爱玲赶上了其中一瞥/一瞥钟情/引逗得人间唏嘘无数/嫦娥在宫中/从月黑直坐到月亮/无限的问题困扰着她/也困扰着望月的虞姬、流苏/天上的爱情与人间的如此不同/广寒宫月如钩//……无论传奇怎样遣词造句/被爱情驯化的心/一如白绣球/四种爱情点染匀开了纸月亮/四种爱情 也像满月时的赤裸/。"②另外，《鱼玄机赋》也是兼具古典质素与现代气息的女性主义力作，从古代才女的经典故事中挖掘现代女性意识也成为翟永明诗歌写作的重要标识。

金铃子的诗，往往以回返的精神姿态，营构一个快意恩仇、书生意气的古代世界。古时女子含蓄、热烈、幽怨、谦卑的性情原本通过辞赋或歌声虚化表达，但在金铃子的诗里，女性的纠结心理往往变成果敢的行为。比如《春秋》"风继续着风。越过我要去的湖泊，巫山/越过我的心。从马车

---

① 翟永明. 最委婉的词[M]. 北京：东方出版社，2008：107.
② 翟永明. 翟永明的诗[J]. 诗歌月刊，2010(1)：25.

里跨出的王者/开始坠落/我们之外，一切背景都在隐退/风为什么不喊出来，那支相遇之歌。天色已经不早/我要推迟这慌乱的天空。从今天开始//我要重建庙宇，我要四时祭祀//直到风中的大妖吐出咒语：我爱/然后，拥入湖中"①。"去湖泊，巫山"以及"推迟慌乱天空"的行动者原是男性，现指女性，是为表明女性有着不输于男性的主体意识和行动能力。而作为男性宗族权威和社会地位的庙宇与祠堂，在古代原只能由男性规划、主持的"重建庙宇""四时祭祀"，现也由女性主导，这些均意味着女性自我意识的觉醒和主体地位的全面建立。

另外，鲁西西和吕布布等人的诗因吸纳了西方精神文明的资源而呈现出超越性的精神向度。这种超越性往往蕴含在诗人对凡人俗事、生活细节的体察之中——"生命的跋涉过程中遭遇到的身体疼痛、精神挣扎并不是直接被诗人呈现出来，而是经由诗人内心的沉淀，被转化为一派平淡、节制的情感诉说，这种情感诉说往往把凡俗与崇高、短暂与永恒相联系起来，于此，诗歌的超越性精神向度便显露出来。"②在鲁西西多数诗歌中，女性的细腻直觉、身体经验的具体呈现常常与未知的神秘体验交织在一起。吕布布也在现实与理想、身体与精神的纠葛中体悟人的肉身所无法了然的超越性和高处所在，以此探寻人类生命的内核。通过对西方神话、古典哲学和现代后现代思潮的解构，在与先哲的对话辨析中，诗人们跳脱日常、纵横中西，获得一种超越性的精神飞升。

三、女性诗歌新未来："无性别"写作或"超性别"实践

与男性诗人相比，女性诗人对于诗歌本体的追求和诗学意义的建构，往往要走更长的路，"与任何时候一样，进入 21 世纪的女性诗歌仍然承受着来自各方面的误解和男性话语毫无反省的压力，一些批评家和读者把女

---

① 金铃子. 越人歌[M]. 武汉：长江文艺出版社，2012：57.
② 王怀昭，林丹娅. 前瞻后顾：21 世纪女性诗歌赋活之道[J]. 东南学术，2019(6)：207-213.

性诗歌的立场和内容狭隘化，女性诗歌被认为是写作中的一种'特殊效果'，甚至还有德高望重的批评家把自己不能理解的女诗人作品斥为'自我抚摸'，同时，市场商品化的强势也正从另一方面将女性写作包装为'被看'的精美产品。女性诗歌虽然已走出80年代举步维艰的时期，但也面临更新的问题"①。当代女性写作已然从狭窄的自我表述延展到社会生活的深层考量，女性的自我体验也逐步转变为群体的生存体验，但新世纪女性诗歌的弊端亦不容忽视。诸如日常写作的同质化、网络写作品质的良莠不齐，以及国际化语境对现代汉语诗质内核的稀释和冲击，这些都要求新世纪女性诗人在诗歌的多维空间实践中，应有更清晰的主体意识、更宽阔的精神视阈和更坚实的文化质素。

其一，坚持女性主体，以"无性别"视域深入社会民生。诗歌的"无性别"写作首先是翟永明提出来的，《再谈"黑夜意识"与"女性诗歌"》一文中，她提及"思考一种新的写作形式，一种超越自身局限，超越原有的理想主义，不以男女性别为参照但又呈现独立风格的声音"，"要求一种无性别的写作以及对'作家'身份的无性别定义也是全世界女权主义作家所探讨和论争的重要问题"②。毕竟，"人类的心脏是没有性别的"（埃莱娜·西苏），翟永明希冀诗人们重新审视自身，超越男女性别的局限，而真正触及人类共同的难题，追寻人类的本质意义，这包括立足于社会主义实践的时代书写。

自"鸦片战争"以来，中国文学大体围绕在以"强国梦"为核心的"革命叙事"和"现代性想象"两个向度展开。诗歌面向未来，但诗应立足时代生民。新时期以来的改革开放、市场经济确立、农民工大量进城和乡村振兴举措，中国社会发生了翻天覆地的变化，中国的现代化进程更是走在世界前列。但现代汉语新诗对中国现代化现象、对当代历史文明的书写不够，对表现中国现代化历史变迁中的精神结构和对处于现代文明中的当代人生

① 翟永明. 女性诗歌：我们的翅膀[J]. 文学界（专辑版），2007(1)：33-35.
② 翟永明. 再谈"黑夜意识"与"女性诗歌"[J]. 诗探索，1995(1)：128-129.

存境遇的体验式书写无力。比如对乡村、乡土中国的固化呈现,杨克曾说:"主流诗刊一提反映现实就发所谓'乡村性'的诗歌,而且几乎完全停留在过去那种田园牧歌式的表现人与土地的关系上,跟时代脱节。"①总之,当代诗歌缺乏全面、深入地反映时代变革、社会民生的大作和力作,女性诗歌创作尤需对此做出回应。对此,新世纪女性诗歌应更好地处理小我与大我、文学与时代、经典与日常的关系,以整体性的历史观突破性别局限,关注多样化的现实生活,以"无性别"视阈反映中国社会和日新月异的当今世界。

　　除《关于雏妓的一次报道》(翟永明)和《经过民工》(尹丽川)外,"打工诗人"郑小琼常以亲历者身份书写打工女性的悲惨命运,思考底层人民的生活情状。在诗集《女工记》中,郑小琼一改由此及彼、推己及人的观照方式,通过"无性别"的第三视角写下乡村女性杨琳"第一次由农村人变成/城里人　第二次挣了多少钱财/第三次是一个失败交易/第四次让你成为/富人　第五次还在别人无法理解中计算"②(《杨琳》)五段婚姻的悲痛经历。原想嫁到城市以摆脱灰暗生活,改变"他者"命运的杨琳,在发现第一任丈夫患有神经病后选择离婚,之后开始以身体换取金钱,把婚姻当做获取优渥生活的筹码,却终是事与愿违、以悲痛收场,反映出乡村女性生存的艰难、认知的局限和生活的酸辛,并且,郑小琼的诗弥补了新时期以来女性诗歌关于大量书写底层女性生命经验的诗歌空白,颠覆了20世纪80年代女性诗歌以精英女性生命经验为主的美学范式,其诗歌思想的底层伦理和社会关怀,成为新世纪女性诗歌发展的动力新质和未来诗学的新方向。

　　其二,突破固有模式,抵达"超性别"的生命本质。当代诗学评论家沈奇提出女性诗歌的"超性别"概念,他曾说:"艺术生命的最高层面应该是超性别、超角色的,由此能触及人类意识之共同的视点和深度,去'混沌'

---

① 杨克. 中国诗歌生态与发展——以常态·常理·常情来言说[J]. 山花,2011(22):106-108.

② 郑小琼. 女工记[M]. 广州:花城出版社,2012:137.

而真实地把握这个世界。持这种视点和深度的女性诗人、女性作家和女性
艺术家，无论在生命文本中还是在艺术文本中，都不再企求从男性话语场
中找到一个什么支点，或者针对男性话语场为女性自身找到一个什么支
点；换言之，亦即不再是以一个女人或假装一个男人去认识世界和思考人
类，而是作为人类整体去认识和思考所有的男人和女人，作为女性诗人、
女性作家和女性艺术家而又超乎女性立场的视野，去表现男人和女人共有
的人类世界——生与死、苦与乐现象与本质，以及未知的意识荒原与思想
裂缝……以此逼近一种可称之为无性或双性的诗性生命本质。"①退出性别
角色，便是退出二元对立的话语场，树立一种人类共有的本质意识的写作
视角，诗人寒烟已经踏出了可贵一步，她以超脱的神性立场思考时空中人
的问题，创作出《元素》：

> 很多年后，这疼痛仍在生长
> 这神秘的疼痛，无名的
> 疼痛——
>
> 一天天磨砺，你锐利的部分
> 是它，而不是别的什么
> 使你感到自身的存在
> 多么必须，无可替代
>
> 生来就是要被高空选中
> 为无限的事物所欢呼，攫夺
> 黑夜的见证人，是怎样吞饮闪电
> 叫伟大的阶梯晕眩……

---

① 沈奇. 角色意识与女性诗歌[J]. 诗探索，1995(1)：67-71.

预言仍在安详的梦中
三千失明的花朵在群山之上
提升空前的阴霾

"心灵在历史之前"
一切已预先形成
时间只不过在验证

废墟对骨殖的热爱
使我们过于憧憬身后的塔尖——
类似一个古老的寓言
疼痛被命名，转换
恒久的物质得以归还自己的血缘①

另如《命名》《俄罗斯注视》《门：绽放或陨落》《通灵者》等，寒烟诗里的爱与恨、痛苦与挣扎是超越个人、超出性别的，是全人类的。"黑夜""闪电""群山""阶梯""废墟""骨殖"等这些意象不只是时间的疼痛或物质的幻象，更不再是历史生活的外在表征，而是某些恒久之物的象征，比如"心灵"，比如"生长""伟大"或"神秘"。这些诗直指生命神圣，是关于人类共同体的精神跋涉，在内宇宙与外宇宙的多重空间，诗人以元素作为介质为永恒命名。埃莱娜·西苏指出："当作家的生命与作品的生命汇合一处，消除了主体与客体之间、写作的妇女与被写的妇女之间、阅读的妇女与被读的妇女之间的种种界限，生命才得以最充分地展现。"②从女性到人性，从诗人到人类，从瞬间到永恒，寒烟的诗向我们昭示了诗人应超越性别、忘记主体，发现生命本质的纯粹与真实，向更远更高的地方求索。故

---

① 寒烟. 寒烟的诗[J]. 野草，2010(5)：107-111.
② 孟远. 女性文学研究资料：中国当代文学史后三十年[M]. 南昌：百花洲文艺出版社，2018：219.

而，女性诗歌应有为人类创作不朽的伟大诗篇之目标，应有文学是人类精神之花的高标与自觉，性别分化和主体意识都不过是写作的起始之便。

其三，发挥性别优长，创作"真正的女性诗歌"。自1986年诗歌评论家唐晓渡首次提出"女性诗歌"概念以来，当代女性诗歌经历了一次次偏见、误解和困境，在"一个远非公正而又更多地由男性主宰的世界"，"真正的女性诗歌"之建立必须"回到女性自身，基于独特的生命体验所获具的人性深度而建立起全面的自主自立意识，才是其充分实现。真正的'女性诗歌'不仅意味着对男性成见所长期遮蔽的别一世界的揭示，而且意味着已成的世界秩序被重新阐释和重新创造的可能"①。几十年来，当代女性诗歌伴随着舒婷、翟永明、伊蕾、唐亚平、陆忆敏、蓝蓝、林雪、海男、王小妮、虹影、唐丹鸿、郑小琼、金铃子、尹丽川、鲁西西等女性诗人的成长、成熟而强大。无论如何，女性主义诗歌所强调的都不是性别差异（性别是抽象的），而是具体的自我区别，是处于一定社会关系、历史语境、个人处境中具体的个人的差异②。所以，女性诗歌是一种诗歌写作的方法论，是基于女性诗人正视自己性别处境、发挥自身性别优长并以此而超越腾飞的诗学理念。或许，西蒙·德·波伏娃说得对："妇女对自己没有足够的信心，因为别人对她们没有信心。她们对自己也没有什么极端的要求，而仅这些要求就能使一个人得以取得最高的成就。由于妇女没有这种严格的标准，因此她们就缺乏那种极大的耐心，而布丰则把这极大的耐心称之为天才的真髓。"③出于"天才的真髓"，面对"女权主义"的质疑，当年的翟永明这样回答：

> 我不认为自己是女权主义者，但我的朋友们往往认为我有强烈的女权思想，那么也许我是那种并不想与男人为敌的新女权主义者。

---

① 唐晓渡. 女性诗歌：从黑夜到白昼——读翟永明的组诗《女人》[J]. 诗刊，1987(2)：58-59，50.

② 崔卫平. 在诗歌中灵魂用什么语言说话[J]. 诗探索，1995(3)：55-59，69.

③ 西蒙·德·波伏娃. 妇女与创造力//张京媛. 当代女性主义文学批评[M]. 北京：北京大学出版社，1992：158-159.

一方面，我乐意保持自己的女性特质，任何困惑的时候也不会放弃这些特质而从各方面去扮演一个男人。我不会说：男人做得到的事女人也能做，我只想说：男人在思考的题，女人同样在思考①。

其实，写作是一种个人性的精神行为，伍尔夫曾提及女性得有"一间自己的屋子"写诗，以"自我的空间"而不是"全靠物质环境"的改善来获得"智力的自由"②。可见，女性诗歌活动与社会物质基础和历史文化发展密切相关。对此，沈奇指出："无论是男性诗人还是女性诗人，其在艺术上的不断超越必有一个不断打开和拓展了的精神空间作支撑；精神空间不再打开或逐渐萎缩了，其艺术生命也必然随之委顿和锁闭。而精神空间的打开与拓展，又取决于诗人生命意识的强弱和生命激情的涨落，说白了，亦即是否不断有生命的'痛感'迫使你思考与言说。"③直面人生苦痛，坚持本真前行，且自觉地摒弃病态的宣泄和虚妄的矫情，做一个思考的诗之强者，以这样的诗心人格去锻造诗境，方可消除想象与真实的界限、男性或女性的束缚，而抵达对人类整体命运与共同体意识的深层言说。

总之，在 21 世纪的今天，积极探索两性差异以及不同阶层、族群中女性之间的差异，克服性别本质主义，扩大女性投身现代科技和社会各领域的机遇，不断激发女性文学潜能和创造力，以彻底消除女性歧视，充分实现女性的社会化④仍是我们思考和讨论女性文学、女性写作，乃至女性诗歌的观念前提。既然 20 世纪 80 年代以来的当代女性诗歌已拥有了开阔、积极、前卫的艺术传承，以后的女性诗歌写作者应秉持"真正的女性诗歌"和"真正的女性诗歌批评"的理想与信念，在与不断变化的代际群体交流、对话、商榷、融合和突破中，勤力开辟当代文学新样态，以卓越、有效的诗歌艺术开启未来文化空间实践的新篇章。

---

① 翟永明. 女性诗歌：我们的翅膀[J]. 文学界(专辑版)，2007(1)：33-35.
② 周瓒. 女性诗歌：自由的期待与可能的飞翔[J]. 江汉大学学报(人文科学版)，2005(2)：5-12.
③ 沈奇. 淡季[M]. 香港：高格出版社，2003：156.
④ 周亚琴. 当代中国女性诗歌：从理论"现实"到实践"空间"[J]. 东吴学术，2019(6)：31-37.

第二节　新世纪陕西女性诗歌创作

☑ 三色堇简介

　　三色堇，本名郑萍，山东人，写诗，画画，现居西安。中国作家协会会员、陕西省文学院签约作家、中国作家在线签约作家。获"天马散文诗奖"、"中国当代诗歌诗集奖"、"杰出诗人奖"、《现代青年》"十佳诗人"等多项奖励。作品散见于《人民文学》《北京文学》《上海文学》《诗刊》《诗歌月刊》《星星》等多种期刊。作品入选多种选本。出版诗集《南方的痕迹》《三色堇诗选》《背光而坐》、散文诗诗集《悸动》等。现任《延河诗刊》副主编。

☑ 横行胭脂简介

　　横行胭脂，原名张新艳，1971 年出生于湖北天门，现居陕西临潼区。陕西省文学院第二、三届签约作家，中国诗歌学会理事，鲁迅文学院新时代诗歌高研班学员，中国作家协会会员。作品散见于《小说选刊》《人民文学》《诗刊》《花城》《小说月报》《北京文学》《青年文学》等百余家刊物。发表文字达一百多万。获中国年度先锋诗歌奖、第三届柳青文学奖、西安市骨干艺术家奖、陕西省优秀签约作家奖等奖励。曾参加《诗刊》第

25 届青春诗会。入选陕西省第二届百优作家计划名单。诗集《这一刻美而坚韧》入选《21 世纪文学之星丛书》。小说《体重秤》被改编成话剧。

李小洛简介

李小洛，20 世纪 70 年代初生于陕西安康，自小学医，绘画。曾参加第 22 届青春诗会，就读于第 7 届鲁迅文学院高研班。2004 年开始发表诗歌作品，获第三届华语文学传媒大奖提名、第四届华文青年诗人奖、郭沫若诗歌奖、柳青文学奖等奖项，获"新世纪十佳青年女诗人""中国当代十大杰出青年诗人""陕西百名优秀文学艺术家""三秦优秀文化女性""安康市突出贡献专家"等称誉。首都师范大学第三届驻校诗人。安康市文联副主席，安康市作协副主席。系中国作协会员、陕西省文学院签约作家。著有诗集《偏爱》《孤独书》《七天》，散文集《两个字》，书画集《旁观者》等。

吕布布简介

吕布布，本名吕艳，1980 年代生于陕西商州，现居深圳。已出版诗集《等云到》《幽灵飞机》等，曾获"深圳青年文学奖"、2014 年度"深圳十大佳著奖"等荣誉。

📝 高璨简介

　　高璨，作家、诗人。1995 年生于西安，8 岁时开始发表习作，现为耶鲁大学学生。已出版《梦跟颜色一样轻》《夏天躲在哪儿》《第二支闪电》等著作 10 余部，先后在《诗刊》《儿童文学》《全国优秀作文选》《星星》《诗选刊》《文艺报》《少年文艺》《语文报》《延安文学》《华商报》《西安晚报》《上海诗人》及日本《地球季刊诗志》等国内外数十种报刊发表童话、诗歌、散文 600 余篇（首），2020 年荣获"陕西青年文学之星"等称誉。

　　经过 1980 年代"狂飙突进、疾风骤雨"和 90 年代"日常生活的潜流"，21 世纪以来的中国女性诗歌创作进入一个和男性诗人分庭抗礼的阶段，不仅翟永明、王小妮等"第三代诗人"仍有佳作，安琪、娜夜等"中间代"踔厉奋发，也有郑小琼、余幼幼等 80 后、90 后的横空出世和后发先至，她们不断输出的作品获得了诗界的广泛认可。"而且 21 世纪的女性诗歌，已经明显摆脱对'女性意识'矫枉过正或对'男权思想'委曲求全的姿态，诗人们纷纷立足于女性意识的警觉，从日常经验的咀嚼、底层生活的触摸和精神之痛的参悟等向度入手，自觉地建构自己的精神世界，在女性诗歌历史的解构中传递出了令人欣悦的突破信息。"①与此相应，陕西诗坛也有刘亚丽、南嫫、杨于军、三色堇、横行胭脂、李小洛、吕布布、高璨等女性诗人群落，她们以极为可观的作品，不断探寻当代诗歌的精神向度和可能性，为新世纪诗坛贡献了一道别样的风景。

---

　　① 罗振亚，李洁. 在突破中建构：论新世纪女性诗歌的精神向度[J]. 东岳论丛，2016，37（5）：110-114.

一、发掘日常的诗意与智性

自舒婷在《致橡树》发出呐喊后，朦胧诗、"第三代"女诗人逐渐淡化性别意识，开始"将目光移向'自己的屋子'外的世俗现实人生、生活场景，注意在身边的生活海洋里寻找拾捡诗情的珠贝，使经验日常化"①。她们视诗歌为生活的组成部分，对日常诗意的攫取与书写成为自觉选择，而非价值认同或伦理承担的需要。对此，沈奇指出："女性诗歌写作与男性诗歌写作之根本不同处，在于她们能够更为本能地居住在诗歌的体内，将其写作锁定在作为生命方式和生活方式之所在，而非其他。"②不过，与90年代对日常生活零技巧的原生态呈现有别，21世纪的女性诗人在拥抱日常生活的同时不断进行诗意升华，努力发掘其智性价值与精神之光。于她们而言，写诗并非刻意去做的事，只是生活中一些事件的启迪、一些情感激发之后的自然行为。离离说："诗歌仿佛是现实生活的一种幻象，她有美丽的、忧伤的甚至忐忑不安的光环，但总是基于现实的……诗歌与人，诗歌和现实都是紧密相扣，相互牵引的。"③在女性诗人眼中，诗就是生活，生活也是诗。

1. 三色堇

在《落梅》《三月之诗》《雪中的柿子树》《雨水洗过的长安》《裸露的中年》《深秋》等诗里，三色堇以她敏感的笔触写生活里一些"固执、热烈""又满含深意"的美，它们"躺在现实之上"是"生命的颤动却延绵不绝""无从抵达"。写颈椎病："在风吹过榉树林也吹过树下我寒冷的身影"时，"沉重的颈椎病喂养这疼痛"以及"刚刚到来的春天"，"它们是如此确定"，

① 罗振亚. 朦胧诗后先锋诗歌研究[M]. 北京：中国社会科学出版社，2005：302.
② 沈奇. 谁永远居住在诗歌的体内——试论：作为生命与生活方式的女性诗歌写作[J]. 南京理工大学学报(社会科学版)，2009，22(6)：16-22，117.
③ 阿翔，离离. 离离访谈：诗意而美好地栖居[J]. 诗歌月刊，2010(2)：76-77.

"没有一首诗能使生活的形式有所改变"。写春天："遥望莲花峰""雪中的柿子树"，"它们赶走的是喧嚣而不是雪"，"这些柔软而尖锐的灵魂""改变了我们切入世界的方式"。写西安：在"雨水洗过的长安"，"唐朝那些发光的文字"与"水井巷的教堂里传来诵经的乐府""依然在惊喜中相遇"，"它们与词语一起鲜活"，"那些透明的力量一直给我光明的暗示"。写中年之虑："我只能将旧了的身体塞进地铁"，"就像将中年裸露的焦躁和健忘塞进黑夜"，而"天气一天比一天冷""始终让人无法安宁"，"我所能做的，只想让呼啸的列车把中年的惶恐""一点不剩地带走"，却只得"独自面对人类全部的喧嚣与生命的沼泽"。

正如评论家谢冕先生所言："在她身上，我感受到女诗人少有的哲思知性，感受到一种来自生命本源的对'存在意义'的探求。同时，她善于以带有神性因子的抒情来表达她的思考……诗人总是第一个感受到社会和人心的潮汐，而诗人又往往陷于无法表达的困境中，这种困境，反过来又逼大了诗人心胸和诗歌境界。照此而论，三色堇的傲世独立和卓尔不凡来自她生命和精神的漫长磨砺。"[1]"在诗性直觉的无意识中，呈现一种感受状态。"三色堇以她真诚干净的表达，在独特的物性叙述和神性抒情里，词与物、人与世界缠绕交织在时间深处，世界因感觉复活，而感觉提醒人诉说的必要、存在的绵延。

且看三色堇《身体里的唯美主义》：

> 我赞美朴素的生活
> 就像我赞美亚麻布的质地
> 铺满困惑，隽永。辽阔的沉静，和怀旧的记忆
> 有时，生活的夹层会有落雪痛楚，沙粒
> 也会有黎明的晨光，偶尔的例外让人惊喜
> 当我躺在亚麻布上遐想，像躺在历史的一隅

---

[1]　http://www.360doc3.net/wxarticlenew/653194481.html.

相互融汇，相互交织，相互丰沛

灵魂，走过了流亡的生涯

我可以无限地宽恕这个世界所有的罪恶

没有仇人，也没有情敌

我折叠着这块粗糙、柔软、陈旧、温暖的亚麻布

也折叠着人生的黑洞，石缝里的小草，世界的无奈

和一个诗人独坐煮酒亭与米沃什的对话

我不谈论石油，不谈论政治，只谈身体里的唯美主义①

2. 横行胭脂

与三色堇注重语言质感，以细处描写个我感受、生活实景不同，横行胭脂的诗更简洁明亮、开阔放逸，"努力在激荡的外部世界那时而悲怆时而荒诞的景象与个体内心世界追求冒险的写作愿望之间进行协调"②。横行胭脂希望用个人的词语打通物与我的关系，建立更深邃宽广的心路。她的诗及物性强，没有中年疲惫或无奈，反而多一些壮年人的豪气振奋，在生活的诗意之余亦有思想的企望和对智性的自觉与开启。比如《鹦鹉寺》："它知道 40 岁以后，我不会再辜负我的忠贞/不会踩着多余的土地抒情/只会把宏大的想象和中年人的耐心给它"，"是的，已经没有一座仰望之城/可使我成为领袖/我慌张的后半生要寄居长安"，"世界如父母/我继续写诗"，然而"让我做一个诗人/多么草率，而且危险/——我内心有词语清晰的河流/和它不要命的远方"，"我没有离开过长安，却游历历代、诸国/我渴望遭遇的，都装在语言里"。诗都长安，几乎所有有西安生活经历或关注西安的人都写过有关长安的诗，因为长安不仅携着诗的荣光，还是中华文化的诗性符码。横行胭脂也耿耿于西安过往、长安辉煌，在《郊野令》

---

① http://blog.sina.com.cn/s/blog_48ecc3b70102v5wp.html.

② 卡尔维诺. 为什么读经典[M]. 黄灿然，译. 南京：南京出版社，2006：125.

中，她写到"因为郊野本身，是长安主题的部分/郊野和城市互为兄弟。长安之郊，断崖草木，遥拥峥嵘/……庄子说：上如标枝，民如野鹿/……庄子的郊野之意浓烈而理想/而实际是，很多时代民如隶"。不同于伊沙的《人民》，横行胭脂《看病记》从患者角度道出了另一种真实和悲悯：

> 每次去西京医院
>
> 看到密密麻麻的人群，沸腾的疾病
>
> 医生们开出的千药万方
>
> 就想到，活着才是最大的声名
>
> 医院是不同于人间任何地方的一处剧场
>
> 医药也并非人间慈祥的祖母
>
> 就诊的时钟里，没有良辰与吉时
>
> 患者带着各自的险境
>
> 战战栗栗地去X线里寻找慈悲
>
> 打印机忙碌地推送出数据与判断
>
> 叫号员的嗓子嘶哑了
>
> 一口白开水解救不了一个干渴的祖国
>
> 甲乙丙丁来自本省的各个郊县
>
> 戊己庚辛来自外省
>
> 为了抢夺那个老专家而相聚
>
> 老专家正襟危坐，坐在病人制造的流水线上
>
> 甲乙第一次来省城看病
>
> 带着郊县寒酸的病理
>
> 丙丁服用老专家开的药已三月
>
> 灌满药物的身体发出中药与西药混合的气息
>
> 老专家看完了片子上的结论
>
> 又在电脑上敲出五种药名

戊己手里拿着三家权威医院的三重秋雨

又来找春风

庚获得老专家的手谕，准备去做微创手术

辛带着还未恢复的伤口和炎症

陈述病情，整个陈述干巴巴的，没有用一个比喻句

更没用到一句诗

是的，这里是医院，只有沉重的日常和数不清的

甲乙丙丁戊己庚辛①

21 世纪女性诗歌的又一亮点，是不少诗人在保持细腻敏感的同时，以特有的冷峻理智洞悉社会人性，捕捉思想的火花，"寻找一种从身体出发但又不囿于身体，基于欲望但又不囿于欲望，在日常生活和普通生活中所蕴含的那些属于永恒性的哲学层面的东西"②。由此，诗歌开始向广阔厚重的现实人生延伸。一直以来，横行胭脂的诗关注生命之维和生活之痛，《看病记》《候诊室》勾勒了医疗资源的紧缺、国民看病的艰难，以及对来自不同省份、不同家庭的患者命运的忧虑和对祖国繁荣的殷切期盼。从她《阳光洒在铁炉镇》《纪念碑》《人间深处》《给 S 写信》《岁月访谈》《答应》《终南有余雪》《继续》等诗里也能看到诗人对泥土、乡村、亲人、国民的观察与省思，她说"尘埃了的火车载着一百个我/我是我的总和：故人 异乡人 幸存者"，她说"好好活着"，"不论多么遥远，春天会送来桃花"。关于其诗歌艺术的评价，有论者说："横行胭脂，一直是一个特立独行的诗人，也是一个辨识度极高的诗人。她的诗里，或多或少有一丝抽象的惊艳，一丝感性的豪放，一丝野性的自信，一丝决绝的分裂，一丝奇崛的厚重，一丝跌宕的碰撞，一丝反常的重建，以及层出不穷的一些语言和故事的冲突与冒犯，让人读后过目难忘，肃然起敬。"③

---

① 张清华，王士强. 2018 年诗歌年选[M]. 南京：江苏凤凰文艺出版社，2019：82-83.
② 吴思敬. 从黑夜走向白昼——21 世纪初的中国女性诗歌[J]. 南开学报，2006(2)：44-50.
③ https://mall.cnki.net/magazine/Article/SKAN202021017.htm.

每一个时代的性别抒写、审美体验、存在境遇与身份想象，都与诗人所处的动态发展的文学场域相关。出于隐秘的生理与心理构成方面的独特经验，女性能够更真切地捕捉细节之美，而对日常诗意的开掘与追寻，是她们在人类日常生活之外开辟的其他存在方式，是一种出离或超越的诗美空间。随着21世纪女性诗歌对日常生活的智性介入，以"平淡生活里的诗意"和对"人的境况"的考察，矫正了女性创作一直以来过于注重情感渗透的无意识倾向，而这利于她们开创新的生活愿景和创作更多不朽的诗性艺术。

二、构建大文化语境下的诗学空间

正如霍俊明所言："当下的女性诗人在不断关注和挖掘女性自身经验和想象的同时，还不断将敏锐的触角延伸到社会的各个角落，在一些常人忽视的地带和日常细节中重新呈现了晦暗的纹理和疼痛的真实。"①新世纪诗坛出现了被称为打工诗人代表的郑小琼、蓝紫、刘虹等，她们以《在电子厂》《打工，一个沧桑的词》《工业区》《铁》《异乡人》等"打工诗"向宏阔的人类社会和历史文化发问，写个人命运的卑微和无奈，以及中国社会转型期底层人民的生活压力和顽强抗争。不谋而合，陕西诗人李小洛以陕南小城安康为起点，以自身经验为蓝本写"小人物"的生命艰辛和现实疼痛，写乡村改革、城市化给人们带来的苦乐和她所期冀守望的"小城"慢生活。商洛籍诗人吕布布远赴深圳谋生，以后现代手法写"异乡人"的挣扎和驰骋神思。她们"对底层生存的艰难、窘迫、疲态或者些许的温暖、闲适情状的写照，一定程度上可以折射出这个社会绝大多数人的生存状态"②。这些关注底层的诗扩展了世相本有的宽度与深度，以更加广袤的现实体察和形而上观照构建出一种大文化语境，为21世纪诗坛带来了更多鲜活充盈的

① 霍俊明. 变奏的风景：新世纪十年女性诗歌[J]. 理论与创作，2010(4)：35-39，120.
② 张德明. 新世纪诗歌中的底层写作及其诗学意义[J]. 文艺理论与批评，2011(5)：109-112.

力量。

1. 李小洛

李小洛以《省下我》《运菠萝的卡车》《我爬上了一辆运煤的火车》《只有最后一颗眼泪了》《我的两姐妹》《逃犯》《一只暖水瓶爆炸了》《寻人启事》《再一次经过加油站》《钉子不死》《安康居》等诗记载着一个陕南小城的发展变迁、现代设备、生活事故和市井日常。面对现代科技的滥觞，李小洛希望"省下我拨打的电话""省下我坐的车辆""省下我住的房屋"，省下"兜售菠萝的人""从北方开来的庄稼""小镇上的邮局"和"麻雀乌鸦"，退掉"帝国的聘礼""一列运煤的火车""两个灯笼"和"睡着了的梅"，收留"那个黑色牢房""没有声音的地方""逃犯""感冒、发烧、咳嗽"和"流行病"，"去浇灌麦子和中国""树叶和桃花""快乐和痛苦""车站、码头和机场""身体和心"，她希望"从钞票开始""从晚餐开始""从泥土、高度和秘密"开始，"从春天开始"去慰劳"多余地用着姓名的人"，每一个人。安康是李小洛写作的母体，对她有特别的意义——"她在这座小城奔走、停歇、观察、思考。日夜流淌的汉江，高大的山脉，郊外广阔而荒芜的厚野和白雪中飞动的乌鸦以及火葬场的浓烟，南环路卖鱼虫的小店，简陋而温馨的小吃店和酒铺，陵园路的梧桐树和步行街上繁杂的人群，冬夜里的乞丐和夏日夜晚风雨敲打的屋顶，都成为实实在在的生存场景甚至成了富于象征性的写作背景。"①作为一个安静悲悯的观察者和生活实景的探测者，李小洛写尽了安康小城的嘈杂市井和人文地理，在穿行忙碌的白日与沉寂独处的夜晚的切换中，文本在理想与现实、眼前与远方、时代与命运的张力冲突和对话中彰显，并成为当代中国的生存寓言和发展缩影。

同样就医问病，李小洛的诗《到医院的病房去》言语冷峻、特性鲜明：

---

① 霍俊明. 暧昧时代的偏爱与坚执——评李小洛的《偏爱》[J]. 中国诗歌，2013，39(3)：130-131.

到一个医院的病房里去看一看

去看看白色的病床

水杯、毛巾和损坏的脸盆

看一看一个人停在石膏里的手

医生、护士们那些僵硬的脸

看看那些早已失修的钟

病床上，正在维修的老人

看看担架、血袋，吊瓶

在漏。看一看

栅栏、氧气，窗外的

小树，在剪。看看——

啊，再看看：伙房、水塔

楼房的后面，那排低矮的平房

人类的光线，在暗①

　　霍俊明指出，与其他诗人相比，李小洛的诗更多一种缓慢的、沉潜的、静思的状态，有着一种凝重的冷色调，在女诗人中这是少见的。而这种"缓慢的"诗歌写作显出诗人对岁月流逝的深彻感怀和知性思索，并且这种静思状态使得李小洛的诗更具有一种复杂性。值得注意的是，在21世纪物欲喧嚣、城镇化的消费横流中，李小洛发现并创设了一种被人忽略的"幸福村"诗美空间。在《偏爱》《孤独书》审视现场的冷峻严肃和回溯历史的黯然怅惘中，诗人用情感、经验和想象交织出了陆离的时代声色和个体生命的斑驳光影。而她《幸福村》《当春天到了陕南》《我看着一条鱼》《那些石头》《去往南山》等诗里那些原初素朴的自然物象，同天地自然说话、探寻和致敬的独白，在"过滤生存杂质"和"我要这样慢慢地活着"的诗意愿景中，反向呈现了后工业时代人类境况的悖论性、碎片化和无望感，有着一

---

①　李小洛. 孤独书［M］. 西安：太白文艺出版社，2017：53.

种历史的况味和存在的真切。

2. 吕布布

对李小洛而言，"诗的治疗要高于诗的拯救"（臧棣），对吕布布来说，则是"诗的拯救要高于诗的治疗"。吕布布是一个颇具先锋意识的诗人，她的诗没有许多女诗人的感性色彩、情绪宣泄或柔婉语调，也非男性诗人一贯的克制简省，而是以很强的语言掌控书写想象力的驰骋，构造一个迅疾开放的跨文本场域。在《等云到》《幽灵飞机》等诗集里，"吕布布的长诗体现出很大的丰富性，不论是主题还是技巧，都有一种随性游走的姿态，而她的短诗则意境生动，竭力捕捉着那些幽微、一闪即逝的情绪、感觉或思想"①。同样写后工业时代，吕布布的《你好，市场》现代、惊艳，有拥抱科技的"喜悦"和同商业共舞的"痴绝"。与李小洛"生锈的加油站"不同，吕布布"努力与市场相见恨晚"，在"椴树成荫的工业区""以抱肩、delete为业"，如果"心如卧室求住"，"上床，竖足，看《三天造就金牌地产》"，看"优异栖止""诗篇不全"或"一个踉跄撞到了硬梗""至哑"。以都市的潮流时尚、国际化的fashion范儿，写一种面向未来的叛逆感和自由意识，是吕布布诗歌的突出特征。

当然，吕布布也写了很多关于家乡、关于陕西商洛的诗，比如《马炉》：

　　（艾略特说过，上世纪六十年代的遗产是一种永远年轻的信心，一种坚持把游戏、爱情、浪漫和理想主义变成现实的能力。此时此刻，那个时代终于淡化为背景。）
　　五年前，我们下丹凤县看刘西有故居
　　沿着那条狭窄的乡村公路走过去的冬天
　　闲和宁静，山荬散落。在阴坡

---

① https://mp.weixin.qq.com/s? 83e5617ad16573e361fa351745e1ec9c#rd.

一群羊孜孜不倦地吃着积雪，无视
矗立的苞米秸秆像战场上潦草的士兵。
人少却不寂寥，在那次行走总是出现的
奇迹里，朋友不耐烦地停止和回顾
他的严苛疲惫的身影，以及粘在
笔记本中的身世，让我们的步伐有了理智。
以贫穷写贫穷，并不需要完美的心智
就是这样，水库仍是马炉唯一显赫的建筑
苦楚，笨拙，一张立着的干枯的明信片
温柔地被一个假想的时代
盖上其他观点的邮戳
两棵柏树是它的鲜活映衬，历史的
修辞。朋友坐在墓地，劳动者的声音
还在腮红蜜的天空，发其困难，发其
每一天的贫穷，成为传奇的要素。
望过梯田看云彩，一个老人的目光
收回我们的比喻，清晰的农村并非
自然，而主题大多来之不易
在这个越来越平坦化的世界，朋友
你不觉得眼前的梯田
是一种有趣的视野吗？
过去它缓解了人地矛盾，如今它拦截
那碾平一切的技术，更重要的
存在的它也是我们的命运——
地平线就在那儿，我们却得回转，回转，再回转①。

---

① 吕布布. 马炉[J]. 西部，2016(10)：87-88.

　　在《青年人》中，吕布布喊出"石头和泥土在一起，令人人都能/说得出的实在感"，"你理解这五千年未有的盛世"，"仅凭蝉翼，谈谈苍穹，难以/使我们真正沉重起来"，因为"严重的问题是教育农民"，"在一个习惯老化的世界上"，"以贫穷写贫穷，并不需要完美的心智"。她说"一个老人的目光/收回我们的比喻"，因为"清晰的农村并非/自然，而主题大多来之不易"。真实的生活从来不易，有血泪难敌更有病痛死亡，何况农村、贫穷偏僻的秦岭山村。当归来者、异乡人的"贫穷"碰上家乡、故地的"贫穷"，现代都市的繁华、儿时记忆的远景和科技发展的未来一起涌入诗人心头时，这巨大的落差、对比和时空张力，似乎是某种隐喻，又像一个启示，如同消失在地平线的光，"我们的命运就在那里"，"回转，回转，再回转"。思想家汉娜·阿伦特指出："如果自然和地球共同构成了人类生活的一般境况，那么世界和世界之物就构成了人类生活的特有境况，由此，人在地球上生活才有家的感觉。"①既然语言是存在的家，诗人的家又在哪呢？

　　吕布布曾说："我想象着，能和玄觉一样，走一条真理的路。"吕布布的诗有某种超越性，在诗人超然理智的"观者"视角和语词自由里，是她对某些本质化存在的追寻，比如真理，比如思想，比如"一种永远年轻的信心，一种坚持把游戏、爱情、浪漫和理想主义变成现实的能力"②。毕竟，在所有的思想物中，诗最接近思想——"以语言为材料的诗也许是最人化的和最少世界性的艺术，一种最终产品最接近于激发它的思想的艺术。"③诗人以诗为家，而诗的持存性来自对语言的锤炼，吕布布、李小洛等陕西诗人突破性别立场和角色意识，从一个思者的角度写城市和乡村、劳动和生命、自然和市场、物化和工具性，在对"都市生活""乡村田园"的聚焦与错失中，表达她们跨文化语境生存的"积极生活"理念和一种"生命作为至善"的人类艺术梦想。

① 汉娜·阿伦特. 人的境况[M]. 上海：上海人民出版社，2005：96.
② https://mp.weixin.qq.com/s? 83e5617ad16573e361fa351745e1ec9c#rd.
③ 汉娜·阿伦特. 人的境况[M]. 上海：上海人民出版社，2005：129.

三、精神之光与出尘之美

每一历史时期都有其特殊的情感形态、心理体验和审美方式，而特定的文艺作品总是与特定的文化语境相表里，在不同的话语结构反映着不同的精神构成。爱默生说："一个时代的经验需要一种新的忏悔，这世界仿佛常在等候着它的诗人。"①20 世纪 80 年代女性主义诗歌所蕴含的自省意识与批判精神无疑是具有现代色彩的——"在主体意蕴上不胶滞于具体题材、个别事实，而是融入了女作家对超越现实、超越本体的哲学意义上根本性问题的思考。"②21 世纪以来的女性诗歌经历了女性意识、女权主义浸染后，逐步走出性别对抗的怪圈，开始正视差异的存在，在试图与全人类沟通的宏大视野下，通过直觉介入，强调生命的灵性、精神的深度，力求打破理性、存在、哲思等与女性天然背离的领域，以进入哲学层面的探究，切身感受"人的境况"和"精神之痛"，追问普世生活之上的灵魂、信仰相关命题，向具有普遍意义的人类生活的纵深处开掘③。

1. 吕布布

对新世纪陕西诗坛来说，吕布布是一位诗路宽阔、视阈独特的女性诗人。在《读莱辛〈金色笔记〉》中，诗人写道："我是我自己的机器人。/算法(或荒草)掩埋了路径/在浩瀚的数据中行脚，是的，充实/比真实更为重要。回忆，也是无/流逝的时间并不存在于此刻之外。""机器人"是立足于儒家"世间法"的生命伦理，是立足于此刻充实的数字化生存和生命算法。而《佛国仙境》中"曾经存在着的古老诸神的阴影，它们重访大地"，"画眉，使得山谷更加孤寂/有苗子的蛊术或荷尔德林式的神性"，"无法放弃

① 郑克鲁. 法国文学史(下卷)[M]. 上海：上海外语教育出版社，2016：76.
② 乔以钢. 多彩的旋律——中国女性文学主题研究[M]. 天津：南开大学出版社，2003：8.
③ 罗振亚，李洁. 在突破中建构：论新世纪女性诗歌的精神向度[J]. 东岳论丛，2016，37(5)：110-114.

现在所拥有的一切/尽管它所拥有的已教它失去"则是一种"出世间法"的直觉式生存和灵性生命力，特别是她的《乌有的中式谈话》一诗更表达了此种观点：

> 庄子问：诗是什么？
>
> 王充：将要吹熄的蜡炬。
>
> 风从哪儿过来？头绪尚在河底，
>
> 木然之人，你既不责备也不能发令，
>
> 人们背叛你，那又怎样？
>
> 他们不是神，寺庙仅为摆设。
>
> 在那个时代哀思中的广场，
>
> 只有滥情之辈相互合群。
>
> 只有苍白的量子论坛。
>
> 只有友星的眼睛觊觎精神的创造。
>
> 而现实在家中迷失和缺勤。
>
> 庄子问为什么那些人各有喜乐却漆黑一团，
>
> 我说，他们在钻石般的颂诗里开采，
>
> 看能不能驳回一个全球目光！
>
> 因为六趣轮回，哪能让您总是如意……
>
> 那些甜蜜的文明嘴巴，充满了烦恼，
>
> 还有什么能编织出老将廉颇的故事？
>
> 银河灿若，如何能统计出大地上，
>
> 究竟有多少被冒用的投影？
>
> 而那王充代表了这个世界的形而上，
>
> 他站得最远，安排了这次谈话。
>
> 庄子在后来忍着遐想，
>
> 模仿那些诞生于荒芜的语言，

人们重新受训，破戒，重探各国神话，

你探候我和他们身上遁入的白衣骑士，

而我，忘记了我……

多么诡诈，像是一幅深底风景。

真身在翻身的途中远无凯旋可待，

不由践踏那激起我们叙述的边缘，

自食其力头脑昏昏沉沉，

史诗般地蒸腾回到了问题的开始，

诗是什么？

长方，圆柱，梯队，平面，支棱，

后台、年轻、氛围、红日、霜冰，

西方，改革，后院歌手，女性主义……

为历史的其余部分能够火尽薪传，

其他部分继续休息，一段隐秘的过渡阶段？

庄子片刻醒来，他曾经没哭出的泪水，

刹那像祝融的火一样，让你动心。

但更糟糕的是，人生终有诀别，

我，你，必死的人，刚柔并济，

终将在狂野的屏幕上，每一个像素，

都是一个激进的非特写的忧郁。

而正是诗——大写了这种"忧郁"①。

　　以全球视野写中式谈话，用现代视角解古代寓言。首先，"诗是什么？"是思，是人，是时间，是世界，也是神。诗是"风"，"哀思中的广场""量子论坛""六趣轮回""银河灿若""荒芜的语言""没哭出的泪水""祝融的火"，也是"一个激进的非特写的忧郁"。进而，"诗是什么？"，是

① 吕布布. 陕西商洛诗歌[J]. 诗歌月刊，2010（4）：37.

"你""我""必死的人"的"精神的创造"。其次，《乌有的中式谈话》的主题只是关于"诗"吗？如果"历史"和"人生"早已成为诗人意识的一部分，那么对时空物性、生命兴起、狂野神性的诘问就上升到形而上的层面。"而现实在家中迷失"，这"家"关涉不朽和永恒，关涉存在和信仰，更关涉心灵和未来。博尔赫斯曾说："一切文学都是从诗开始的。"①诗与思、天、道、梵、真如……同在。正如海德格尔所言，诗人不说；诗人被存在或神明借用来说；在诗中出场的是绝对者、永恒者②。因为"诗本神事"，"诗不单是生命的起始/诗不单是生命的归所//诗是生命之展开/常在常新的过程//——通过这条路/我们才可能/走进神的所在之处"③！

陕西诗人吕布布深受西方文化影响，诗作中流露出明显的哲学性倾向、后现代视野和宗教意识，但对存在与现世的探索才是她绝大部分诗作的主题。在精神层面，宗教信仰给被时代文化和社会环境所困扰的女性以解脱和慰藉，女性诗歌的神性色彩提升了诗的纵深感，呈现出超越形而下的魅力。相对而言，一直在努力寻求写作突破的翟永明的诗《枯山水》："说山不是山 说水不是水/也不必寻道访幽 心已枯/秋季中庭 鬼魅红叶/听它就是音乐 看它就是颜色//我坐在白砂石的侧面 记得山水/也记得杳无人迹的古泉/寺庙被天下僧众所占/要把我心变成莲花数瓣 只消点一炷香"④才是真正关涉道家清逸、佛禅义理，书写冥想与玄思的超然之作。无论如何，以吕布布为代表的陕西诗人在对生命的探讨和领悟中所流露的哲思意味，开拓了女性诗歌的精神领域和思想维度。

2. 高璨

高璨，陕西95后诗人，被誉为"中国最年轻最不可忽视的天才诗人"，已出版《梦跟颜色一样轻》《第二支闪电》《出尘之美》《白驹过隙》《语言，众

① [阿根廷]博尔赫斯. 诗艺[M]. 陈重仁，译. 上海：上海译文出版社，2011：31.
② 刘光耀. 诗学与时间[M]. 上海：上海三联书店，2005：57.
③ 沈奇. 沈奇诗文选集（卷七）[M]. 北京：中国社会科学出版社，2021：18-19.
④ 李蓉. 有"性别"的诗歌：论翟永明1990年代以来的创作[J]. 华中师范大学学报（人文社会科学版），2015，54（3）：74-82.

人的密谋》《乱象》等 18 部诗集和散文集，包括谢冕、曹文轩、周国平、陈
忠实、洛夫、张清华、沈奇等国内外数百位作家、评论家和学者为其撰文
评述。高璨还是小学生的时候，就写下了《镜子与狗》《老钟表》《魔术》等
令人称奇的作品，她的儿童诗也受到国内知名儿童诗人王宜振、金波等的
一致好评，入读岳麓书院之后的近作更是愈发进入佳境。侯泰而在《我很
像我，你愈发不像你》的序里说："高璨自觉选择了对人生问题的诗性阐
释，她的一些诗歌散发出深沉的哲学气息。从她的诗中，不时可看到对命
运、时间等宏大叙述的深思。"①

伴随对命运的思考，高璨以诗文寄托她对岁月不居和生命之难的深刻
感悟。《古城墙》一诗穿越时空，给人一种苍凉的战栗："不识字之砖石/却
亲历斗转星移/不懂诗书之防御工事/也不知终是卸不下使命/要这样站着/
似睡非睡/似梦非梦。"《深冬》《超度》《焚化炉》《疯狂至极》等诗表达诗人的
存在之思，"该老的 就老了/该走的 不该走的 都走了"，写她对人生的深
挚热爱。而《三时系念》《直到神醒来》《等风来，便落雨》《本无人》等诗则
展现了高璨对"神"的思考和对生命性灵的探析。沈从文说："诗人不只是
个工作员，还必须是个'思想家'。"除了生活感受的抒写，高璨的诗也有一
种宁静、灵动、纯真、闲趣的思想火花和出尘之美。如诗人自己所言：
"亘古常在的实是泥土与虚无，实是风与绿叶，实是草与花香。闪现的才
是周身人群，与他们的举手投足。所以我用一种不说破的态度和不仔细琢
磨的感官，体会花朵向外喷薄的神秘力量与云朵向上飞起的隐匿感情。"②
在高璨清明纯澈的文学语言里，常有超越尘俗的灵性、慧力。

从 8 岁起，高璨就把她亲身经历的一个个有意味的瞬间谱写成一首首
纯净灵动的诗篇。高璨的诗充盈着这个世界的纯真和美妙，在她以想象力
构建的童话境界之外，亦有对生命、万物等宏大问题的探询。这些思考常
以"时间"为载体或轴心，幻化在诗里，而时间的本质是生命、是世界的流

① 高璨. 我很像我，你愈发不像你[M]. 西安：西安出版社，2017：2.
② 秦茂盛，周翼. 文学超越于年龄——高璨作品评论集[M]. 西安：西安交通大学出版社，2018：1.

转变迁。在《被时光的皮鞋踏过》里，诗人以一株柳的生命形态质询时间——"夏赞美那株柳树/如一帘碧绿的瀑布/秋怜惜那棵柳树/正在枯黄凋零/冬更是对光光的柳枝疑惑不解"，写时光刀刻、宇宙运转的奥秘，并且，高璨还以诗的形式，探讨了时光流逝与人类命运的宿命关系——时间终究逝去，"但时光那沉重而又迅疾的皮鞋/踏过这一切/又有什么可以存留"，"为何美丽，也没有得到/永恒的权力/满地残留红的花瓣与雨水/还可以拼凑出/昨日的繁盛"。个体生命无休止的奔忙烦忧，在单向度的时间面前，败柳、残花以及无数个你我，何以存留？在《书院》诗里，高璨这样回答：

> 欲雨山中
> 在你眉眼间一次次感动
> 唇齿 相依
>
> 山下雨 叶无落
> 你站得近 或远
> 你站得如同秋季
> 你之体温着候鸟之裳
>
> 凭栏八千个日夜
> 日月互蚀
> 我很像我 你愈发不像你①

如果，"永恒是不会存在于人间的，而永恒的不存在则是永恒的。也许，选择遗忘是挣脱忧虑的最好办法，但是，一个没有记忆的人又怎会喜

---

① 高璨. 我很像我，你愈发不像你[M]. 西安：西安出版社，2017：3.

悦呢"①？面对时间的魔法，人如何摆脱被遗忘的宿命？在散文集《乱象》中，诗人以《这不是一条宿命的河流》一文回答："时间是一条河，众人忙点头说早已了然心中。他们点着头坐在颠簸的小舟上，或者用桨划水，仿佛桨可以改变河流要把他带去那里，仿佛未来就在远方，而梦想就坐在岸边的石头上梳妆……坐着坐着，你发现，自己并不在船上了，你看着地图，了解事情本身就是这样。虔诚地描摹河流者，终被河流铭记。与自己相识相知者，不会终生错过。"②与诗的"出尘"不同，散文里诗人"入世"和"脱俗"，提出"这不是一条宿命的河流"。"出尘"或"入世"，不过是生命论的一体两面，却显露出诗人齐一、齐物的世界观。

　　郑敏老先生曾说："女性诗歌是离不开这些社会状态和意识的，今后能不能产生重要的女性诗歌，这要看女诗人们怎样在今天的世界思潮和自己的生存环境中开发出有深度的女性的自我了……当它们成为一种新式的'闺怨'，一种呻吟，一种乞怜时，它们不会为女性诗歌带来多少生命力。只有在世界里，在宇宙里，进行精神探索，才能在二十世纪里找到真正的自我。"③延长来看，21世纪的女性诗人更需秉承前人，面对消费主义困境和各种诗学弊病，仍能坚守本心、锤炼作品，竭力做到诗心高远、砥砺深耕。吕布布和高璨等突破生活日常对人的遮蔽，书写精神之光和生命之美，以触摸灵魂的刀刻之笔关注诗歌本体与诗学意义的建构，为当代新诗开辟出新的精神维度。

四、余论

　　承接20世纪以来新文化运动、白话文革新、新诗思潮对于文艺活动的强有力推进，21世纪中国文学的总体形象发生了根本变化。一百年来，受

---

① 秦茂盛，周翼.文学超越于年龄——高璨作品评论集［M］.西安：西安交通大学出版社，2018：158.
② 高璨.乱象［M］.西安：西安出版社，2017：112-114.
③ 郑敏.诗歌与哲学是近邻——结构—解构诗论［M］.北京：北京大学出版社，1999：395.

西方文化思潮和现代哲学理论的影响，中国新诗重视个体感受和人的经验，发生了由伦理本位向感性本位的诗学转向，加之势不可挡的"新媒体生产"和"文艺大众化"，文学审美总体的个人化、感性化，人们将诗美的本质视为"自我"生命、性灵、欲望、人格、情感的外化，"美"成为生命的更高境界。然而，"成熟的女性主义诗歌……又能超越角色意识，打破性别界限，着眼于女性，和全人类讲话，接通女性视角和人类的普泛精神意识"①。新世纪陕西女性诗歌不仅描摹一己日常，也关注社会变革，努力寻求以新的艺术表达呈现新的社会形态和生存理念。不仅横行胭脂、三色堇等诗透露出宏阔的文化视野和对当代民生的关切，吕布布、李小洛等亦把笔触伸向更广阔的城乡领域，从社会底层探问后工业时代的精神方式，书写底层百姓的生活问题与生存现状，高璨也以特有的悲悯情思去探照生活感受和生命性灵，共同成为新时代的代言人与见证者。

总之，陕西女性诗人们为让自己的作品更符合艺术理想标准，进行了无数切实而大胆的实践探索，她们勇于尝试新的表现手法和文学体式，也勇于接受来自时代和历史的挑战。面临现代社会的快节奏、高运转和数据化，人的心理更加细密、复杂，情感也更加纷乱、微妙，随之产生许多流动、闪现的意识和新情境。21世纪女性诗歌以自由、舒展和场景叙事的语言方式，适应描摹现世的风云变幻，探索符合时代审美需要、观照现代人生存境况的诗歌形式，从日常写作、中年写作到儿童诗写作，从自然时间、城市空间、乡村地理到民族文化的精神坐标，从日常诗性、底层关怀、精神之痛到神性观照，陕西女性诗歌完成了从人性、女性和社会性的多维互动与突破。随着21世纪后女性诗歌日趋成熟，探寻向度的更加多元，南嫫、杨于军等去外地发展，以三色堇、横行胭脂、李小洛、吕布布、高璨等为代表的超性别诗学现象，预示着一种新的美学精神来临，其反映的现代生活的不同风貌与地理图像，亦是社会发展从艺术上给人类新的启示和提升。

---

① 罗振亚. 朦胧诗后先锋诗歌研究[M]. 北京：中国社会科学出版社，2005：304.

第五章
代表性诗家

第一节　叩之则灵：论沈奇诗歌《天生丽质》
的字象思维、留白美学与禅意之境

　　当代汉语诗学界有一特殊现象，即许多诗歌批评家和诗论家，如陈超、唐晓渡、张清华、罗振亚、汪剑钊、荣光启、张立群、霍俊明等，都在下重力于诗学研究的同时，也对诗歌创作投入极大热情，其诗作屡屡登上各大文学刊物，个人诗集也相继出版面世，成为一道特别的风景线。这其中，作为诗人、文艺批评家的沈奇，更是较为典型的个案。沈奇在大学任教，研究与教授新诗及新诗理论的同时，活跃在当代诗学阵地的前沿 40 余年，一直探索中国新诗的发展问题。谢冕先生曾经指出："中国新诗的一百年，是始于'破坏'而旨归于建设的一百年，是看似'后退'而立志于前进的一百年。表面上看，古典的诗意和韵律受到了有意的'轻慢'，而建立中国诗歌的新天地却是一项革故图新的诗学创举，是在古典辉煌的基础上另谋新路从而使传统诗意获得现代更新的头等大事。"①潜沉探索十余年，沈奇着意从文化根性和汉字本身思考并解决"传统诗意的现代更新"这一当代诗学的关键问题，其陆续推出的新古典实验诗《天生丽质》系列，从诗心、诗体与汉语诗性等角度深刻阐释了古典诗歌传统与现代汉语新诗的多维交互关系，并以诗美建设之简劲古雅、清芬流长、通和古今、再造传统的可能性，为当代汉语诗歌及诗学提交了一种新的体格与气度。

一、前瞻与后顾：惊艳的新古典诗歌实验

沈奇在当代诗坛由热闹转入喧嚣的时刻出现了：生于 1951 年的他，比谢冕小 19 岁，比吴思敬晚到人世 9 年。1980 年代初，谢冕已是诗歌批评界的老大哥，吴思敬羽翼初展，沈奇正在校园写诗。然而，依照诗歌写作界的出场顺序，他应排在北岛、顾城、舒婷之后。1986 年，沈奇第一篇诗论《过渡的诗坛》②问世，之后，他参加诗界活动越来越多，发声也越来越响，渐使人忘了他曾以《碑林和它的现代舞蹈者》进入"中国诗坛·1986 现代诗群体大展"。对于沈奇现象，有学者评论："无论是生活的地域、所在的高校、为人处世，沈奇一直保持着与地理、专业、体制的公认标准和核心价值相当的距离，他多次标明自己走的是'野路子'，在诗歌界显出江湖义士而非庙堂之风，也特别力挺民间诗派和民间诗人。在'他们'以陌生诗风初上诗坛的时候，他为支持者；而当口语泛滥、叙事无节制成为时尚被无由传播时，他又较早地表示担忧……他写诗论也写诗话，写富有古典味道的现代诗。"③需要注意的是，"古典"始终是其诗学理路不变的指向标，亦是其精神图志生长的核心关键词。

---

① 谢冕. 中国新诗史略[M]. 北京：北京大学出版社，2018：3.
② 沈奇. 过渡的诗坛[J]. 文学家，1986(5)：37-39.
③ 陈卫. 找寻路上风景　探究合理路径——沈奇 1980 年代以来的诗论与诗歌写作[J]. 海南师范大学学报(社会科学版)，2015，28(9)：48-54.

（一）与诗结缘

沈奇与新诗结缘甚早，入门就遇见沙陵，学生时代在《诗刊》发表过《红叶》等作品，后来又遇到牛汉等大诗人。在诸多前辈师友的关护下，沈奇写诗、办诗刊，也作诗歌评论，以开阔稳健的步伐进入中国新诗史。沈奇早期的诗表达独立精神和人道主义觉醒，也尝试写过一些当时不能面世的作品①。一个有趣的现象是，1980年代中期以后，沈奇大力肯定于坚、伊沙等为诗歌带来的语言革新，他自己的诗却很少用口语写作，不以叙事为主，也没有面向日常。沈奇的诗，始终注重意象化、书面语和抒情性的平衡。80年代，沈奇受人好评的《碑林和它的现代舞蹈者》（1985）、《上游的孩子》（1985）是对大众忽略古代文化的批判；《剥离》（1986）、《我住在我的名字里》（1986）表现出个人化写作特点，塑造自我形象、个体存在感。1988年完成第一部自选集《看山》，收入短诗40首、长诗2首；1989年出版个人诗集《和声》，收入1974—1984年创作的50首短诗和1首长诗。

90年代以后，沈奇着力新诗批评，一些重要诗评渐次产生，如《拒绝与再造——谈当代中国诗歌》②《角色意识与女性诗歌》③《秋后算账——1998：中国诗坛备忘录》④《拓殖、收摄与在路上——现代汉诗的本体特征与语言转型》⑤《飞行的高度——论于坚从〈0档案〉到〈飞行〉的诗学价值》⑥等代表性文章，出版评论集《生命之旅》《台湾诗人散论》《拒绝与再造》，编选《西方诗论精华》《鲜红的歌唱——大陆女诗人小集》《胡宽诗集》《诗是什么——二十世纪中国诗人如是说·当代大陆卷》等专辑，加之参与"批评

---

① 刘福春. 沈奇诗与诗学研究[M]. 西安：陕西人民教育出版社，2020：350.
② 沈奇. 沈奇诗学论集Ⅰ[M]. 北京：中国社会科学出版社，2005：168-174.
③ 沈奇. 角色意识与女性诗歌[J]. 诗探索，1995（1）：67-71.
④ 沈奇. 秋后算账——1998：中国诗坛备忘录[J]. 出版广角，1999（2）：22-26.
⑤ 沈奇. 沈奇诗学论集Ⅰ[M]. 北京：中国社会科学出版社，2005：160-167.
⑥ 沈奇. 飞行的高度——论于坚从《0档案》到《飞行》的诗学价值[J]. 当代作家评论，1999（2）：41-49.

家周末""1997 武夷山·现代汉诗诗学国际研讨会""世纪之交：中国诗歌创作态势与理论建设研讨会"等诗歌活动，成果颇丰。反观当时于坚、伊沙，还有后来提倡垃圾派、上半身派的一些创作者，正在反诗歌传统，他们以反意象、反隐喻、反抒情、反思考等口号或宣言而声名鹊起。沈奇在评论中支持这些具有反抗意识的新作者，自己为何没有实践呢？

其实，沈奇并非没有，甚至对实验、先锋也有尝试。与韩东、伊沙等切磋后，沈奇的某些诗有他们的影子，比如《上游的孩子》与韩东入选中学语文教材的《山民》，《看山》与韩东的名作《大雁塔》，初看诗作，二者似有相似之处。只是他总不遗余力地支持同仁写作，使人忽视了诗评家的诗歌尝试。另《巫山神女峰》可以看做是对舒婷《神女峰》的一种解构，只是大家对伊沙的解构太熟悉，沈奇的作品没能凸显而被淹没。其实，沈奇从未停止过探索和实验，早期写千行自传体长诗《仲夏夜，一个成熟的梦》，后有实验长诗《生命之旅》和无数实验小诗以及实验诗话《无核之云》。与诗学评论的求新求变一致，沈奇诗歌创作也是一路开拓蜕变。

（二）诗歌实验

实验既有探奇的惊喜，也有失败的危险；它需要勇者的决心和气力，也需要智者的眼光与谋虑。顾随先生有一句话："诗人最要能支配本国的语言文字。"①艾略特也说："诗人作为诗人，对本民族只负有间接义务，而对语言则负有直接义务，首先是维护，其次是扩展和改进。"②可见，语言对于诗人的重要性。作为汉语诗人，应当反思经由现代"诗性编程"后的白话新诗，以及对汉语本身的维护、扩展和改进之责。1992 年沈奇写过两组实验作品，其一《世纪回声——隐题组诗》，原诗八句，实验拆为每两句一节，每个字为下节中的首字，另写成短诗。现以其中第四节为例：

---

① 顾随. 中国经典原境界[M]. 北京：北京大学出版社，2014：122.
② 艾略特. 诗歌的社会功能[M]. 广州：花城出版社，1993：49.

憔悴之后便不再憔悴
纯粹成一泓秋水

实验写作：

憔
悴
之奥义在于——
后主李煜丢了社稷得了佳句
便让他重生一遭还做皇帝
不用怀疑
再好的江山美人他仍会换一副诗人的
憔
悴！

纯然之诗性灵魂
粹而能容
成败不动。有如
一抹无序无核之云，沉醉于一
泓死于非死之荷塘
秋阳下，有斯人独语
水静流深……①

这种写作有游戏之乐，一首新诗出于对原有句子的诠释和生发，以新的诗歌文本补充、互文旧诗，同时要求每句新诗的首字连起来恰是原有诗句。出于诗评家和教师的职业习惯，沈奇做了附注，说明这组诗出自对洛

---

① 沈奇. 沈奇诗文选集(卷一)[M]. 北京：中国社会科学出版社，2021：170-173.

夫先生的模仿。这种"戴着镣铐的舞"可以有诸多风格，沈奇写出的却是他个人经验的独特和一代人对社会人生的认识与感受。在《生命诗学论稿》中，陈超曾深刻指认实验诗歌对当代诗学的重要意义。沈奇的另一个实验作品是《世纪回声——实验组诗》，分为五首短诗，由4首变体诗和1首原诗组成。节选一首变体诗如下：

原诗：

> 那个真实的世界
> 离我们很远很远
>
> 你累了，可你不能转身
> 于是你消失……
>
> 而幻想总是存在的
> 而天很蓝云朵很白
>
> 是海凝固了贝壳
> 还是贝壳凝固了海
>
> 没有故事——
> 只有讲故事的人

变体1
> 而幻想总是存在的
> 而天很蓝云朵很白
>
> 是海凝固了贝壳
> 还是贝壳凝固了海

没有故事——
只有讲故事的人

那个真实的世界
离我们很远很远①

《世纪回声——实验组诗》是一种诗体训练，沈奇直到现在仍特别关注新诗诗体，曾在多种场合数次强调新诗的结构体式问题，强调可以把组诗看成一首诗的多重变奏，或一个主题的多部混响。不能忽视的，是诗人的附记："本诗'原型'五句五小节，分别摘自本人的五首诗作，偶然组合而成。后来又发现这五小节诗句除偶得的原型排列法外，还可以做任意排序的组合，即可得到另一首独立完整而意味不同的诗，遂有了现在的模式。这是对我称之为'纯粹诗语'的汉语诗歌特殊语象的一次文本实验。当然本诗原意，只在以此特殊的方式，记录下一个中国诗人的世纪末之叹息而已。"②在此，不能仅停留于诗人的自谦，而应注意诗人之用心，虽然诗可以偶然得之，实验却需刻意求索。沈奇在意象变化、题材变更、手法变新的尝试外，真正探索的是语言表现的新路向、诗歌写作的多种可能。或者说，关于汉语诗心、诗体与诗性的追寻与反思，才是诗人一直以来真正关切的事。

为在诗歌写作上做出根本性改变，沈奇从未放弃突破和实验。早在之前出版的《沈奇诗学论集》里便有他对古诗的现代改写：比如把王维的"大漠孤烟直"改成"大漠/孤烟/直"、"直烟孤漠大"和"直烟/孤漠/大"，或把"孤帆远影碧空尽"改成"孤帆/远影/碧空尽"和"尽空/碧影/远帆孤"③，甚或更早的对词的探索和写作。美国学者乔治·桑塔雅纳曾说："从形式的角度来看，诗歌的不严格的定义可以这样表达：诗歌是一种方法与涵义有

---

① 沈奇. 沈奇诗文选集(卷一)[M]. 北京：中国社会科学出版社，2021：174-177.
② 沈奇. 沈奇诗文选集(卷一)[M]. 北京：中国社会科学出版社，2021：177.
③ 沈奇. 沈奇诗学论集Ⅰ[M]. 北京：中国社会科学出版社，2005：69-70.

同样意义的语言；诗歌是一种为了语言、为了语言自身的美的语言。正如普通的窗户，其作用只在于使光透过，而彩绘的玻璃使光带上色彩，从而使自身成为住宅里的物品，继而又使其他物品带上特殊的情调。"①沈奇认为，诗，尤其现代诗，是对"分行"中的思想、精神、意绪诸"内容"的一种语言"演奏"，其本质不在演奏的"曲目"及"内容"如何，而在于演奏的方式以及风格如何。与此相应，沈奇一直以评论的方式发现诗歌新风景：30年代的卞之琳，80年代以来的各类诗人（如白洋淀诗群代表诗人多多、严力，以难解而著名的余怒，以下半身流派出名的沈浩波和女性主义写作者翟永明等），之后立足现实的诗人雷平阳、谭克修，以及执着感觉的张枣、王寅、王小妮、黄礼孩等。这些也都化为他重新建构诗歌理念的源泉，成为他开启新古典主义系列诗歌实验的序章。

(三)《天生丽质》

沈奇写诗，从 1987 年《生命之旅》的《浅草》《淡季》，《寻找那只奇异鸟》的部分诗作，到 1997 年《淡季》中的《疏影》《沈园》《睡莲》一些小诗，再到 2000 年《印若集》的《月义》《初雪》《开悟》多篇尝试，可见沈奇对古典诗美的一路求索。2007 年，经过数十年诗学思考与评论实践后，沈奇在《新世纪诗歌面面观——答诗友二十问》中说："近年来，我反复提出要倡导一种优雅的诗歌精神，一种现代版的传统文人风骨。"②于是，便有了《天生丽质》的写作。通过实验诗《天生丽质》，沈奇希望确立一种优雅的诗歌精神和一种现代版的传统文人风骨；这不是退回古典，而是从传统诗歌中吸取意象表达和语言方式，以开阔新诗疆域，熔铸古典和现代。后在《现代汉诗语言的"常"与"变"》一文中，沈奇指出："简约"是汉诗语言的底线、中国诗歌最根本的语言传统，小诗是汉语诗歌的正根③。故而，"简

---

① 乔治·桑塔雅纳. 诗歌的基础和使命 [M]. 广州：花城出版社，1993：8.
② 沈奇. 沈奇诗学论集 I [M]. 北京：中国社会科学出版社，2005：251.
③ 沈奇. 沈奇诗学论集 I [M]. 北京：中国社会科学出版社，2005：46-48.

约"也是《天生丽质》的最大特征，符合沈奇一直坚持的诗语、诗体、诗法、诗质之"减法"运动。

《天生丽质》始于 2007 年夏秋，它的孕育构思应是更早，2008 年第一次以《小诗近作十首》亮相于《创世纪》(台湾) 杂志。2009 年 8 月，《诗探索》"作品卷"一次编发《天生丽质》20 首，而后被《星星》《诗刊》《钟山》《作家》《诗朝》《华文文学》等海内外刊物报纸转发数百次。2012 年 10 月，诗集《天生丽质》(64 首) 由文化艺术出版社出版发行。11 月，《文艺争鸣》11 期开辟《当代学者话语系列·沈奇》专辑，刊出赵毅衡《看过日落后眼睛何用——读沈奇〈天生丽质〉》、陈思和《字词思维·诗歌实验·文本细读——读〈天生丽质〉的几段札记》、杨匡汉《走向瞬间的澄明——〈天生丽质〉解读》三篇评论，同时刊出诗人长文《我写〈天生丽质〉——兼谈新诗语言问题》。当月，由西安财经大学和陕西省作家协会联合举办的"沈奇诗集《天生丽质》学术研讨会"在西安举行，谢冕、赵毅衡、杨匡汉、吴思敬、陈仲义、谢有顺、胡亮、孙金燕等专家学者和《钟山》杂志主编贾梦玮出席会议，陕西作家贾平凹、红柯，评论家杨乐生、邓艮等到会发言。当代著名作家陈忠实等发来贺信及书面发言手稿，影响很是盛大。

自此，《天生丽质》成为沈奇开辟的新诗体，不断引发学界的持续关注和讨论。2016 年 9 月，由西安财经大学和陕西师范大学出版总社联合主办、北京大学中国诗歌研究院和首都师范大学中国诗歌研究中心联合协办的"沈奇诗与诗学学术研讨会"再次于西安召开。谢冕、陈思和、吴思敬、杨匡汉、刘福春、李森、王新、刘波等外地专家学者，贾平凹、李浩、李震、刘炜评、吕刚、之道、雷鸣等西安文朋诗友，以及韩国东亚大学教授、汉学家金龙云先生等，对沈奇诗与诗学研究进行深入探讨。2020 年，112 首的《天生丽质》诗集由阳光出版社出版发行，相关研究文章经刘福春先生选编、结集为《沈奇诗与诗学研究》，最终由陕西人民教育出版社出版。关于《天生丽质》的研究多集中于"汉语诗性"和"现代禅诗"两个向度，其对现代汉语诗性的再造、对现代禅诗的创写已成为学界公认的事实。然而，正如邓艮所言："这组诗歌文本不是突然间产生的，也不是诗人创作风貌的突然转变。"①我们研究和解读《天生丽质》既不能脱离沈奇长期以来的诗歌创作，也不得跳脱他数十年孜孜耕耘的诗学批评，而应立足于不断发展变化的国内外局势和时代文化语境，以及由此造就的诗人独特的人生际遇、文化心理和艺术理想。

二、从古典到现代：汉语诗性与字象思维

中国人自来用诗性方式去思考和表达自身。可五四以降，以篇为结构的现代汉语产生，加之传统语言形态的不断现代化，人们的日常用语比过去要生硬直白，汉语原本的诗性美也愈见稀薄。"面对传统文化被放逐的内心焦虑，沈奇通过重新挖掘现代汉语中的诗性元素，去探寻人与世界、人与人、人与自我的更深层关系。表面看去是借由古典诗意的现代诉求，但直接面对的还是当下中国的精神自足和文化自足的问题。汉字作为传统文化的指纹，可以说沉淀了无数世纪的光荣与梦想，它的本义、引申义和隐喻义，本身就是一种象形化和写意化的视图结构。于是，古典意境的现代转换与汉字密码的象征谱系产生重构，而这种重构就是沈奇与汉语世界的'诗性艳遇'，成为诗人渴盼回归抒情和意象的独唱方式和诗意探索。"②因此，研读沈奇的《天生丽质》，需仔细体会其字词用法和语言之外所赋予的种种用心，尤其是汉语诗性和字象思维。

(一)从《茶渡》开始

《天生丽质》组诗诗题，都是由两个原不相干的单个汉字构成。这些带有古典意绪和文化意象的字词，如月、梦、酒、旅、暮、云、心、草、烟、雪、秋、茶、渡、星、野等，曾被古人赋予了太多的理想、诗情和故

---

① 刘福春. 沈奇诗与诗学研究[M]. 西安：陕西人民教育出版社，2020：34.

② 龚奎林. 古典意境的诉求和文化记忆的追寻——对沈奇组诗《天生丽质》的解读[J]. 西安财经学院学报，2009(3)：21-22.

事。沈奇在重组词语的基础上，通过想象、断裂、空白、排列和再造等方式重新演绎，既保留了传统汉语的特别质感，又融合了现代意义上的诗美元素，进而对诗性之根进行充分阐释，产生出与古典意境既相似又陌生的效果，构建起集意象、音乐、画面、戏剧于一体的符号象征系统。正如《秋白》《星丘》《野逸》《静好》等篇的诞生，诗人不过引"茶""渡"为诗，昭示汉字际遇的奥秘。

辜鸿铭先生曾说："汉语是一种心灵的语言，一种诗的语言，它具有诗性和韵味，这便是为什么即使是古代中国人的一封散文体短信，读起来也像一首诗的缘故。"[1]中国先民在创制符号或文字时所用的原则是从物象出发，观物取象，以物之形象为本，将其心灵化、意象化，先造出象形字，然后在象形字的基础上发明了指事、会意、形声等其他构造方式的字。由此汉字本身具有象征性和诗意性，也正是汉族语言的这种诗性特质构成了中国文化诗性传承的根基。而《天生丽质》汲古润今，既师法古典，在字词、韵律、节奏和诗体造型方面，继承诗词传统，也用现代人的眼光，发掘现代性意象，在富有古典意蕴的物事之外，浇灌出具有现代意识的诗歌文本。

（二）"戏剧性"张力

关于新诗发展的艰辛，沈奇指出："从白话诗的发难，到现代汉诗的全面确立，现代中国诗歌精神，经由几代诗人的努力，实现了历史性的转换：由超稳定性的、以传统文化为核心的古典封闭系统，向变动不居的、以现代生存经验为底背，且与外部世界打通同构的多元开放系统的转换。这一转换，对二十世纪中国人的精神空间和审美空间，发生了创世性的拓殖效应——在这个充满忧患、对抗和各种危机的世纪里，现代汉诗已成为百年中国文化最真实的所在，成为向来缺乏独立人格的现代中国知识分子

---

① 辜鸿铭. 中国人的精神［M］. 海口：海南出版社，1996：106.

真实灵魂的隐秘居所，也同时成为中西精神对话最真实的通道。"①最终，现代汉语新诗以其独立的精神风貌和丰满的艺术品质，与世界文学接轨，与人类意识交汇，突破传统局限，成为现代知识分子的灵魂之所在。

洛夫曾说，好的诗歌都是有故事的。现代诗的"戏剧性"，多择取诗人生命感受与生存体验中具体的"戏剧性细节"展开。而《天生丽质》将语象、事象作为"戏剧性角色"，营建一种故事语境和张力结构，成为一种新型的"戏剧性美学"。比如《云心》"欲望和对欲望的控制"、《雪漱》"是谁昨夜不辞而别"、《青衫》"莫问梦归何处"、《天祝》"仓央嘉措的月亮哟"、《羽梵》"那只受伤的鸽子／飞哪去了"、《大漠》"连苍狼的目光也温柔了"、《归暮》"而骑士不知所终"、《松月》"你是说'约会'的'月'吧"、《听云》"江月年年照何人"、《晚钟》"没有比现在更暧昧的时刻"、《杯影》"天按时黑了"、《别梦》"却问梦归何处"、《烟视》"如前世今生的彩排"等。这些诗句往往独自成为一节，连接并打通全诗，与前后句形成对话关系，以互文、暗示、隐喻、借代等语言方式完成故事与情节，实现诗歌结构的起、承、转和结尾收摄。

加之，后现代社会人的生活和命运无不充满了变数，充斥着话语虚构、故事导引和戏剧性，《天生丽质》通过"言之有物"的表达诉求和表意结构，进一步强化诗的张力和文本空间。被人称道的《胭脂》一诗，便将戏剧性张力发挥至炉火纯青：

焉知不是一种雪意

深
浅
浓
淡

① 沈奇. 沈奇诗学论集 I [M]. 北京：中国社会科学出版社，2005：163.

以及，卸妆后的
那一指
薄寒……

揽镜自问：假如
真有一杯长生酒
喝还是不喝

凤仙花开过五月
可以睡了

　　当代著名评论家陈仲义在解读《胭脂》后指出，沈奇的探索说明"戏剧性"不只大量存在于现代诗的构架与肌质里，还潜伏在一般性的熟词、老词、固词、便词里，更包括反词、自生词、自造词等。而从一个字、词出发，从一个语象、意象出发，依托主体情思和诗性逻辑，于生命体验交融中，灵心慧眼，有机地生发、繁衍，由此开启的延异性张力，可以盘活、再造现代诗语的另一番活性。因为"语象与意象自身也能产生故事性，其要义是放弃叙事文学中的情境、告白、动作、冲突元素构成的谋篇布局，放弃'小说企图'，只专注于从题旨一开始就发力的语词运作轨迹，即将语象和意象放大、弥散为一种特定的'戏剧性角色'，将其纳入戏剧化语境中，'令其互动互证，有机转换，而获得一个新的生命体'"①。《天生丽质》的实验写作，正是基于"汉字运思具有不可穷尽的随机性、随意性、随心性、随缘性：字与字'胡碰乱撞'，常常就可能'撞'出诗意'碰'出隐喻来"②的大前提。可见，沈奇新古典实验成功的根基在于汉语诗性，在于其对字思维、词思维的复活与再造。

---

① 刘福春. 沈奇诗与诗学研究[M]. 西安：陕西人民教育出版社，2020：60-61.
② 沈奇. 我写《天生丽质》——兼谈新诗语言问题[J]. 文艺争鸣，2012(11)：85-89.

(三)字象思维

1996 年，当代知名画家石虎先生的《论字思维》一文，从汉字结构与诗歌语言特质的关系角度，第一次将"字"提升到一种诗学价值的高度。石虎认为汉字是汉语诗歌诗意的本源，以"亚文字图式"和"汉字的两象思维"法则构成了"汉字有道"思想，影响着数千年"中国人的字信仰问题"①。作为书法家的石虎强调，汉字的创造充满诗意，不仅构成华夏文化的基始，也是人类探寻未来的法典。而"字思维"是汉字造字过程和其意义生发过程的思维，其核心是直觉与理性的统一，且与汉语诗歌创作的思维方式相通。故而，围绕"字思维"所开启的《天生丽质》系列诗歌写作与诗学实践，利于汉字文化内涵认识的加深，也利于古老的中国文化与现代文化的衔接，对中国诗学建设的意义极为深远。

围绕"字思维"，学界以《诗探索》为主要阵地开展了两次大规模的讨论，前后持续近 10 年，对当代诗学的影响颇深。对此，沈奇给予高度评价，并在《可能与局限——关于"字思维"与现代汉诗的几点断想》一文中提出以"字思维"解决现代汉诗语言问题的洞见。沈奇认为："石虎的'字思维'说，对诸如新古典一路诗风，是具有现实的启示意义的。这路诗风所凭恃的隐喻系统、想象世界和抒情维度，仍与汉语文学传统本体保持着血缘亲情，故可以以'字思维'为新的参照，更加深入地探究作为汉语诗性与诗意的源泉之汉字根性，在现代语境中的再造与变构。"②《天生丽质》正是着力于汉字思维与汉语诗性的优雅再造与本质变构。尔后，陈思和先生写下这样一段话："《天生丽质》不是天籁之音，而是沈奇从他独特的诗歌理念出发，苦心经营而成的文本实验……把'字本位'思维的创作方法进一步程序化，他精心策划了'汉语字词思维'的三元素：题目—命名—记忆，三

---

① 石虎. 论字思维[J]. 诗探索，1996(2)：8-10.

② 沈奇. 可能与局限——关于"字思维"与现代汉诗的几点断想[J]. 诗探索，2002(Z2)：44-53.

者合成一首诗的实验文本……沈奇在'字'的意义上构筑起一个现代诗人的古典理想。"①而这也是《天生丽质》诞生的秘密：古典理想之现代重构的理念。即反顾汉语字词思维的一次诗歌文本实验——实验要求每首诗的题目用词本身就是"诗的"，或与汉语诗性"命名"及诗性记忆有关的，并与诗作内容及创作思路形成或先(命题)或后(点题)而几近天成的互动关系②。

"字思维"以汉字的民族特性为起点，紧密围绕汉字字象这个核心，借艺术思维尤其是灵感思维而飞翔，以创造神妙绮丽的诗美境界。诗人朱湘有说："还有那一个个正方的形状，美丽的单字，每个字的构成，都是一首诗；每个字的沿革，都是一部历史。飙是三条狗的风：在秋高草枯的旷野上，天上是一片青，地上是一片赭，猎犬风一般快地驰过，嗅着受伤之兽在草中滴下的血腥，顺了方向追去，听到枯草飒索的响，有如秋风卷过去一般。"③洪迪提出"字思维是基于字象的诗性思维"④一说，《天生丽质》组诗就是在字象、字音和字形相互逗引中产生的。字象不光表现客观事物，为形成独特的诗性效果，往往采取组合、互文、隐喻等形式，像《庖丁解词》⑤一样，沈奇深谙此法。通过字词的碰撞、字象的重组可以衍生多重隐喻，古典词语质素与现代汉语语境的穿插，加之口语、翻译体的多样化，可以调动古今中外的文化想象和审美经验，从而确立起《天生丽质》诗歌空间的丰沛意蕴。

字象是汉字的灵魂，字象与其形相伴而立，是汉字的玄机所在⑥。当一个字映入眼眸，人首先感知的是字象，是线条的抽象框架和声音、形象所激发牵引的语言图式。然后才去思考字所对应的物象、事象，正是在这种音义幻化的复合中，字象有了意的绵延。字象意识与艺术感知的延展交

① 陈思和. 字词思维·诗歌实验·文本细读——读《天生丽质》的几段札记[J]. 文艺争鸣, 2012(11)：90-92.
② 刘福春. 沈奇诗与诗学研究[M]. 西安：陕西人民教育出版社，2020：42.
③ 吴思敬. "字思维"说与现代诗学建设[J]. 廊坊师范学院学报，2002(2)：1-3, 23.
④ 洪迪. 字思维是基于字象的诗性思维[J]. 诗探索，2003(Z1)：47-54.
⑤ 沈奇. 庖丁解词[J]. 钟山，2020(6)：158-207.
⑥ 石虎. 字象篇[J]. 诗探索，1996(3)：37-40.

织、瞬息变化，构成诗意本质的不可言说性。归根结底，汉字与其表现的世界是一种亲密无间的"对应关系"："汉字的世界，包罗万象，它是一个大于认知的世界，是人类直觉思维图式成果无比博大的法典，其玄深的智慧、灵动的能机、卓绝的理念，具有开启人类智慧的意义。汉字不仅是中国文化的基石，亦为汉诗诗意的本源。"①这得益于汉字形—象—道的诗性构造。汉字的空间功能揭示了自然、社会与人的某些本质特征，启示着人与物、物与词、词与世界的复杂关系。而词就是诗，每个汉字因其产生与演变的过往，成为诗的存在。汉字的声形结构与音象语义，既包含着丰富的感性体验，也容纳着坚实的理性精神，成为汉语诗美之源。因此，《天生丽质》不仅是对汉字形象的着力探寻，对母语文化的独特思考，也是对汉民族思维模式、文化心理和审美情趣的生动体现。

三、留白美学：从"无"中确认"是"与"有"

留白，原指国画创作时以"空白"为载体渲染营设的美的意境，有意识的留白使作品章法精美协调，内蕴丰富。留白艺术，是中国艺术常用的手法：书画的水墨留白"以无为有"；乐曲的"休止""无声胜有声"；文学的余味，讲求含蓄蕴藉，注重"象外之象""味外之旨""韵外之志"②。诗歌留白是诗人对丰赡诗美境界的追求，是诗歌作为召唤文本对读者的纳入，也是诗质语言凝练性的必然要求。《天生丽质》组诗篇幅短小，语言精练，在数十字或十数行的句子里展现含蓄典雅、意味深长，引发读者的审美想象和情感共鸣，少不了留白艺术的加持，它鲜明体现在内容剪裁、情感表达和结构处理等方面。

（一）写意丰赡：以内容留白

内容留白，在无画之处生妙境，在方寸之间成天地，是重要的绘画技

---

① 石虎. 论字思维[J]. 诗探索，1996（2）：8-10.
② 司空图. 二十四诗品[M]. 杭州：浙江古籍出版社，2013：37.

法——"中国画的留白是建立在艺术想象基础上的一种艺术创造，它通过虚实关系，无中生有，对意象造型的美学追求，展示了中国画的独特艺术境界。"①所谓"言不尽意"，好的诗歌重视留白，而诗之妙妙在它的"只可意会不可言传"。通过留白，诗人以敏感的诗心、独特的诗美感悟以及老到的文字表达，以创造性的"召唤结构"和诗歌空间"为世界文身""为万物立命"。《天生丽质》的内容留白，主要是通过意象选择、虚实处理，以少寓多、以简驭繁、写近托远等艺术手法实现的。

最新版的《天生丽质》5辑120首诗，留白艺术充盈在取舍的分寸间。关于青春："小姑待嫁//收不拢的小心思/熟一半/生一半"（《小满》），关于爱情："揽镜自问：假如/真有一杯长生酒/喝 还是不喝"（《胭脂》），关于记忆："坐下/听云//千里之外/有人因失恋而自残"（《听云》），关于梦想："却问梦归何处？//一地鸡毛/满天星辉"（《别梦》），关于生存："说：也算一种活"（《浮梦》），关于生命："——看谁/老得更漂亮"（《秋瞳》），关于生活："喇叭吹酸曲/老日子穷人不穷心"（《古道》），关于世事："树为呼吸而绿/花为自在而开/活到六十岁的诗人/才活出点明白"（《怀素》），关于生命："尴尬在于——/无论人事还是季节/都不会 因你/心情的变化 而/改变它们的流程"（《杯影》），以上可谓涵括人生、周延大千。世人原本惊心动魄的生、老、病、死和爱、恨、别、离，在诗里均锻造为精致优美的片段或截面，留一块让人想象的白。

南宋马远的《寒江独钓图》：一舟，一渔翁，无水；读来却烟波浩渺，空灵幽冷。现代齐白石的《蛙声十里出山泉》，只有数十只蝌蚪在山泉中游动，观后却声声在耳、生机一片。因为留白，以无为有，以少胜多，方能"咫尺之内，而瞻万里之遥；方寸之中，乃辨千寻之峻"②。《天生丽质》的语言疏密有间，内容虚实相生，具有中国写意画式的诗美效果。为此，沈奇一方面极少用关联词，有意识地省略、跨跳，以词类活用、截句或横断

---

① 陈建生. 蕴藉深远 情在无言——从王维《杂诗》三首谈其诗歌的留白艺术[J]. 福建工程学院学报，2007(5)：426-429.

② 王夫之. 姜斋诗话[M]. 上海：上海古籍出版社，2012：43.

面增加语言的张力与弹性；另一方面灵活运用那些非表示物象、动作或性质的虚词，转折或联结，以传达其复杂微妙的情感或曲折丰富的意义主旨。一派简约洗练，达到了古典水墨"一笔细含大千，数笔立见天地"的艺术境界和美学效果。

(二)涵养抑制：以情感留白

中国画重视留白，讲究计白为黑，中国书法讲究疏密布白，中国园林注重空间铺排，中国诗歌则讲究含蓄蕴藉，以实带虚，以虚带实，以实现诗人的主观情意与客观生活物境的完美结合。所谓"无字处皆其意"①，诗讲究虚实，要写三分，留七分。那留下的大部，恰是诗之要旨，诗之主意，诗之神韵，诗之灵气。对此，沈奇说："诗有虚实，相济为宜。"②《天生丽质》的虚实艺术不仅体现在诗的内容取舍，也体现在写作中诗人对情感思绪的涵养抑制上，即情感留白。有这样一首诗《星丘》：

> 星星也会死吗
> 死了埋在哪里？
>
> 那划过天际的
> 一瞬间的亮丽
> 可是她　生前
> 设计好的葬礼？
>
> 却也不失凡间的想法
> 以山丘为墓地

① 刘墨. 中国画论与中国美学[M]. 北京：人民美术出版社，2006：55.
② 沈奇. 淡季[M]. 香港：香港高格出版社，2009：39.

好让寻梦的女孩

来这词里拜祭

此诗以"轻"写"重"，生死事大，诗人却轻松作比，让"星星""以山丘为墓地"的"凡间想法"正反映出沈奇的超然、达观和悠然自得。写诗人对死亡的思考——"好让寻梦的女孩/来这词里拜祭"，又何其悲伤与寄意深远，这是组诗的压轴，也是诗人对自己去处的安托。同时，整首诗的画面静谧安详，甚至美丽，充溢着诗家的浪漫。木心说，他的文是写给未来的，写给人类几个寂寥的知音①。面对死，原本极悲痛、极无奈，诗人却处理得如此轻盈安适。早早地，沈奇就写了这么一首特别的诗，无不显露其参透世事的澄澈和空明。如此沈奇将个人经验与诗学观念糅合在一起，达到个我生命与诗性存在的统一。

确实，诗人在写出那些能够反映自己心灵世界的景象之外，留下了大片的空白——一种比写出的真实景象更重要的空白，读者只有理解了这些"空白"，才算真正读懂此诗。"所谓荣誉 知己/不过 一抹流云/的优雅和虚"（《若忘》）、"未竟的思想/过时的性"（《秋洗》）、"安的种子/静的阳光/春日桑柔/谁与携手"（《风流》）、"天生高贵者/无从伤害/谁能伤害一片云彩？"（《烟视》）等均在优雅平静的表层结构下，潜隐着诗人更复杂和更强烈的情感。正如谢冕先生所言："这些诗并没有完全脱离现实，还可以读出内心的伤感、疼痛，和露着的一颗美好的心灵，以及东西方思想的。他只是换了另一种表达方式，这是一种有针对性的方式提示我们如何摆脱影响了我们很长时间的译体，以回到汉语内在的力度。"②《天生丽质》的许多篇目情感受到抑制，诗人选择有意识地收敛、克制，以留白抒发，反而在读者共鸣后引发持久的共情，这般深刻的写法确有"力透纸背"的审美效果。

---

① 木心. 文学回忆录[M]. 桂林：广西师范大学出版社，2013：562.
② 沈奇. 天生丽质[M]. 银川：阳光出版社，2020：1.

(三)余味隽永：以结语留白

古人曾用"余音绕梁，三日不绝"强调艺术"言有尽而意无穷"；清代的恽南田说："今人用心，在有笔墨处；古人用心，在无笔墨处。"①因为"诗在诗之外"，诗歌的留白艺术不仅要求语言有耐人寻味的饱满情致，诗文结尾的有效处理也很重要，可在诗末另辟境界，以时空的无穷或余韵的不绝，达到引发"弦外之音"的效果，从而创作出有神韵、有深度的诗之杰作。所谓"语不接而意接"，《天生丽质》的留白艺术，除了诗的起、承、转、合与结构策略，也体现在诗的尾句写作上。

首先，以提问或回答留白作结。比如"谁是卷帘人"(《羽梵》)、"谁是清醒过的人？"(《月义》)、"谁与携手"(《风流》)、"不必追问：酿酒的人/去了哪里"(《微醺》)、"'落草'不是'依草'"(《依草》)、"……那一种豪华的孤独！"(《野葵》)、"——总是别说破"(《子虚》)、"凤仙花开过五月/可以睡了"(胭脂)、"人世的安排/原只是　这/小小的一个满"(《小满》)、"——或许如此"(《如焉》)、"——孩子不哭！"(《含羞》)、"静好是最好的好"(《静好》)等。同时，把提问与回答并置，"提问"亦是"回答"，而"回答"又反向指引"提问"，如此诗的肯定和否定相映成趣，达到一种以不说成其说、以说成其不说的美的效用。

其次，以意象留白作结。如"白云安适/天心如梦"(《野逸》)、"空山灵雨/有鸟飞过"(《云心》)、"长安一片月/万户捣衣声"(《朗逸》)、"日影悠长/古风沉郁"(《古道》)、"天地清旷/一鸟若印"(《大漠》)、"玉心尽弃/岁月静好"(《微妙》)、"寂水无念/菊影微明"(《怀素》)、"一地鸡毛/满天星辉"(《别梦》)、"远山独苍茫"(《放闲》)、"西风残照/高天厚土"(《叶泥》)、"白云淡定/落花安详"(《深柳》)、"艾风洗练/影瘦香素"(《若忘》)、"听秋水渐远渐冷"(《松月》)、"思　美人迟暮/品　江山暧昧"

① 恽南田. 南田画跋[M]. 济南：山东画报，2012：112.

（《雨鸽》）、"春风醉人/遛狗出门"（《灭度》）等。从现已出版的诗歌来看，《天生丽质》意象式结尾占比最重，作为古典诗词最常用的结尾手法，这种以意象"推开作结"的方式在诗末另开一个新境界，可使诗的余味隽永悠长。

最后，以平述式留白作结。如"两种不知所措中/苦无葬心之地"（《彷徨》）、"只留下这个/失忆的词/让人失意……"（《烟鹏》）、"静静的　苦"（《艾风》）、"……叶、落红/沉默的根/都是后来的事"（《冷梅》）、"寂寞是繁华月/——月落有声！"（《始信》）、"微笑已在/千里之外"（《烟视》）、"天按时黑了"（《杯影》）、"野风还是笑了"（《野逸》）、"你不说/我也不说"（《缘趣》）、"而山自惬意"（《岚意》）、"今夜　在高原/不洗澡　洗心"（《高原》）等。这种看似平淡的叙述式作结，实际并不平常，因为这些极简单、不甚完全的，对表象的肯定和现象的直述均关涉诗人对表层世界和真实意义的分离与潜藏，正所谓"看似寻常最奇崛"，反而经得住品味。

总之，沈奇以意象选择为内容留白，以对诗性情感的抑制为情感留白，以提问与回答式、意象式、平述式作结为结构留白，做到了"以不说为说"。作为诗歌写作的留白艺术，如同画作里的大片空白、音乐里的休止空拍、戏曲里的虚拟动作一样必不可少，那没有写出的言外之意，可经岁月淘洗、可供读者琢磨。诗歌的留白写意，可尽抒诗人的情思意蕴，可写出丰富博大之境、难以言传之情和曲径通幽之趣①。《天生丽质》以精短凝练的篇幅之"实"，留白的内容、情感和结构等没有写出之"虚"，加之诗外须由读者想象完成的"象外之象"成功构建出一种多向互动的文本空间，实现了从"无"中确认"是"与"有"的独特美学。

四、现代禅诗及其意境：如雪如玉亦如烟

禅对古典诗词的影响极为深远：唐宋诗人作诗追求"不着一字，尽得

---

① 周进珍. 论诗歌的艺术"留白"及其审美价值[J]. 黄石理工学院学报(人文社会科学版)，2007(4)：59-61.

风流"之境，宋代梅尧臣主张诗要"含不尽之意，见之于言外"，元代汤显祖更是直言："诗乎，机与禅言通，以若有若无为美。"①以禅入诗，一方面促进了诗歌意境的空灵，另一方面为诗歌注入虚静幽寂的禅趣内蕴。诸多诗人为中国古典禅诗艺术做出了贡献，比如"诗佛"王维，他自幼深受禅宗影响，晚年更是崇佛修禅，成为虔诚的信徒，其后期的代表作《辋川集》，集中阐释了禅宗的"空""寂""闲"，并以此形成了高简闲淡、凝思静虑的艺术境界，成为古典禅诗之典范。

禅对现代汉诗之影响不可谓不大，学界早有现代禅诗的命名与说法。当代诗人南北说："禅诗以静默观照的方式，体悟自我和世界；现代禅诗是在现代汉语或现代语境下生成的。"②现代禅诗是以现代汉语为筏，摒弃现世驳杂迷乱的思想欲念，否定以丑为美的怪诞语言风格，以抵达心的澄澈和念的明净。尽管也有烦恼，但烦恼即是菩提。现代汉语禅诗正是以把生活中的烦恼转化为生命里的智慧为归旨；其形式以质朴为尚、灵活简短，内容则崇尚自然、切合心灵，融注日常、展露本真，且合乎禅意、传达禅心，追求净静合一、物我一体的艺术境界。

禅对现代汉诗的渗透主要体现在以禅语入诗、以禅理入诗和以禅趣入诗三方面，其中禅语借用和禅趣诗更为多见。考察现代禅诗，具有代表性的诗人有前期的废名等，近年则有杨键、陈先发、南北等诗人的重新涉足，其中沈奇的《天生丽质》亦是代表之作。赵毅衡先生指出："《天生丽质》是一本奇书，它让三个对抗的元素——汉字，禅，现代诗——相撞成为一个可能。"③对此，沈奇认为"现代禅诗"是由现代感支撑，有现代意识的内在理路，且含蕴"禅味"的有古典诗美的诗歌样式；而要写好此类诗歌，重点在于连通汉语传统和古典诗质的脉息，在消解西方意识形态、语言形式和表现策略后连上中国化、本土化的现代意识和现代审美情趣④。

① 马奔腾. 禅境与诗境[M]. 北京：中华书局，2010：191-213.
② 南北. 世界现代禅诗选[M]. 上海：上海社会科学出版社，2014：67-70.
③ 赵毅衡. 看过日落后眼睛何用？——读沈奇《天生丽质》[J]. 文艺争鸣，2012(11)：93-94.
④ 沈奇. 口语、禅味与本土意识——展望二十一世纪中国诗歌[J]. 作家，1999(3)：15-16.

（一）以意取象：苍润清奇

沈奇以为，数十年来先锋诗歌不断追索存在之真实，但本质上只是社会学而非美学的进步。因为，他看重语言之美对人心的润化作用，欲在现代诗"直言取道"的主潮外，另辟一个"曲意洗心"的审美空间。正如陈仲义先生所言："在现代诗写作中契入禅境、禅理、禅味、禅趣、禅机……是古典与现代一条奇妙的通道。新诗以来，多有诗人孜孜以求，但总觉得有些'隔'，成功者不多。《天生丽质》中有许多富有禅意、禅境的诗……自成一格。沈奇是在现代生命感中融化了禅，与别的禅诗明显划开了界限，需要再深入总结。"①

首先，选取禅意物象。《天生丽质》运用了大量禅意浓厚的物象，如"云""风""水""渡""花""钟""尘""星""镜""月"等。这些物象本身包含着"一意多象"和"一象多意"的多维对应关系，却因禅心的澄净空明大量出现在禅语禅诗中。诗歌意象是诗人内在心境与外在物理场在脑中交会互动，去芜存菁后在意识里留下印迹，并透过语言文字，将其精神活动物化为文本，所展现出来的种种情思意念与物理形象。诗歌意象源自"心"与"物"的互动与交融，其中，内在主体的"意"包括"情"与"理"，而外在客体的"象"包括"物象"（景/物）与"事象"（事）②。禅门认为一花一木、一语一事、一机一境皆能示法，因而现象界的森罗万象与日常行止，都是参悟法门。这物象包括自然物象，如山川水流、风花雪月，也包括人工物象，如房舍机车、钟石刀剑。《天生丽质》从不拘泥旧规，常引用现代的"手机""塑料""机器人"等入诗，写断喝、解悟之感，实现了物象—心象—意象的交相为用、同构共生。

① 陈仲义. 别开生面的"戏剧性"张力——以《天生丽质》为例［J］. 西安财经学院学报. 2012（6）：103-105.
② 陈佳君. 论禅理诗中物象与禅意的同构关系［J］. 渤海大学学报（哲学社会科学版），2014，36（1）：91-94.

其次，炼造苍润诗题。《天生丽质》的诗题均为两个字，这两个字各自独立，以词而不是词语的形式并置为题。诗人选择时，有意识地将它们放在一起产生化学反应，故而诗题即"元诗"。具体来说，就是字词之思在先，而后引发、延拓、聚合与此字词相关联的句构，之后篇构成诗①。比如"岚意""依草""小满""秋瞳""星丘""胭脂""上野""静好""禅悦""本康""羽梵""暗香""晚钟""香君""非悟"等，个个苍润清奇，单看题目，就给我们强烈的诗的指引。不容忽视的是，我们应注重探寻《天生丽质》被诗题遮蔽的多重内容，而非单视其为解字诗。沈奇的语言极美，他写诗极有分寸，对物象、情感的处理均恰到好处，但《天生丽质》的奥秘不止于诗，诗题不过是一定程度的障眼法，我们应能透过诗题发见其更丰富的灵性寄寓，比如对禅意的不着痕迹。作为无禅字的禅意诗，《天生丽质》的禅比较隐蔽，需要更敏感的直觉方能体悟。但其隐蔽性恰恰证明了诗人的高明，因隐蔽而近天然，而"天然"是诗歌，也是佛禅的高妙境界。

（二）空灵之美：美在意境

诗歌意境是诗人对客观事物精华部分的提炼、集中并注入一定的思想情感，经过艺术匠心独运后所达到的艺术境界。宗白华说："艺术心灵的诞生在忘我的一刹那，即美学上所谓的静照，静照的起点在空诸一切，心无挂碍，和世务暂时绝缘。这一点觉心静观万象，万象如在镜中，光明莹洁，而各得其所，呈现着它们各自充实的、内在的、自由的各个生命，在静默里吐露光辉。"②空灵是虚与实、无与有、静穆与流动的统一，空灵境界会引入一个忘我、无我的崇高状态，使人的心灵充分诗化，使人的灵魂在虚实相生的有机结构中自由地升华。诗歌空灵境界的创造离不开实象又不能执著于实象，需经历一个"看山不是山，看山还是山"的过程，需做到

---

① 沈奇. 我写《天生丽质》——兼谈新诗语言问题[J]. 文艺争鸣，2012(11)：85-89.
② 宗白华. 美学散步[M]. 上海：上海人民出版社，1981：79.

"字外味、声外韵、题外意"的审美成效。写诗时，空灵引致静气，静气方可平心，平心才能致远，因而空灵也是艺术意境中最难求之境。试读《云心》：

> 云白　天静
> 心白　人静
>
> 欲望和对欲望的控制
>
> ——人群深处
> 谁的一声叹息
> 转瞬即逝
>
> 空山灵雨
> 有鸟飞过

　　中国禅宗崇尚空灵思想，一方面源自佛教"大乘空宗"关于"般若性空"的智慧论，另一方面来自老庄"尚虚贵无""得意忘言"的体道说。受禅宗"心"所感知的"世间万法皆虚幻"的影响，中国诗歌摒弃刻意模仿和机械复制，追求情景交融、心物合一、虚实统一的意境创造。同时禅宗以一种"只可意会不可言传"的意蕴学说构成诗歌意境的核心理论，佛禅之"空""无"成为空灵意境的灵魂。空灵之境一方面指涉艺术风格和艺术形象的空幻、玄远与飘逸品性，另一方面指涉艺术境界富有灵气、灵性并且表现灵幻和精妙的旨趣、情思与意向。恰如唐晓渡所言："悟字当头，以简驭繁；诗禅互济，情怀自现。炼当世人生百般况味，而有清韵存焉。"①《云心》所写之"云白""心白""天静""人静"是心空和物旷，是"无我之境"，是以空

---

　　①　沈奇. 天生丽质[M]. 北京：文化艺术出版社，2012：216.

无之心观我、观鸟、观天、观人、观欲望、观叹息、观空山灵雨……

阅读《天生丽质》，可以时时感受到一种超越时间、空间的亘古之美，这是一个诗人的伟大诗情和不朽灵魂，以及他所创造的清新灵动的精神境界。另有更具现代意识、更富古典意绪，运用更彻底的手法剪裁、熔铸的《种月》《怀素》《晚钟》《杯影》《别梦》《原粹》等章，且看《虹影》：

> 只有光影的歌吟瞬间永存
>
> 澡雪沐耳　听
> 沉云如磬
> 前世的浪子如约归来
> 袭袈裟默诵
> 虹非虹
> 影非影
> 空门不空
>
> 风的手　轻轻
> 摁动快门

明河有影微云外，清露无声万木中；半江澡雪欲沐耳，一岸沉云逐虹影。空灵意境的基本性质是超越性的诗境之美，它包括"对境生象外的最高诗美形态的追求，对不可言说的无限虚幻诗意的追求，对超尘脱俗的诗意人格境界的追求"①，是深具精神彼岸性的最高诗意追求。早在1999年，沈奇在《口语、禅味与本土意识——展望二十一世纪中国诗歌》中将"口语诗"与"禅诗"作为新世纪诗歌发展的主要流向。他看重现代禅诗易于接通汉语传统和古典诗质的脉息，或可消解西方意识形态、语言形式和表现策

---

① 彭亚非. 中国正统文学观念[M]. 北京：社会科学文献出版社，2007：387.

略对现代汉诗的过度"殖民"，以求将现代意识与现代审美情趣有机地予以本土内化①。20 年来，《天生丽质》以现代禅诗的形式，在对禅意之境的开拓与追寻中思考、回答了这个问题。

（三）心物同构：诗禅无碍

诗禅相通是中国诗歌历史的古老传统。近代以来，随着白话诗的兴起、西方诗歌的翻译传入，古典诗歌的精神传承几近式微。但新月派、九月诗派、台湾现代派的诗人如沈尹默、宗白华、林徽因、卞之琳、昌耀、孔孚、范方、舒婷，特别是废名、海子等，他们自觉写"禅诗"，以禅为旨趣。

纵观近年国内诗坛，"神性写作"已是一个绕不开的话题，诗与宗教的关系凸显，其要旨或可理解为以神性的高洁拯救人性的陷落。我们可以从臧棣、沈奇、梁积林、车前子、大仙、欧阳江河、王尔碑、周公度等诗人作品中"读出禅意"。达观禅师《石门文字禅》序曾这样揭示诗、禅关系："禅如春也，文字则花也。春在于花，全花是春；花在于春，全春是花。"②禅的自修自悟表明，诗的精神本体不一定求乎于外，因为自然界的生机活泼"在哲学与审美之外"，而禅作为生命活性体验的独特之处，在"与世界交换眼神"的某种玄妙，诗人以灵光点亮、映照了万古长空的神妙慧觉。或许任何事物都可以入禅，但一些事物与禅的连接更近，比如诗。与诗学精神相连，《天生丽质》产生自诗人修持心性的佛禅哲学，崇尚禅悟，从空无中发见美。沈奇以空无通贯历史，以生命体验的高贵与静美告诉我们：诗里特别有禅。

首先，以禅入诗的妙与趣。人生本苦，生活不易，生命随时准备承受世界之"重"，诗写人的百般折磨，引禅入诗可得禅悦、禅趣和妙悟。宗白

---

① 沈奇. 沈奇诗文选集（卷二）[M]. 北京：中国社会科学出版社，2021：272.
② 李春华. 中国诗禅文化的现代传承[J]. 求索，2011（7）：118-120.

华"心中一段最后的幽凉/几时才能解脱呢？/银河的月，照我楼上。/笛声远远传来——/月的幽凉/心的幽/同化入宇宙的幽凉了"①，有天地与我为一的解脱之悦。洛夫"月落无声/从楼上窗口倾盆而下的/除了二小姐淡淡的胭脂味/还有/半盆寂寞的月光"②，有真俗不二的缘趣。沈奇的《天生丽质》为安放他一段"不知所云"的灵魂，写了很多"立处皆真"③的诗，比如《禅悦》《上野》《太虚》《禅雾》《缘趣》《野逸》《灭度》《提香》《子虚》《悉昙》《如焉》《野葵》《风流》《别梦》《放闲》等篇，在"唯三两麻雀/叽叽喳喳""今夜 在高原/不洗澡 洗心""一尊佛 从寺庙/走出 渴望爱情""你不说/我也不说""笑到最后的人/笑着笑着也死了""提香的手/如云的无法""春风醉人/遛狗出门""行到水穷处/唯见'机器人'""——总是别说破"和"……那一种豪华的孤独"里，可见诗人智者的微笑、哲人的深省和禅家的喜悦。

其次，诗禅合一的静境美。洛夫认为："诗和禅都是一种神秘经验，但却可以从我们的日常生活中体验到。从生活中体验到空无，又从空无中体验到活泼的生机。诗与禅都在虚虚实实之间……"④所谓"人在世外独行远，梦于诗中偏飞高"，沈奇善于以明快的语言，以天真性灵的眼光阅世观物，捕捉存在当下，表现一种诗禅合一的源自生命根底的自性之光。试看《静好》一诗：

牛粪边开满鲜花

石头上锈出图画

牛　无意养花

石头从来不说话

① 宗白华. 艺境[M]. 北京：商务印书馆，2011：454.
② 洛夫. 洛夫诗全集(下卷)[M]. 南京：江苏文艺出版社，2013：401.
③ 吴言生. 禅宗诗歌境界[M]. 北京：中华书局，2002：283.
④ 洛夫访谈录[J]. 诗探索，2002(Z1)：268-292.

只是　偶尔
与路过的风说道

道可道　非常道
静好是最好的好

　　一句为大家耳熟能详的"鲜花插在牛粪上"，经诗人以禅之力，重新解读后，趣意益然，特别是紧承的"石头上锈出图画"一句，大大提升了诗的格调，破了我们的执念，自此诗境全开。而"静好是最好的好"，诗人借取禅宗不脱离"有"而言"无"的理论，力求超然静寂之境。所以，沈奇所追求的"静"是佛家的绝弃苦患，"寂"是摆脱烦恼。《静好》以"静"为美，以"寂"为乐，以"空"为境界，表现了诗人立于红尘滚滚之当下，所持的一种无为清净、超于象外的人生观。正是受佛禅的影响，《天生丽质》常常描写空明寂静的意境，表现恬静虚空的心境。而在创造这种静境的过程中，诗人又融入一些现代意识和生活实感，达到了物我交融、心象合一的境界。

　　最后，诗禅无碍的不二法门。以象写意，以心为源。所谓"心源"者，乃心为一切万物之根源也。禅宗又名佛心宗。"佛心"，一指如来悲悯慈爱之心，一指不执著于任何事、理之心，即人人心中本来具足的清净真如心。从客观之心到主观之心，禅宗"不立文字，教外别传，直指人心，见性成佛"的法门确立了以心传心、以心证心的传道方法。憨山老人说："佛法宗旨之要，不出一心。由迷此心，而有无常苦。以苦本无常，则性自空。空则我本无我，无我则谁当生死者？此一大经，佛祖所传心印，盖不出此六法。"[1]在禅宗看来，佛性和智慧皆人心固有，因而佛法要旨，不出一心。从佛心到诗心，诗人要有才情涵养，才可吟咏性情。所谓"明心见性"，诗人首先得照见自为存在的自然万物，以纳入审美之境和写作之维；

---

[1]　德清. 六咏诗跋：憨山老人梦游集（卷32）[M]. 台北：新文丰出版有限股份公司，1994：675.

其次要培养感物寄情的文笔功夫和诗美体验，以实现心中寄托、渐悟顿悟；最后也最为重要的是心性天真的人生追求①。这里心性，指心之本性。自性有清净、染污之分，天真可以使它去染得净、去污得清，时时保持一颗生动活泼的性灵之心。

总之，佛禅诗学对生命体验、诗美表达，持适化无方的态度，主张诗人立足生活当下，从生命日常、自然草木中通观无限、永恒的宇宙之流转。在这个感性与理性、传统与现代、现实与理想、经验与超验相互胶着的时代，当代诗人面对世界和人类自身的分裂，企求以文学艺术这一中介形式去弥合这些惨痛和裂痕。沈奇以随缘自适的世界观，简净明朗的美学追求，所完成的《天生丽质》涵括中西、沟通古今，为中国诗坛奉献了一种气韵有致的禅诗之风。由于"艺术以其对人的生命本体的颂扬和持存，使人类拥有一片'诗意地栖居'之地，而成为人们渴望追求和超越的家园"②，人们把文学艺术看做自身生存意义的揭示，以《天生丽质》为代表的新古典主义诗歌，从汉字语言入手，将人的存在及其意义作为诗的重心，建构美的内在与形态，并且，沈奇通过心物同构的诗语诗体，反思汉语诗性、字象思维之源头，与渐已消隐的古典诗词会面。由此，《天生丽质》不仅显露了一位诗者对语言艺术的不懈追求，一位诗评家对诗歌、社会及其与人类存在处境的意义与功能的探索，也昭示了中国诗学别具一格的理念风貌和价值取向。

---

① 皮朝纲，潘国好. 诗心禅境了相依：禅宗诗学内容研究[J]. 中国文艺评论，2016(8)：50-65.

② 胡经之，王岳川. 文艺学美学方法论[M]. 北京：北京大学出版社，1994：1.

第二节 从大地到天空：宋宁刚诗歌论

当人们言说大地时，另一个词已经悄然出现：天空。大地总是与天空结对出现。天空—大地的二元结构形成了最基本的世界框架。在天空之下和大地之上，一个鸢飞鱼跃的场域早已存在。这是诗的国度，也是宋宁刚经营多年的诗美理想。陕西 80 后诗人宋宁刚近年出版《你的光》《小远与阿巴斯》《写给孩子的诗》等多部诗集，荣获陕西青年文学奖评论奖，同时因其哲学博士的学理背景和相当分量的诗学论集受到诗界关注。作为诗歌创作与诗歌评论两栖发展的青年学者，宋宁刚在语言体式、思想意蕴和精神趣味等方面均有独到的呈现，考察宋宁刚诗歌的艺术性和价值有利于我们从当代诗学角度全面认识和把握宋宁刚诗歌的文学意义。

宋宁刚认为，诗能超越人生命所能企及的高度，诗神临照于写作者精神饱满的时刻，诗歌写作的心路过程往往是从情绪高涨走向凝神静美的①。当代诗人简明也说："一首好诗的最原始的基因图谱应该是这样的——诗因子在诗体内部自由行走、升腾和弥漫，它无所在又无所不在，它处处有又处处无，它主宰诗歌生命的周期、向度和品质，却隐身沉潜在血液、脏器、五官和肉体细胞中，并通过血液、脏器、五官和肉体细胞的朝朝暮暮、通通达达，坚定地传达自己不可篡改的意志。"②透过《你的光》《小远与阿巴斯》《写给孩子的诗》等诗集，可见宋宁刚简素高贵的诗歌精神和沉静洗练的诗美意志。确切地讲，"简素"是读其诗时由表及里的印象，"高贵"则是诗人多年沉浸在哲学、美学、文学诸学科的学养修为在诗里的不经意流露。从心的仰望到语言潜沉，简素与高贵构成宋宁刚诗歌美学的内质要素，沉静洗练更作为一种艺术理想观照并参与了他诗歌体验的所有细

---

① 宋宁刚."静美"来自你的光[J].诗翼阅读，2019（7）：22.
② http://blog.sina.com.cn/s/blog_4a2c3c7d0100gh32.html，2018-12-25.

节。尤其是宋宁刚对诗与思的开拓和处理，对诗歌纯粹性的持守和信任，在当下诗坛尤为可贵。

一、简净明畅的语言艺术

如果诗人只分两种：一为早慧、早熟的"天才"型，他们生而不凡、一生为诗，恰似王勃、兰波、狄兰·托马斯、顾城或海子；一为慢熟、渐次生长的"后天"型，比如高适、艾略特、R.S. 托马斯、杨牧、周梦蝶等。宋宁刚把自己归于后者，他自谦没有前者电光火石的天分，但从其十几岁学习写诗，因受韩东等后朦胧诗人启蒙，在南方求学时确立"直接、简单、明畅而又克制"的写作原则来看，他知己知诗，具备自我养育和自我成就的能力。历经尝试、渐已确立写作自信和诗学理路的宋宁刚说："明畅是写作的道德'之一'。"①故而，他的诗语表达直接明了、简约克制，同时不乏智性清明和简净自然。总体而言，有两个特点十分突出：

其一，以小诗为主，体式简约。宋宁刚的诗以小诗为主，近年渐有所得的"制令"诗，也是小诗的变体和升级。据笔者统计，诗集《你的光》《小远与阿巴斯》的诗作多在 16 行以内，占比 80% 以上，最短的诗《蜂蜜》仅两行 18 个字，《天空》也不过 4 行 20 个字，可谓充分显示了诗人的精简克制。应该说，以题领纲、分节独立、整体浑成的"制令"诗，代表了宋宁刚诗歌创作的成分和特色，比较不凡的有《夏雷前后》《夜》《山行》《八月》《秋之小兴》《从戈壁到雪山》《灰色赋格》《碎光录》《山中八日》《秋的二题》等篇。这些诗相对纯熟，诗语清澈，诗境剔透，从字词择取、句节断顿、章节排列到意境构建上均体现了诗者的用心，是宋宁刚诗作里最闪亮的星辰之一。且看《灰色赋格》：

① 宋宁刚. "静美"来自你的光[J]. 诗翼阅读，2019(7)：22.

1

生病之前，你是健康的
正如禁锢之前，你是自由的

不幸，只在体验后者时
你才想念前者
不仅想念，而且深深地向往

2

一把锈迹斑斑的钥匙
与缄口多年的锁
相互叩问

隔着尘封的时光
睽违已久的相顾里
多少心事相互打开

3

北风吹过时
草木重又站在命运的关口
以荒芜，死灭
逼人退让的燃烧
简单作结

作为一种收场，这让人
眩惑又心生敬意

4

墓地，植满大树

当春天在树下

留一地淡绿的脚印

或径直走上树梢

终结之后，新生

同样沉默着惊心动魄①

本诗共 4 小节，节与节之间形成向内的互文关系：以"锁"与"钥匙"的封闭结构呈现思想碰撞与灵魂交流的多元开敞，而存在于单向时间里的人如何在自由与健康失去之后珍惜已有；岁月流逝，草木在北风中荒芜、死灭，完成最后的燃烧，这样彻底坚决的"作结"能不能给万物之灵的人类某些生的启示或指引。抑或生命本是一场轮回，没有一个生命真正死过，因为在逝去的人的墓地旁，有大树植满、有春意盎然、有淡绿的脚印从树根走向树梢，走向惊心动魄的万物生长。而有成长，有茁壮康健就有病痛死亡，故诗人为之"赋格"，名曰"灰色"，整诗意境淡远玲珑，余味悠长。

其二，语言浅近，取材日常。首先，为自然而诗。诗人习惯借助表示自然物象的词汇入诗，诗集里出现概率最高的字眼是"天""风""山""雨""树""夜""星""月""水""太阳""林叶""森林""雪""草木"等实物实景。诗是语言的"宗教"，宋宁刚为自然物象而诗，甚至一首诗只描写某一个景象，如《雨中的黑喜鹊》《山行》《十一月的风》《夜里的水缸》《天空》《冬天》《印尼的树》《年末的晴日》《西尧村下》等纯粹物景之作，诗作语言浅易通俗，言尽于字。其次，为动物而诗。诗人在诗里写了各种小生命，如"黑喜鹊""蝉""猫头鹰""蛐蛐""白鹭""蟋蟀""蜘蛛""猫""灰斑鸠""苍蝇""狗""飞鸟""天鹅""小鸭子""海豚""蚊子""鸽子""蚂蚁""羊""母鹿""熊猫""骆驼""乌鸦""蝴蝶""毛驴""野鸭""鹰""鼹鼠""猪""鸡""麻雀""布

---

① 宋宁刚. 你的光 [M]. 上海：上海三联书店，2017：130-131.

谷""蝙蝠""斑鸠""仙鹤""蜗牛"等，这些小生命的加入大大增强了诗的趣味。又凭借对小动物毛发、趾爪、眼睛等细节刻画增加了语言质感和语意层次，极大地丰富了诗歌空间，尤其那悦人的关爱小动物的天心童趣。最后，为植物而诗。诗人描写了各种植物（包括花草果蔬），像他会以《雨中的黑喜鹊》《给蜘蛛的信》《海豚》《会飞的虫子》《一只蚂蚁搅动的黄昏》《母鹿》《蝴蝶》《拱雪的猪》《猫》为题，为动物而诗一样，诗人也以植物为题，为植物写诗，比如《牡丹》《印尼的树》《竹子》《玉米》《白茅》《雪后的芦苇》等篇。总之，宋宁刚为一切"自然之物"写诗，以心触摸，以笔描绘，以情体悟，这是他热爱生命，垂悯万物，对宇宙天地怀有一份赤子的宽宏和咏赞的初心。

总之，宋宁刚的诗多取材生活，以简明朴素的语言写乌云落日、虫鸣鸟唱、孩童嬉闹等"光耀时刻"，语气安静乐观，语境宁谧静美。对此，诗人臧棣说："宁刚的诗写得很纯粹，这种纯粹又不同于纯诗的纯粹，它践行的是诗的一种古老的功能，通过言述内心的志向，来完成一种生命的自我教育。在写作态度上，他的技艺偏向一种语言的耐心，诗人努力把生存的感受沉淀在词语的安静之中。于是，诗的安静成就了内心的风景。"①然而，纯粹并不容易，安静也非轻松，因为写诗是诗人与自我的搏斗，通过自我质询以达到自我克服，是一种精神向度的自我完成。在诗集《你的光》的"后记"中，诗人谈到诗的意义："写作者被诗照得通透、真实，生活被诗照得明彻、单纯。同样，通过被照明的自身和生活，我似乎也看到了些许来自诗的珍稀的光源。"②通过对宋宁刚的诗之考察分析，可见诗人对自然物景和动植物的关护热爱，对原初生命的向往和自由精神的仰望。这是他在繁忙工作之余在生活日常中打捞的点点灵华，亦是其诗歌创作和心灵安顿的"珍稀光源"。

二、纯净透亮的天机诗趣

生命充满迷津，有天机有神灵的地方，就有诗。相比普通人，诗人更

---

① 宋宁刚. 你的光[M]. 上海：上海三联书店，2017：封底.
② 宋宁刚. 你的光[M]. 上海：上海三联书店，2017：198.

懂得如何领悟万境之妙，并用语言去书写记录它。对此，每个诗人又有各自的特别之处，臧棣曾指出，宋宁刚的诗呈现了一份纯净透亮的静美，这是一种单纯透明的诗境美，并且这静美里藏着天机诗趣和诗心禅意，是诗人熔铸中西文化、古今文学之后，面对现代汉诗所作的充分发挥汉语特性的艺术尝试。具体言之，宋宁刚的诗趣至少体现在天真的童趣、纯美的情趣和清逸的禅趣等多个向度。

首先，天真的童趣。近年，宋宁刚先后出版了《你的光》(2017 年)、《小远与阿巴斯》(2019 年)、《写给孩子的诗》(2020 年)。其中，《写给孩子的诗》受到包括树才、远子、殷健灵、安武林、王宜振、余丽琼、徐平、沈奇等诸多诗人、学者和文艺工作者的关注与推荐。《写给孩子的诗》记录了诗人和小远(宋宁刚的儿子)的亲子瞬间，这些时刻经由诗人书写，定格为诗。对童诗的着力、对孩子的关爱是诗人做父亲后的"意外"所得，字里行间不经意流露出的"不思议"，有着彩虹般的魔力。如果天真是人性变迁的童话，童诗正是对这种天真的保存。宋宁刚的儿童诗多从孩子的言行中直接提取记录，语言灵动逗人，富有童趣；内涵丰富，手法幽默，读来朗朗上口，妙趣天成。对此，著名的儿童文学家安武林称："宁刚的亲子诗令人耳目一新，它清新、活泼、别具一格。我喜欢这样干净、洗练、清澈的诗，它几乎是丰厚的生活底蕴和精湛的诗歌表达艺术的完美结合，富有童心，童趣，童情。"①

其次，纯美的情趣。读宋宁刚的诗，一个有趣的现象是，他写的抒情诗很少，描写爱情的几乎没有，但关于情思、女性和情愫的并不缺失，比如《秋之小兴》《惊蛰之后》《秋收》《你来》《赛琳娜的三支歌》《以艾丽斯为妻》《深水》《时差》《雪后的芦苇》《致山庄女子》《母鹿》等。不过，这些诗写得极深婉含蓄，多以"如果你曾倾身/把自己交给这秋日/惑人的寂静"(《秋之小兴》)、"羞怯的新妇想起昨夜失态/桃花散落一地"(《惊蛰之后》)、"盼望一场雨/清洗初夏不安的脸/我想以洁净的脸/迎接你"(《你

---

① 宋宁刚. 写给孩子的诗[M]. 西安：陕西科学技术出版社，2020：封底.

来》)、"而江北，你的溪流/无数的同心圆/向外扩散，掀起波浪"(《深
水》)、"亮闪闪的梦一样堆满窗外/昨夜有你来过"(《昨夜有谁来过》)……
这样纯净优美的诗句，一笔带过、清浅切近地记述，好像没有婉转深沉的
情思意切似的。相对直接、明朗的有《母鹿》，写"她坐在我近旁，诉说/自
己的失恋，投入，忘我。……/既难为情，又不忍打断。/她从未活得如现
在这般真实/赤裸，竟有几分动人/叫我几乎有一种冲动，想去/拥抱她"①，
从诗里我们明了，诗人之所以成为诗人的缘由——真和诚，读者难免不被
这样干净纯美的诗心打动，被这样原初美好的情思感染，或沉醉于这种唯
美纯粹的痴念意趣。而这样的诗，还有《致山庄女子》：

> 想象自己是一个少年
>
> 每个深夜
>
> 到你上晚班的前台
>
> 送一束玫瑰
>
> 或野花
>
> 转身离开时
>
> 尽量装得轻松洒脱
>
> 鸥鸟彻夜鸣叫
>
> 他在山下等待
>
> 直到天明
>
> 如果你有一纸
>
> 送来
>
> 他会欢欣至泣②

　　最后，清逸的禅趣。宋宁刚说他的诗多写于自己被照亮的时刻。他认

---

① 宋宁刚. 小远与阿巴斯[M]. 北京：海豚出版社，2019：118-119.
② 宋宁刚. 小远与阿巴斯[M]. 北京：海豚出版社，2019：120.

为："一个理想的诗人，应该总是活在悟当中。一个现实中的诗人，要尽可能地通过自身的修为和努力，走出迷的泥淖，尽可能地活在悟之中。这样，才可能看到大千之静美与微妙，所以诗是诗人的自我教养，是诗人在自我教养、自我修行之余的衍生品。"①因为诗歌本是诗人生命郁积或生命热情的一种释放，诗人悟力之大小决定着诗歌境界之高下。宋宁刚在哲学系读书多年，熏习感染，对人类及其存在多有思考，但直接表现在诗里的哲思理趣很少，却化为点点禅意，所以，禅诗在宋宁刚的诗里占有相当比重。除了"制令"诗禅味浓厚外，它们多以写景状物诗呈现，禅趣则每每在诗篇结尾的最后一两句收拢。比如"我们渐渐学会了辨认/乌鸦的字迹"（《涂鸦》）、"仿佛自己正长在父亲的身上/茂盛而枯萎"（《上坟》）、"时光从午后走向黄昏/愈发暗沉 顶着灰白伞盖的蘑菇/从脚下奇迹般长起"（《你的光》）、"无数脚印/清晰 旋又消失"（《夏雷前后》）等。艺术的创造和欣赏原本建立在物与物的关系或物与我的关系之上，而禅是破除关系的，所谓"不怕念起，但怕觉迟"。

无论诗人赋予艺术以什么样的形式，它都发自对生命诸象的体味，缘自生命的禅机深深地照进诗意空间的时刻。因此，当诗以其深远之思且以创造性的姿态呈现存在的迷津时，它就会打动我们的内心深处。作为语言发问的方式，诗与思缺一不可，当"诗的自我只是通过自己的无明来照耀天上的灵性，诗从来不在语言的直观里显出自做的自形，诗只在自身中直接为自己求得一种无身"②，禅应运而生。探析宋宁刚的诗歌创作，可知他诗歌语境的内容和诗理意趣，得见在儿童诗、小令诗和状物诗的创作背后诗人立心在先、立言在后的自省自律。而诗与思的融通完成，只能是一份自我与诗的天机独处，是诗人的际遇时刻，正是他们仰望在大地与天空之间，思考着大千世界的意义，人们才读懂了遥远星辰的开示。

① 宋宁刚．"静美"来自你的光［J］．诗翼阅读，2019（7）：22.
② http://chenyaping.blogchina.com/559772295.html，2019_3_24.

三、神思流转的诗质精神

神是宇宙的边界，诗或为宇宙之心的某个感官。倘若，把自己灵性的某部分寄寓在宇宙浩渺弘博的深处，一经神韵灵力绕梁涌现，诗人便被诗所写，便被诗化为一花一叶的众生万物，在存在之维里被无穷开启。同诗一样，思不仅是对内在构成的输出，也从"无"的明澈中展开"有"的深意。伟大的诗人能进入神性生命，际遇不灭灵光。作为一种"发问"或"言说"，语言艺术不仅是一门技艺，更是一种对内在灵性的训练，沉浸在中西哲学十几年的宋宁刚一定无数遍思考过"我是谁？我从哪来？我往哪去？"，所以解读他的诗，思想性是绕不过的路向，比如时间性、存在性、精神性。

第一，时间性。时间，无休止地流动，前不属于古人，后亦不属于来者。每个人的一生，都在这段借住时间里生活、思考，然后死去。但诗人拒绝成为"时间的平庸者"，拒绝一而再、再而三地被重复的宿命主宰。宋宁刚以一个哲人的自省保持着思考的姿态和写作的自觉，持守在他一直以来高质量的诗学评论和诗歌写作里。可以说，对时间的敏感、对文字的信任和对自我的诚实，是宋宁刚成为一个诗者的核心要素。除《6月15日夜，法门寺》《署中至花杨村》《年末的晴日》《三月之梦》《四月的恶时辰》《早春纪事》《勃拉姆斯的凌晨五点钟》《六月一日访朝天宫》《十一月的风》《冬天》《初夏》《清明回信》等以时间为题的诗篇外，另有《八月》一诗别具新意：

1
漫长的犬吠声
挣脱
系缚它的绳索

主人提灯
巡视

安抚

秋夜
重归
虫鸣的静寂

2
犁铧翻过的田里
夜色
抚平沟壑

3
风声在林叶间传响
一片鼓掌拥抱的合奏
擦响秋哨

4
草窠间藏匿
黑亮的蟋蟀
头顶赫然白光的星

5
夜里的风
从敞开的窗进来
与睡梦中的人
撞一个满怀
悄然退去

6

黎明

送来

墙外的脚步

早起的行人

裤腿

被露水打湿

7

有时

风会蹑手蹑脚

穿堂而过

在夜里

或鲜有人迹的

午后

8

太阳

在吊嗓子的人

一声高似一声的唱练中

升起①

---

① 宋宁刚. 小远与阿巴斯［M］. 北京：海豚出版社，2019：13-17.

作为对时间的切问和把握，《八月》截取从秋夜到黎明到太阳升起这一时间流，通过描述主人、犬、虫、农人、耕牛、林叶、蟋蟀、星、行人、太阳、吊嗓子的人和物，从细节中见微知著，尤其诗人反复写了具有多层隐喻意义的物象：风——自然时节之风、万物生长之风、社会迁变之风，并且风成为时间的显形和造化的承载，隐喻流动不拘无从把握的精神实在，以诗境呈现在"安抚吠犬""犁铧翻地""林叶传声""草间蟋蟀""早起的行人裤腿""扛着锨回来的埋葬者""做早饭的烟囱"等。更重要的是，这些细节相互缩成的"结"，不仅构成生活时间、记忆时间和文本时间的多重镜像关联，也喻指时间—空间、人—世界、永恒—现在、诗—思的多维逻辑关联。正如沈奇所言："宁刚有些诗的'结'，结得特别老到，不显山不露水……其潜隐于许多诗中的互文技法，得法而不炫技，颇见少年老成的心境与功力。"①总之，破除一切人工形式，确切地把握隐藏在物质形式背后的时间实质，正是宋宁刚诗歌所追求的古雅之气和朴寂之美。

第二，存在性。卓越的诗歌直面精神的可能和生存的暗夜，它超越时间与历史的鸿沟，穿越我们破碎的尘世和沉重的肉体，向上飞升。宋宁刚诗歌旨在对存在的逼问与回答，《八月》《雷前雨后》《夜》《山行》《葬礼之后》和《一只蚂蚁搅动的黄昏》等都围绕这个主题。《雷前雨后》对存在时间线上所谓前后、早晚、晨夜、来回等概念的思辨与消解，《山行》"一棵松树/从另一棵松树头顶/长起"的描述与启思，特别是《葬礼之后》"早晨/埋葬死者的人们/扛着锨回来//许多人家的烟囱里/做早饭的炊烟/刚刚升起"②表达了诗人对生死轮回与生命无常的体验，一种对世界周而复始运行中众生之累的悲悯和观照。

与诗相比，宋宁刚认为，生活更有诗性，"诗是生活的提纯、自我的修正、生命品质的保证——如果不是生命品质本身的话"③。宋宁刚觉得正是因为诗的不期而遇和惊艳邂逅，才使得生活没那么难以忍受。一个人虽

---

① 宋宁刚. 你的光[M]. 上海：上海三联书店，2017：封底.
② 宋宁刚. 小远与阿巴斯[M]. 北京：海豚出版社，2019：18.
③ 宋宁刚. 你的光[M]. 上海：上海三联书店，2017：199.

然不可能时时刻刻生活在诗里，但一个人可以选择诗意的生命方式，至少可以保持诗性的人生观和世界观，或者偶尔让自己住进诗的光照里——诗意地栖居。

第三，精神性。诗歌作为生命与存在的相互展示，它的本体方式是语言，它的主体所应展露的则是诗人的灵魂。很多诗人一生都在执拗亦决绝地克服平庸，而精神性是寻找一个诗人的路标和检验一位诗人多久被磨灭抑或永不磨灭的生命内核。宋宁刚诗歌的精神维度不是"向前"，而是"向上"。或许，对精神性的关注和抒写，才是宋宁刚穿过哲学而入文学的发愿与初衷，正如他对诗歌所持的敬畏、虔诚和野心。证据表现在其早年诗作《梵高之死》中，"迎着一片金黄/你走向麦地/走向大地的心脏/——大地承受成熟的收割之痛/你承受燃烧的清醒之苦"①，相较而读，此诗比《八月》"安抚""静寂""抚平""悄然退去"的平静幽淡要激烈昂奋，也不同于《山行》中山物"照临""静立""梦境""喧响""颤动""长起"的和煦安然，它写得更撕心裂肺，更显精神的震颤激荡。可见，一首好诗总是同时具有"最永久的普遍"和"最内在的亲切"。

从根本上讲，精神与自然之间，始终存着一种难以消除的对立性关系，宋宁刚通过消解主客地位，使主体消弭存活于自然之中，以无我之精神，使"我"被自然万物包围、融合，以诗呈现他对现实世界的一种"直观把握"，并"将这种直观把握加以深刻化、表象化、假定化，体现人的最终本质的世界……被视为超越现象世界的本然的'存在'，也是一种形而上学的世界"②。因而，很多时候，诗赋予物象以精神乃至宗教的意味，诗人有意让我们从客观世界的实践主体、行为主体的相互关系中超脱出来，返回一种自由的、静观的态度，以一种深沉的爱心面对人间世界的真挚。

宋宁刚的诗于看似平易的叙述之外，常跳脱、跨越，有极强的思想张力和精神质地，这得益于他独特的诗思，也是他多年沉浸在中西哲学、诸

---

①　宋宁刚. 你的光[M]. 上海：上海三联书店，2017：101.
②　[日]大西克礼. 幽物·物哀·寂[M]. 王向远，译. 上海：上海译文出版社，2017：295.

种思想所收获的点点珠贝而散发的灿烂星辉。而要理解和欣赏一件经过持久的煎熬和强烈的专注所创造出来的艺术品，读者必定需要付出更多的注意和更大的努力。宋宁刚诗里高扬着某种内在的精神意义上的人的生活价值，即精神与肉体、内在生命与外延生命的融合状态所指向的从大地到天空的飞升，这正是他给予当下的诗美品质和艺术食粮。

附录一
《空白》之白：论贾平凹诗歌的原初之
美及其意义

在中国，一个作家没写过诗是很难想象的。我们读过鲁迅、茅盾、巴金、沈从文、钱锺书的诗，也知道陈忠实、路遥、莫言的诗句。贾平凹先生曾说："我不是现实主义作家，而我却应该算作一位诗人"，① 且多次提到自己最初热爱写诗而后转到散文和小说的事（我更多的是写小说和散文，最倾心的却是诗）②。贾平凹的诗发表不多，但不乏名篇佳作，历来被人重视，在 20 世纪的新时期诗潮曾占一席之地。学术界向来不乏对贾平凹的关注和研究，但对其诗的考察与分析明显不够，现有的几篇文章也多是关于诗的鉴赏和解读，比如 2017 年张清华的《在空白的尽头或背后——贾平凹〈空白〉阅读散记》，2019 年马琳的《辩证玄思与佛道共生——贾平凹〈空白〉诗集赏析》等。不得不提的是 2018 年王俊虎《论贾平凹的诗集《空白》及其文学意义》

---

① 贾平凹. 做个自在人：贾平凹序跋书话集［M］. 呼和浩特：内蒙古教育出版社，1998：220.

② 贾平凹. 空白［M］. 西安：陕西师范大学出版社，2013：137.

和王万顺《贾平凹诗歌创作研究综论》两篇文章对贾平凹诗歌语言特色、题材内容、审美思想、主题意蕴等诸种特性的综合阐述。当然之前费秉勋的《贾平凹论》(1990 年)，李星与孙见喜著的《贾平凹评传》(2004 年)等著作也都论及贾平凹的诗歌创作，都给笔者以整体视角解读贾平凹的诗美内涵，也为探析诗与贾平凹小说、散文的互文关系提供了不容忽视的参考与借鉴价值。

在 2019 年 6 月出版《陕西新时期文学访谈及研究》一书中，邰科祥借诗论小说，以"意境叙事"概括贾平凹对当代小说民族式样的独特贡献和个性开创；王万顺也指出："贾平凹擅长抒情诗和叙事诗两种体式，素近取诸身，远取诸物，不作无病之呻吟，内容饱满，情感真挚，以主题深远胜，表现手法上传统与现代相交织，语言质朴，又充满智性哲思。敏锐的现实关注度，深广的历史存在感，浓郁的民间意识，以及痛彻的人性迷思，贾氏诗歌彰显出来的这些鲜明特点在小说中亦贯穿弥漫着，两者形成同质异构的互文关系。"①贾平凹的诗歌叙事性特征突出，手法兼取传统与现代，注重整体美且有散文化倾向，而他的散文诗化，近年来井喷式的诗性小说创作在题材选择、主旨立意、表现手法和语言风格等方面均与早年的诗歌写作有着内在的承袭关系和一致性。故而从诗歌的角度切入以整体把握作家，探析贾平凹在诗歌、散文诗化和诗性小说写作中的互文交涉关系，可深化人们对其文艺世界的理解，明了贾平凹对传统诗骚传统的继承和对当代文学样式的开拓与贡献，以此打通贾平凹文学创作的文体研究，丰富贾平凹研究的视角和路径。

一、《空白》不白：贾平凹的新诗写作

《空白》是贾平凹唯一的诗集：收录了 1976—1986 年创作的 31 首新诗，1986 年 12 月由花城出版社首次出版，当时入列诗刊社"诗人丛书"第

---

① 王万顺. 贾平凹诗歌创作研究综论[J]. 当代文坛，2018(2)：67-73.

五辑；27 年后，陕西师范大学出版社于 2013 年 8 月再次予以出版。《空白》中，除《一个老女人的故事》《二月》等较长外，其余多以短诗的形式抒怀咏物或寄情叙事。虽然贾平凹在诗歌创作领域取得的成就远不及他的小说与散文，但他对诗歌有着浓厚的兴趣，曾在诗歌创作方面花费了很多心思也投入了极大热情。

诗歌创作对贾平凹文学之影响可谓深远，有人说"没有诗歌就没有今天的贾平凹"①，对此，贾平凹研究专家孙见喜先生的《鬼才贾平凹》有颇多叙述：1971 年不到 20 岁的贾平凹在乡村公社时期即已开始写诗，他的第一首诗登在工地战报上；1972 年入西北大学读书，以校刊上发的一首《入校感想》赢得"诗人"称号——"几乎天天在作诗了，夜夜像初下蛋的母鸡，烦躁不安地在床上构思；天明起来，一坐在被窝上就拿笔记下偶尔得到的佳句。一天总会有一首诗、两首诗出来，同学们都叫我'小诗人'。"②大学期间贾平凹写了很多诗、散文和故事，正式发表的第一篇作品是 1974 年刊于《西安日报》的一则散文。毕业工作了，"什么都想写，随心所欲。开始了学写中篇，开始了进攻散文，诗的兴趣也涨上来了"③。20 世纪 80 年代，贾平凹强力进军文坛——"开始了小说、散文、诗三马并进的写作；举一反三，三而合一。而诗写得最多，发表得最少，让它成为一种暗流，在我的心身的细胞之内，在我的小说、散文的字句之后。"④可见，贾平凹的诗歌写作从未停止，诗在他的生命里、文字中，在他大量的小说和散文的句子背后。

贾平凹写诗其实是公开的秘密，除诗集《空白》之外，在《诗刊》《星星》《延河》等刊物发表过《在这块土地上》《诗二首》《老树》《随感二首》等诗作。他曾说："诗可以使我得到休息和安逸，得到激动和发狂，使心中

---

① 王万顺. 贾平凹诗歌创作研究综论[J]. 当代文坛，2018(2)：67-73.

② 孙见喜. 鬼才贾平凹[M]. 太原：北岳文艺出版社，1994：271-276.

③ 贾平凹. 我的台阶和台阶上的我[M]//邵元宝，张冉冉. 贾平凹研究资料. 天津：天津人民出版社，2005：39-40.

④ 贾平凹. 山石、明月和美中的我[M]//雷达. 贾平凹研究资料. 济南：山东文艺出版社，2006：6.

涌动着写不尽的东西，永远保持不竭的精力，永远感到工作的美丽。当这种诗意的东西使我膨胀起，禁不住呈现于笔端的，就是我平日写下的诗了。当然这种诗完全是为我而作，故一直未拿去发表。"①所以读者读到的只是他浩大诗歌世界的冰山一角。

发表于《诗刊》的《一个老女人的故事》是贾平凹的代表作，诗歌研究者更是常将其作为叙事学、文体学和语言学的分析案例。当年，叶橹曾这样评析贾平凹的诗："在叙事方式上以极为朴素自然的结构，表现出平凡中见奇突的生活底蕴；在思想内涵上，又用虚实相生的叙述来体现奇突中寓深意的哲理思考。所以，它既是平凡的，又是非凡的；它既是真实的，又是虚幻的。"②不同于贾平凹诗歌叙事性的肯定，费秉勋先生《论贾平凹的诗》以叙事、寻根、整体性为关键词着重论述了贾平凹诗歌的历史文化内涵，指出贾诗"以单纯求丰富、以浅求深、以冷求热"的艺术个性，是"对整个民族历史和发展出路的思考"，是"寻根"的"大诗"③。贾平凹先生崇尚质朴自然、境界高远的"大诗"，从他对汉赋骈文的推崇、李白李贺的喜爱以及诗歌、散文和小说写作中混沌圆融、意近旨远的艺术追求可见一斑。诗的经验来自作家的日常经验，也是对日常经验的突破和超越，和对可能实现的生命经验的召唤。贾平凹诗歌的叙事性、乡土味、质朴的语言和深厚的社会历史意义早已成为学界一致褒奖的事实性征候。

二、原初之美：《空白》的乡土味、叙事性与抒情性

诗是诗人的精神之国，是诗人对意义之在的赋予，因为诗源于诗人对生命自在的自由体验，源于诗人对世界万象的诗意命名与言说。而诗之所以感发人心，是因为诗是诗人对具体历史时代生存和生活的意义阐发，是

---

① 贾平凹. 平凹散文[M]. 杭州：浙江文艺出版社，2000：465.

② 叶橹. 平中见奇、奇中寓深意：贾平凹《一个老女人的故事》赏析[J]. 名作欣赏，1986（2）：36.

③ 费秉勋. 贾平凹论[M]. 西安：西北大学出版社，1990：152-156.

其不安于现世又不肯离弃现世的挣扎。作为文学创作的伊始，贾平凹的诗在关注社会流变和人性拷问的同时显现出一种纯粹的、直观的、未有任何遮蔽的原初之美。诗集《空白》以语言特色、叙事性和抒情性构建了混沌简练、静穆幽远的原初诗美。

（一）原初诗语：质朴古雅的乡土抒写

"作诗如说话"（胡适），贾平凹用乡土气息浓厚的日常语言写诗，以平日生活中人们普遍使用、人人烂熟的语词写诗。首先，以方言俚语入诗。文白交杂是贾平凹的言语习惯，而以方言写诗无疑对诗人提出了更高的要求，因为诗语本身要求雅致灵动和隽永深情，况且诗天生是反世俗的，至少得与世俗保持一个"美的距离"。贾平凹写诗，不避尘俗，因材取物，大量运用了"赶明日""四百整""拱出土""驼着腰""面片片""片片面""洗涮水""胖女子""诌媚人""成了精""羞下头""大喊大吼""扩大了口""肥大笨拙"等地道的陕西方言。其次，以日常口语入诗。《空白》的诗句里有大量诸如"最辣的辣子""弯了腰的老父""瘪了嘴的老母""腰已经变扭""打一个惊怵儿""拔掉你衣裤""活人的权利""叭叭地扭""嗡嗡地叫""灰心懒意""炭撬起来""浑身精湿""摄魂夺魄""忌恨死了"等原汁原味的日常用语。这些语词的选择和使用展露了贾平凹对语言的极度敏感和把握的天赋，显示作家在语言探索和摸索尝试的痕迹，以及其对精神原乡与故乡生活的诗意护守。

贾平凹诗歌写作中方言俚语和日常语言的使用，一方面使诗歌具有厚重的地方韵味和鲜明质朴的地域特色，另一方面传达出他对文学根据地——商洛的开垦、坚守和热爱。好的文学作品总是从人民中来又回到人民中去，诗集《空白》反映出诗人贾平凹亲近普通民众，深入人民生活，从芸芸众生的一日三餐里观察生活、汲取营养，在对足下坚实土地的书写中展示百姓对美好生活的追求。

（二）原初诗艺：关注历史的意象叙事

贾平凹的叙事诗分量重、体量大，以对时代历史的细致刻写表现其对生活万象的深刻体验，以意象叙事、象征叙事和戏剧性手法的综合应用显露其对中国叙事传统的借鉴与把握，构成贾氏叙事诗的独特意蕴。

其一，人与物的意象化。《过马嵬坡杨玉环墓致 E 信》中历史人物杨玉环被意象化为"一个胖女子"；《啊，亚克利兰》把内心爱恋的对象意象化为一块遥远而浪漫的有外民族味儿的"红布"、一个天天在雪线上分娩的"太阳"，而"我"则幻化成一头不堪忍受的"斗牛"、一只讨厌却勇敢的"苍蝇"；《广岛的老鼠——并非攻击人的一则寓言》里老鼠意象化为吃三分粮的丑人而成了"精"，猫被意象化成谄媚人的、从对老鼠大开杀戒到不吃老鼠的只做人的玩物的"异化了的老虎"。这些意象化的人和物构成了单篇诗歌的核心意象，关涉着诗歌主旨的表达。

其二，情节事象的意象化。情节对于故事的发展和人物的塑造具有叙事支点和链条连接的关键作用，贾平凹每每运用象征隐喻和戏剧化的手法举重若轻地把故事情节意象化、淡化和深远化。比如《我的父亲》受批判时更正批判者的宣告——"不念逃之'天天'念'夭夭'"，当自己的学生——领导的孙子说："我什么也不当，我当管你们的领导"[1]时父亲觉得自己责任没尽到连夜去拜访结果只收到领导夫人哈哈大笑后回来大发脾气，连家里的猫也踢了一脚以及硬逼着领导写了一幅"白纸上画着一个'0'和一个'√'的字稿"……这些叙事过程的重要节点和转折事件均被简净、淡远地意象化和诗意化了。

其三，环境景物的意象化。作家是在意象世界安身立命的人，意象的营造也成为贾平凹的自觉追求。环境景物的意象化是作家创作过程中对内

---

① 贾平凹. 空白[M]. 西安：陕西师范大学出版社，2013：91.

心世界与自然事象的感应点的寻求，以四季运行、天地征候、山川河流、动物植物等这些大自然的具体事象来表征内心、营造环境。贾平凹的诗《深山见闻》里的"桃"，《高塬上的一只斑鸠告别着一株垂柳》里的"斑鸠"和"垂柳"，《雨化石》里的"鱼"，《二月》里的"蚯蚓""菜花""蜜蜂""小草""黑山""飞虹""蚂蚱""石磨""阳坡"等意象在人物刻画和事件环境的铺展上均起到画龙点睛、含蓄隽永的效果。而《废都》开篇的"四色奇花""四日并出"就是一种具有复杂历史和现实内涵的环境意象，对小说故事的展开起到渲染烘托和暗示隐喻的作用。

（三）原初诗情：憨直浪漫的生命实感

诗人写诗无疑是在记录他的心曲，写他的人格。乔伊斯强调，艺术家的人格首先是一声呼喊、一段音乐、一种情绪，然后是一段流畅轻柔的叙述，最后修炼自身以达到非人格化的境地，直至化为乌有①。读贾平凹的诗，可见诗人的情思切意和心之波澜，比如《单相思》："世界上最好的爱情/是单相思/没有痛苦/可以绝对勇敢//被别人爱着/你不知别人是谁/爱着别人/你知道你自己//拿一把钥匙/打开我的单元房间。"②可见1986年34岁的贾平凹对爱情中单相思的体味，它真实细腻同时又含蓄克制地表达了男性爱而不得的无奈和失落——在自己的绝对勇敢中落寞地尝尽一个人的悲欢，在孤独与孤独的沉沦中打开房门，而"钥匙"是只能自己紧握却无从给予"她"和不知如何与"她"共享的怅然。

贾平凹的爱情诗还有《初恋》《分手给××》《深山见闻》《二月》《无题之一》《无题之二》《北上之一》《北上之二》等，值得一提的是《天·地——静夜给A》：

---

① 朱立元，当代西方文艺理论[M]. 上海：华东师范大学出版社，2014：138.
② 贾平凹. 空白[M]. 西安：陕西师范大学出版社，2013：81.

有多少水

你就有多少柔情

有多少云

我就有多少心绪

水升腾成云

云降落为水

咱们永不能相会

天黑了

日子多寂寞

月亮是我们的眼

我看着你

你看着我

夜夜把相思的露珠淌着

爱使我们有了距离

距离使我们爱得永久

柏拉图曾说"美是难的"，诗也是"难的"，诗人渴望无限地接近心灵，而心却与诗无限陌生。当然，还有什么是与心灵无比接近的呢？只能是诗，是艺术。有人写诗，有人被诗所写。写诗的人企望掌握诗之"道"，学习诗之"技"；被诗所写的人往往沉溺诗美，耽于诗心，词句倾泻而出，不能自拔。无论如何，诗是心物相应的呼唤，接近万物的桥梁。以"天·地"为题，说明了贾平凹对爱情里男—女或你—我的二元归置，在"水""云""日""月"的流转和"天黑"的时空隔阻中，营造一种"美在距离"和"爱在距离"的浪漫与忧伤。人与人因距离而美，因美而欣赏爱慕，同时因距离而不得，而成怀念或回忆以恒久，这也正是爱情的悖谬和魔力。在贾平凹的抒情诗里，我们读到他在荒芜、孤寂的岁月里对美好情感的向往，读到他朴拙地道、真诚直接的爱意，读到他在质朴古雅的人情烟火中打捞的人性之美，读到他丰盈、结实、干净、坚定的词句和自然、恬静、沉静、明快的语言节奏中诉说的生命愉悦，同时以恬淡从容、张弛有度、含蕴丰富的诗美印象，以对生命之歌的浪漫演绎展露其深厚的古典文学修养和中国诗学的传统与风度。

三、以诗留白：贾平凹诗歌与小说的互文关系

诗的花，是从诗人生命的土壤里开出来的，包括诗人对原初生命的表达。"原初的诗歌写作源于生命自由自在的体验，源于语言自身对纯洁无瑕的初次虚构与创造。"①贾平凹的诗歌创作是一种在陕西方言场域生发言说的诗意生命，是自由显现的形象或形式，是一种原初的诗歌行动。贾平凹认为"诗人并不仅是作诗的人"，"诗应该充溢世界"②。诗歌对贾平凹文学创作的影响是综合性的、是多方面的，显著体现在他的诗化散文和诗性小说里。

《空白》中《广岛的老鼠——并非攻击人的一则寓言》《过马嵬坡杨玉环墓致 E 信》《啊，亚克利兰》《洛阳龙门佛窟杂感》《我的父亲》《我的眼睛有了特异功能》《老人》等篇通过"老鼠""马嵬坡""杨玉环""亚克利兰""龙门佛窟""父亲""眼睛"等意象，结合象征与隐喻手法展开叙事的写作手法，被延续运用在《废都》《秦腔》《极花》《山本》等小说叙事中，以"废都""秦腔""极花""山本"等意象象征和隐喻时代历史与社会文明。"贾平凹的小说和诗歌从主题、表现手法、艺术风格、语言等方面存在很多共性，有些在诗歌中进行了实验，一以贯之显示在贾平凹的小说创作中。"③由此构成的文体互文和连带关系成为解读贾平凹文学文本和文艺世界的开阔路径，

① 李森. 论原初写作[J]. 扬子江评论, 2019(3)：102-105.
② 费秉勋. 贾平凹论[M]. 西安：西北大学出版社, 1990：381-382.
③ 王万顺. 贾平凹诗歌创作研究综论[J]. 当代文坛, 2018(2)：67-73.

贾平凹诗歌与小说、散文的互文关系至少指涉以下三个向度：

首先，注重历史与关切人生的题旨互文。诗是与时代同呼吸的，诗歌应该有时代感，能体现社会价值。贾平凹《一个老女人的故事》从一个女人的一生出发思索一个村庄、一个地区和一个民族的发展与出路，以开阔深沉的笔调、平冷浑厚的语境融合了个人、地域与历史。孔子曾说："小子，何莫学夫诗？诗，可以兴，可以观，可以群，可以怨。"①从诗集《空白》中我们看到贾平凹对《诗经》传统的继承，看到他延续屈子、杜甫对时代民生的关注和世俗人生的关切，抒写当代中国变迁的人民生活成为贾平凹文学创作一直以来的核心题旨。另《过马嵬坡杨玉环墓致 E 信》《洛阳龙门佛窟杂感》《题三中全会以前》等诗篇均以其历史性和当下性确立诗歌价值，同贾平凹近 30 年创作的《商州》《浮躁》《废都》《白夜》《土门》《病象报告》《秦腔》《高兴》《古炉》《带灯》《极花》《山本》等关涉当下、挥写时代大音的小说主题形成向内的互文关系。习总书记在十九大报告中强调："社会主义文艺是人民的文艺，必须坚持以人民为中心的创作导向，在深入生活、扎根人民中进行无愧于时代的文艺创造。"②贾平凹正是用最大的真诚反映新时代的作家心声，他的创作始终不忘乡野扎根民间，志在抒写中国这篇"大文章"。

其次，意象叙事与隐喻象征的手法互文。贾平凹曾说："我欣赏这样一段话：艺术家最高的目标在表现他对人间宇宙的感应，发掘最动人的情趣，在存在之上建构他的意象世界。"③意象抒写成为贾平凹从汉字字思维和汉语诗性本质出发的对中国"立象以尽意"的象征化叙事传统的切入和赓续，从中我们窥见贾平凹对中国古典文学的自觉传承和他建构混沌圆熟的文艺世界的野心与实力。对于贾平凹文学叙事的意象化、隐喻性和象征性特征，邰科祥在《"意境叙事"的实验及其成功范例——贾平凹的民族化小

---

① 杨伯峻. 论语译注[M]. 北京：中华书局，1980：185.

② 习近平. 决胜全面建成小康社会　夺取新时代中国特色社会主义伟大胜利——在中国共产党第十九次全国代表大会上的报告[M]. 北京：人民出版社，2017：34.

③ 贾平凹. 浮躁[M]. 北京：作家出版社，2009：4.

说探索之路》一文中用"意境叙事"命名贾平凹小说创作的观念和实践，并以此肯定贾平凹在现代小说民族化范式探索中的贡献。邰科祥说："这种写法类似于诗的思维，我认为，贾平凹其实是用诗的形式来写小说，或者说，他的长篇小说就是诗小说。"①"意境"是诗学核心概念，亦是抒情文学的优秀标准，借以指涉贾平凹小说用意境讲故事和用有意味的故事造意境的独创手法，暗合贾平凹从诗歌写作走向诗性散文和诗性小说的天成之路。正如贾平凹所言："中国人感知和把握世界是整体论的意识，诗则贯通其中，是有意而无形的；今生做不了诗人，心中却不能不充盈诗意，活着需要空气，就更需要诗呀！"②以故事营造意境引发联想和想象，以象征隐喻附会文本之外，注重"言有尽而意无穷"的"言外之意""味外之旨"和"弦外之音"的意味效果正是贾氏小说区别于其他小说的显著特征，而诗无疑成为解开贾平凹文学创作的一个秘钥。

再次，方言抒写与乡土韵味的语言互文。贾平凹是一位陕西味十足的当代作家，几十年未改的仍是一口浓重的商州腔，正所谓"我手写我心"，什么样的人说什么样的话，有什么样的精神世界就会有什么样的文学语言。贾平凹的诗歌里有大量的方言俚语，小说散文中亦不例外——以朴素见真情、见意蕴、见思想。贾平凹的语言是以方言口语为基础的语体结构，其语感美一方面表现为地域言语结构的内在节奏与情感起伏变化的同构，一方面为有意弱化语义，使之产生超语义的"意在言外"的语感美。贾平凹注重文学语言的准确性、形象性、音乐性，而以准确性为重中之重，他曾说："好的语言是什么？即能准确表达出人与物的情绪的就是好的文学语言。"③他认为好的语言是实用的，是通过搭配能准确表达人和物的情绪的，具有形象性和质感，是精简却也不失其味的，因此他提倡作家向古典和民间学习，比如陕西民间散落的上古语言，而后在写作实践中锤炼结构、节奏和语感。贾平凹小说作品中的人物对话、叙述语言均具有浓厚的

---

① 邰科祥. 陕西新时期文学访谈及研究[M]. 北京：中国社会科学出版社，2019：242-243.
② 贾平凹. 空白[M]. 西安：陕西师范大学出版社，2013：137.
③ 林建法. 小说家论坛[M]. 沈阳：辽宁人民出版社，2014：216.

地方色彩，像"有蛇黑藤一样地缠在树上，气球大的一个土葫芦，团结了一群细腰黄蜂，蹑手蹑脚地走过去，一只松鼠就在路中摇头洗脸了"①这样灵活运用方言土语的句子不胜其数，而以地道的方言口语描写乡土中国、刻画土生土长的民间人物以书写鲜活生动的时代地域，已成为贾平凹文学语言雅俗共赏的独特风格。

最后，中国台湾作家王鼎钧曾说诗是一个人"夜半心头之一声"②，这"之一声"是生命的跃动，是诗人热烈情感浸润中宇宙万物的意象化呈现，是将这些意象诉诸语言以形象性、音乐性和意境化、具象化的过程。贾平凹也说："我一直认为诗人并非一定须要写诗，但弄文学的人却一定要心中充溢诗意；诗意流动于作品之中，是不应提取的，它无迹可寻。这是不是一种所谓的'气'呢？文之神妙是在于能飞，善断之，善续之，断续之间，气血流通，则生精神。"③那么，诗和诗人是两件事，诗不是诗人专有，诗意也并非诗歌独具。诗，说到底，是人们看待自然事物和人世诸象的方式，是基于生命感觉的一种给予能力，是奇妙理解事物之后对生命经验的表达建设。所以，诗意是一种意蕴，是一种姿态，是流溢在自然天地之间的气韵，是作家寄寓在文艺世界的神妙和自然之灵气。天心、地心、人心，是诗者之心，是写作力求解决的人类思维与认识世界的关系——对命运、苦难、光荣、幸福、制度——的探究，是作家关于时代、历史、地域的反思和追问。从这个意义上，我们或能更深刻地理解贾平凹写出这样的诗，理解贾平凹以叙事见长的诗歌、诗化散文和诗性小说的独特意蕴和渊薮根基。

---

① 贾平凹. 商州三录[M]. 西安：陕西旅游出版社，2001：134.
② 王鼎钧. 文学种子[M]. 北京：生活·读书·新知三联书店，2014：57.
③ 贾平凹. 做个自在人：贾平凹序跋书话集[M]. 呼和浩特：内蒙古教育出版社，1998：247.

附录二
论鄂豫陕红色歌谣对商洛文化形象的书写与呈现

文化根植于社会，而社会则是人与环境相融合的关系的总和。今天，人们将环境、社会、文化加以合并考察，在生成"文化地理学"概念的同时，也使人们对社会文化，包括对文艺样式的考察趋于完整①。鄂豫陕红色歌谣，作为商洛民间歌谣的特别分类，产生于商洛丰富多样、宽广深厚的文化地理生态之中，反映了第二次国内革命战争时期鄂豫陕边区人民的革命生活样态，具有浓郁的商洛地方特质。因而，从文化地理学的角度研究鄂豫陕红色歌谣的产生原因，探究其艺术特性与历史价值，考察其对商洛自然地理与人文地理的书写与呈现，可以深入了解鄂豫陕红色歌谣的文化学内涵，有效洞悉文艺作品的意义生产机制与文化地理空间的多元内在关系，并且，鄂豫陕红色歌谣对商洛方言的应用，对商洛民俗与商洛文化形象的构建，具有独特的人类学、民俗学和地理学价值。

---

① 王晓路. 文化地理与文艺研究［J］. 社会科学研究，2021(1)：62.

一、鄂豫陕红色歌谣产生的原因及其独特价值

鄂豫陕革命根据地是由徐海东、程子华等率领红二十五军在长征途中于1934年12月至1935年7月在鄂豫陕边界地区创建的根据地，面积3万余平方公里，人口约50万。鄂豫陕根据地与川陕、西北根据地相呼应，牵制了大量敌人，策应了主力红军长征，对和平解决西安事变发挥了重要作用[①]。目前，关于鄂豫陕革命根据地的研究主要有《鄂豫陕根据地第二次反"围剿"胜利的原因》[②]《鄂豫陕边区"红军老祖"的由来与影响》[③]《鄂豫陕交界地区生态环境保护与管理》[④]《鄂豫陕血与火的人民游击战争映照着多个地名韵彩》[⑤]等论文，均是关注鄂豫陕革命历史、红军文化、生态保护和地理研究的成果。

红色歌谣的研究向来备受学界关注。国内关于井冈山革命歌谣、陇东革命歌谣等的研究成果已经很多，而关于鄂豫陕红色歌谣的研究稀少。笔者所见仅有一篇《论鄂豫陕革命根据地红色歌谣》[⑥]是对鄂豫陕红色歌谣集《红军的歌》的整体述评。这些成果，特别是鄂豫陕红色歌谣集《红军的歌》的出版，为本研究提供了重要借鉴。

鄂豫陕红色歌谣主要是指产生于第二次国内革命战争时期，流传于鄂豫陕革命根据地的红色歌谣，它既有原创词曲，但更多的是借用原有曲调重新填词的作品。相较而言，鄂豫陕红色歌谣有三个重要特征值得注意。

第一，宣传党的思想路线、革命方针、政策主张和纪律作风等刚性需

---

① 共和国从这里走来之十六：鄂豫陕游击根据地[J]. 中国老区建设，2020(1)：55-60.

② 杨增强，王秀绒，李雪峰. 鄂豫陕根据地第二次反"围剿"胜利的原因[J]. 商洛学院学报，2019，33(1)：12-19.

③ 吴仕良. 鄂豫陕边区"红军老祖"的由来与影响[J]. 齐齐哈尔大学学报(哲学社会科学版)，2017(8)：52-54.

④ 王丽. 鄂豫陕交界地区生态环境保护与管理[J]. 中国经贸导刊，2015(22)：60-61，68.

⑤ 马文波. 鄂豫陕血与火的人民游击战争映照着多个地名韵彩[J]. 中国地名，2014(5)：5-6.

⑥ 张宛君. 论鄂豫陕革命根据地红色歌谣[J]. 百花，2020(4)：25-28.

求是鄂豫陕红色歌谣产生的根本原因，构成其独特的历史性特征。毛泽东同志曾经说过："没有文化的军队是愚蠢的军队。"①中国红军重视文化建设，歌谣通俗易懂、易于传播等优点符合当时民众实际，成为我党宣传红色思想的有力武器。红色歌谣的创作与传唱对当时红二十五军的根据地建设，尤其是开展斗争、壮大队伍和宣传政策、团结人民起了极其重要的作用。以《红军三大纪律八项注意》《红军歌》《童子团歌》《跑步歌》《红军射击歌》《卫兵歌》《抗日歌》等政策性、宣传性篇目为主体的鄂豫陕红色歌谣，在党的建设、根据地建设、政权建设、军队建设和土地革命中均发挥了不容替代的历史价值。

第二，鄂豫陕边区独特的气候、地形、山脉、河流、土壤、植被、道路、交通、时俗、习惯等环境综合体是鄂豫陕红色歌谣产生的空间条件，赋予其深刻的地域性特征。鄂豫陕革命根据地，是红二十五军长征途中成功创建的以陕西省商洛地区(今商洛市)的柞水、镇安、山阳、商县(今商州区)、丹凤、商南为中心的根据地。商洛地处秦岭东南麓，山高林密、石多水急等自然条件及其造成的交通不便、生产力低下的社会现实，以及由此带来的信息闭塞、人们精神生活匮乏是鄂豫陕红色歌谣产生的群众基础。作为山歌的摇篮，商洛"地理环境以独特的地形、水文、植被、禽兽种类，影响了人们的宇宙认知、审美想象和风俗信仰，赋予不同山川水土人们不同的禀性"②，且地域性不仅指涉歌谣内容的地方性，也是鄂豫陕红色歌谣区别于国内其他红色歌谣的显性特征，标识着商洛红色歌谣研究的巨大潜力。

第三，深厚的风俗传统和移民文化的迁入融合是鄂豫陕红色歌谣流传广布的人文原因，彰显其浓郁的文化性特征。一千多年来，商洛有三次大规模的朝廷移民，距今最近的"湖广填川陕"时期，有大批湖南、湖北等地的"下湖人"迁入。商洛本是秦楚文化、关中文化、中原文化与长江文化交

①　李雨檬. 毛泽东："没有文化的军队是愚蠢的军队"[J]. 湘潮，2017(6)：4-8.
②　杨义. 文学地理学的渊源与视镜[J]. 文学评论. 2012(4)：73.

汇的地区，移民入迁对商洛文化，特别是民歌的发展起到积极促进作用。黑格尔曾说，每种艺术作品都属于它的时代和它的民族，各有特殊环境，依存于特殊的历史和其他的观念和目的。商洛民歌繁盛，内容主要来自人们的生活劳动实践、当地浓厚的风俗传统和民情物意，而"下湖人"甜美的音色和婉转悠扬的曲调进一步促进了商洛民歌的流传发展。红二十五军一到商洛，就把党的政策主张编为歌谣，进行传唱，比如《什么是红军》《红军歌》《红军三大任务歌》等宣传性曲目。

总之，鄂豫陕红色歌谣历史性、地域性、文化性特征共同构成了它的价值图示。研究鄂豫陕红色歌谣，应关注这一特定区域如何因"红军的歌"而获得其文化意义，也应关注"红军的歌"为何能在该场域实现其历史意义。

二、鄂豫陕红色歌谣对商洛自然景观的书写与呈现

地域文学为地域文化的空间构建提供多元叙事和丰富想象，对地方歌谣的研究本身也是一种文学研究行为，参与文化空间的建构实践。商洛大地聚结山水灵气，不似关中平原的苍茫辽阔，亦没有陕北高坡的粗犷刚硬，是一派兼济南北、温润淋漓的俊秀清奇。鄂豫陕红色歌谣突出呈现了商洛的山川河流、森林植被、气候水文、物产地貌等自然征候，展现了商洛地区的独特景致。

(一)鄂豫陕红色歌谣呈现了商洛独特的自然地理景观

商洛身处秦岭深处，是古时四皓的隐居之地，有赏不完写不尽的奇异风景。商洛地跨长江黄河两大流域，丹水洛水穿流而过，四时景色殊异，是一块钟灵毓秀之地。历史上曾有无数的诗人居住或途径商洛，感念其风光人文之美而创作出了大量优秀的诗篇。居于辋川的王维曾写过《送李太守赴上洛》："商山包楚邓，积翠蔼沉沉。驿路飞泉洒，关门落照深。野花开古戍，行客响空林。板屋春多雨，山城昼欲阴。丹泉通虢略，白羽抵荆

岑。若见西山爽，应知黄绮心。"益阳诗僧齐己《过商山》"叠叠叠岚寒，红尘翠里盘"，淮安诗人赵嘏在《商山道中》写有"和如春色静如秋，五月商山是胜游。当昼火云生不得，一溪萦作万重愁"①。"翠蔼沉沉""驿路飞泉""叠叠岚寒""红尘翠里""和如春色"无不是对商洛青山秀水、峰峦雾霭的自然之美的生动写照。

《红军会师商州城》《丹江岸上打土豪》《红军队伍到商山》《红军路过韩子坪》《程子华过大荆》《何日又回葛条乡》《红军到了寨子沟》《大战袁沟口》《红军攻克洛南县》《黄村来红军》《会仙台来红军》《红军来镇安》《红军到白塔》等以地方乡镇命名的红色歌谣，在记录革命事件的同时，也描写了商洛的民居住所、河流山梁、田野器物和动物植被，彰显了祖国的山河大地之美。"山高林深雾重重""流岭陡，流岭高，流岭挡住高飞鸟""深山密林是我家，沙滩石板是我床""夏日里，荷满塘""清凌凌的流水，蓝格盈盈的天呐""丹江水，水长流，滚滚东去无尽头"②③，这些歌谣写尽了商洛的春花夏禾、秋雨冬凌，月落日升与斗转星移。在那个特别的年代，人间岁月的行进不仅有轰轰烈烈的革命事业，也有寒来暑往的四季风华。鄂豫陕红色歌谣既描写了红二十五军在商洛开展的如火如荼的土地革命实践，也复活了战斗中军民一家、古朴简单的田园生活场景，构建出一个既现实又理想、既热血又淳朴、既艰苦又浪漫的文化地理空间。

(二) 鄂豫陕红色歌谣对商洛山水的书写

鄂豫陕红色歌谣诞生于孕育商山洛水的秦岭，是秦岭之歌，也是咏唱商洛山水的人民之歌。《太阳出来四山红》《望山水》《红军来到了后梁上》《孙家山头娃娃兵》《红军队伍到商山》等无不是对秦岭腹地、商洛山川的赞叹。山作为物质基础和自然屏障，给红军革命带来作战的便利，也给人民

① 王甲训. 商洛古诗精选[M]. 北京：中央文献出版社，2013：117.
② 张毅真. 红军的歌[M]. 西安：陕西旅游出版社，2017：35-36.
③ 文中多处引用《红军的歌》一书中诗歌，不再标注。

的生活提供资源补给，以"命运共同体"的形式参与到根据地建设中。因为"时间与空间是世界存在的基本形式，也是生命存在的基本形式。时间与空间，既是人们对客观世界的一种认识，也是人们的一种生存体验。从世界的存在方式来看，所有的物体都在一个巨大的空间之内，所有的物体都占有一定的空间"①。在鄂豫陕革命根据地，山作为倾诉对象、抒情内容和物质保障无所不在地参与到边区人们的生活、生产与生命里来。

作为"商洛八景"的塔云山、熊耳山等山脉一起被写进了红歌，如《红军山》：

熊耳山，红军山
红军山上红花繁
红军来到山坡上
崎岖山路霎时宽
青果肥，黄果鲜
一股清流声潺潺
红军吃，红军喝
吃饱喝够打贪官

熊耳山，红军山
只住红军不住官
保安民团来搜山
荆棘扎得"狗"叫唤
路如弓，石似箭
弓箭射得马蹄翻
白匪人马待不住
滚下山崖丧黄泉

---

① 张文诺. 论中国当代文学中的秦岭想象——以长篇小说《山本》为中心的考察[J]. 商洛学院学报，2020，34(1)：19-27.

《红军山》直接以山喻人，用两节短章、一百多字形象地呈现了当时革命形势的艰难、人民斗争的艰苦和熊耳山花繁果鲜、流水潺潺、山路崎岖、荆棘丛生的地理环境，在抒发人民对红军的拥护歌颂之情的背后，也隐喻着红军精神的伟大和品质的巍峨。与详细描写熊耳山的情形不同，《塔云山颂》的歌词更婉转，抒情更悠长：

> 青青的塔云山哟
> 九曲十八弯咾
> 山山岭岭林遮天啰
> 泉水潺潺流不断咾喂
> 人民当家红了天啰
>
> 青青的塔云山哟
> 九曲十八弯咾
> 自古山寨多动乱啰
> 受苦的人民受熬煎咾喂
> 人民当家红了天啰
>
> 青青的塔云山哟
> 九曲十八弯咾
> 一声炮响红军来啰
> 铲除豪霸分粮田咾喂
> 人民当家红了天啰
>
> 青青的塔云山哟
> 九曲十八弯咾
> 苏维埃红旗迎风展啰

人民当家红了天啰

人民当家红了天啰

塔云山位于商洛市镇安县柴坪镇，是著名的道教名山，山上有十余处古朴奇巧的殿堂楼阁，最早的始建于明万历年间。塔云山地势高耸险峻，地形陡峭嶙峋，终年景色秀丽、风光旖旎。1935 年，红二十五军某部连长马栋山率队赴镇安领导革命，其间他多次来到塔云山。面对美景，他多有感触，加之长久以来对民歌的喜爱，便创作了这首《塔云山颂》。该歌谣词句优美，在描绘山水之美的同时关注百姓的生活，着重抒写了红军到来、红旗高展，在党的领导下"打土豪、分田地"，人民当家做主的激动与喜悦之情。民歌往往采用比兴的手法，借景抒情或寓情于景，因而民歌往往承载着某一地域的文化地理景观。鄂豫陕红色歌谣不但写出了商洛地区的山水之美，更展示了商洛人民巨大的革命豪情和生活热情，是军民鱼水情的深切写照，并且，鄂豫陕红色歌谣通过对红军长征途中商洛地域的书写与呈现，标记了当时人们的生活体验和存在方式。

三、鄂豫陕红色歌谣对商洛人文景观的书写与呈现

歌谣承载着创作者们对所处自然环境与人文环境的认识，其所营造的文本空间不可避免地带着当地文化地理的烙印，也成为寄托情思感触的一种地方意象。何况"地理要素是文学想象力的源泉，是文学风景画的远景，或者是价值世界的地理象征和认同的隐喻，具有精神地理的意义；它也可能是真正塑造文学地域风格的无形之手，赋予文学以独特的地方色彩，使之成为某种文学风格的'注册商标'"①。鄂豫陕红色歌谣作为一种特殊的文学体式，在书写商洛山水、呈现商洛独特的自然地理景观的同时，也记载着商洛独特的风俗人情和地方文化，体现革命战争时期中国共产党军民

---

① 南帆，刘小新等. 文学理论[M]. 北京：北京大学出版社，2008：176-177.

一家、雄健豪迈的文化气质和时代精神。

（一）鄂豫陕红色歌谣呈现了独特的商洛民俗文化

民间歌谣，作为歌、乐、舞的综合体，其生产与传播无不深系民风民俗。人民大众作为民间歌谣的实践者和欣赏者，是离它最近的群体。歌谣创作与文化地理也有着极其密切的关系。朱熹评《诗经·唐风》时曾说："其地土瘠民贫，勤俭质朴，忧深思远，有尧之遗风焉；其诗不谓之晋而谓之唐，盖仍其封之旧号耳。"①土地的贫瘠与肥沃，影响人民的生产行为、生活方式和世俗习惯，进而影响他们民间文艺的创作。商洛民歌包罗万象，吃、穿、住、行无不入歌，涵盖了人们生活的各个方面。但总体来看，商洛民间歌谣中的苦情歌占比较重，抒发生活贫困、感情郁闷的远比欢乐喜悦之情多。鄂豫陕红色歌谣突出展示了商洛人民无比的革命热情，流露出一往无前的英雄主义精神，极大地丰富和拓展了商洛民歌的内涵与外延，成为商洛民歌中的特别存在。所以，通过鄂豫陕红色歌谣的传唱与研究，赋予商洛自然地理更多的审美想象和文化内涵，建构一个文化人类学的符号化意象空间，正是对鄂豫陕红色歌谣历史意义与当代价值的发掘和弘扬。

民间歌谣是民间文化中最具艺术气质的组成部分，是对物产人情、风俗习惯的集中反映。鄂豫陕红色歌谣作为一种民间创作，承载了大量的商洛民俗，《穷人歌》《穷人怨》《何日又回葛条乡》《红军到了寨子沟》《情报》等如实反映了当地生活，包括饮食、住房、穿衣、做鞋、种地、交通等各方面。如《红军来到后梁上》："枝头喜鹊连声唱，红军来到后梁上。东家忙着擀细面，西家忙着搅糊汤。糊汤搅得干巴稠，红军吃了有耐头；细面擀得长又长，红军吃了打胜仗。"这首歌描写了商洛特色饮食糊汤面的烹制过程，表现了人民对红军的爱戴拥护。作为人类生活中最基本最重要的内

---

① 朱熹. 诗经传[M]. 上海：上海古籍出版社，1980：68.

容,饮食不仅是一种必需的生命活动,而且作为一种社会文化和娱乐活动,在一定程度上满足着人们精神层面的需求。有学者说:"商洛饮食文化富于个性,许多饮食习俗还具有符号学意义。在生活中,人们自觉不自觉地运用民俗符号交流民俗文化信息,共享具有地域特色的文化传统和生活情调。"①一方水土养育一方人,商洛民众的饮食结构和饮食习俗,与商洛独特的自然地理环境有着密切的联系。鄂豫陕红色歌谣通过商洛饮食民俗呈现了商洛的自然物产、生存条件,和商洛人民热切希望通过革命斗争改变生活现状的精神需求。

(二)鄂豫陕红色歌谣体现了军民一家、乐观雄健的时代精神

在创建鄂豫陕革命根据地的红色岁月,红军的革命行动唤起了鄂豫陕边区人民对解放自身、创建美好生活的渴望与向往,并为此树立了不畏艰辛、不怕牺牲的革命斗志与坚定信念,热爱红军、拥护红军、加入红军已成为根据地人民的自觉行动。鄂豫陕红色歌谣涵盖了鄂豫陕革命根据地创建的整个过程,内容十分丰富,其主体部分是歌颂红军、歌颂共产党的颂歌,比如直接歌颂红军领导人的《徐海东是咱亲大哥》《吴焕先爱陕南》《徐海东爱百姓》《东边来了个徐海东》《如今有个徐海东》《程子华过大荆》等。《苏维埃》《建立苏维埃》《华阳建起苏维埃》《两岔建起苏维埃》《百姓爱咱苏维埃》《红旗在咱心上栽》《盼红军》《红军为咱闹革命》《红军来了变了天》《红军跟着太阳走》《红军本领有多大》《原来红军是神仙》《红军活在人心上》《找红军》《红军到》《当红军》《我给红军送信条》《人人心里想红军》《想红军爱红军》《米酒献红军》等篇目则以人民群众的口吻,以无私地支持革命行动抒写他们热爱党、热爱红军的理想信念和革命热情,彰显了商洛人民与党和红军血肉相连的手足情深。

歌谣作为大众文艺,爱情也是其常见的主题之一。红军战士的爱情一

---

① 黄元英. 商洛民俗文化论述[M]. 西安:三秦出版社,2006:58.

般都因经过血与火的煅烧而格外坚固，也更加神圣。鄂豫陕革命根据地反映爱情的红色歌谣表现了战士们为创造美好未来，有的付出终生幸福去等待，有的以生命为代价去守护，他们为了理想，情不移、志不改。收录在《红军的歌》里的这类歌曲有《红军个儿高》《红军哥哥回来了》《红军哥哥要走了》《妹送情郎当红军》《多情妹子记在心》《十送情郎当红军》《妹妹永是哥的人》《十年八年妹等着》《十里送郎当红军》《刀架脖项不断情》《红姑娘》《红鸳鸯》《做鞋》《送鞋》《红军妻》《人头落地也不讲》《红军装在我心里》《妹死也是哥的人》等篇目。值得注意的是，红军的爱情理想，无不与为人民打天下的革命理想结合在一起，比如："八角帽，红军星/妹送情郎当红军……小妹永是哥的人/海枯石烂不变心/等到天下太平了/哥来接妹去成亲。"他们的爱情誓言也往往是面对生死的宣言："要脑袋，你就取/姑娘对你怎能把头低？/山前山后去打听/谁不知，姑娘就是红军妻。"在创建鄂豫陕革命根据地的艰难岁月，以及红军撤离后的血腥镇压期，根据地很多红军战士、苏维埃干部和革命群众惨遭杀害。据有关资料统计，仅根据地中心区域的商洛地区，就有 777 人壮烈牺牲，被关押者更难以计数，也正是在血与火的淬炼、爱与死的抉择中，我们看到了那个时代军民一家、雄健乐观的精神！

（三）鄂豫陕红色歌谣中的商洛方言艺术

方言是指在某一特定区域通用的语言，对该地域人民群众的生活方式、意识观念和文艺生产有着深刻影响。文艺作品中，方言与普通话的差异主要体现在词汇及其用法上，因为"在不同的地域，由于自然条件的差异，人们的生产方式、生活方式、世界观、价值观都有所不同，因而，人们在对事物的命名就有所差异，这就形成了方言土语。所谓词汇差异，就是指方言中与普通话表达的意思相同，而词汇不同"[1]。鄂豫陕红色歌谣作

---

[1] 张文诺. 陇东革命歌谣的文化地理学阐释[J]. 兰州学刊，2017（1）：127-136.

为地方歌谣的一种，必然承载着商洛的方言土语，这些地道的方言词汇和乡野俚语是人民生活的鲜活反映，不仅再现增添了革命歌谣的生活气息，也展示了商洛方言的独特魅力。

鄂豫陕红色歌谣的语言介于口语和书面语、地方语言和普通话之间，用字简单好认、通俗易懂，整体风格偏口语化。第一，运用了大量商洛方言词汇和习惯表达，比如"格背""糊汤""甭看""乡党""灵醒""苦焦""英武""十里撂""翻白眼""不吃瞎"等极具乡土味和生活气的词语。方言不只是一个地方的交际工具，还是该特定地域人们内心世界和文化水平的反映，所以"各种方言都有一些表达某种动作、某种含义并在层次上存在最精微区别的词汇"①。第二，叠字和语气词非常多，比如"笑哈哈""哈哈笑""叭叭响""声声叫""亮堂堂""银针针""白底底""泪巴巴""天神神"以及"嗳""哟""咾""呀""喂""咧"等。这些用词一方面增加了语言本身的音乐性，便于民众记忆传诵，另一方面也加强了歌词的情感性和形式美，是统一音节、平衡节奏的有效方式。同时，"歌谣中的衬字、衬词是生活语言的精华，在歌谣中具有强烈的艺术感染力"②。辅助性的重叠和衬托本身并不表示实际意思，但对歌词来说却必不可少，而且它们特别的发音也标识着歌谣的民间性和地方性。第三，鄂豫陕红色歌谣对真人真事的记录、书写与传唱，是对具体时空地点下人和事的记载，是商洛方言语境下独特的史实。标识地理位置的专有词汇，不仅承载了商洛特定地理区域的文化传统，也赋予歌谣文本厚重的生命感和沧桑的历史感。总之，鄂豫陕红色歌谣中商洛方言的应用，增加了歌词语言的生动性、形象感和表现力，增强了歌谣内容的地方性和乡土味，提升了歌曲文本的艺术性和美感，是音乐艺术、诗歌艺术和方言艺术的综合呈现。作为地域文化重要载体的商洛方言，它凝聚着商洛的历史进程，积淀着商洛的文化内涵，承载着商洛独特的自然风土和民俗人情。而民间歌谣"作为一种综合性的整体艺术，它

---

① 王谦，苏宁. 浅论新时期乡土文学中方言的审美作用[J]. 安徽文学，2008(6)：336.
② 桑俊. 红安革命歌谣研究[M]. 武汉：华中师范大学出版社，2009：103.

同时兼有文学(词句)、音乐(曲调)和表演(表情动作)三种艺术形态。它以劳动人民的集体创作为主,主要在口头流传,形体比较短小,字句比较整齐,与劳动生活结合紧密,反映了各个时代的社会风貌,人民的思想、感情、愿望和审美情趣。它不仅是一种文艺现象,也是一门具有多种功能与价值的科学的研究对象"①。

鄂豫陕红色歌谣正是通过方言书写展示了鄂豫陕革命根据地人民群众渴望改天换地的革命豪情,不惜一切支持革命的坚定信念,不怕牺牲、不畏强权的革命意志。伯克利学派索尔曾在《景观生态学》一书中指出:"文化是动因,自然环境是媒介,文化景观是结果。"②鄂豫陕红色歌谣是根据地人民在中国共产党的领导下,追随红军战士,改造自然、变革社会的文化产物。鄂豫陕红色歌谣宣传革命思想、鼓舞人民斗争,其所蕴含的依靠群众、实事求是、艰苦奋斗、积极进取的革命智慧和红军精神,对当下建设中国特色社会主义文化强国和实现中华民族的伟大复兴具有极大的时代价值和意义。而对鄂豫陕红色歌谣的考察与研究,有利于商洛地域文化建设和地方经济社会发展的促进提升,也利于红色文化研究和民族精神传承。

四、结语

鄂豫陕红色歌谣产生于第二次国内革命战争时期,深受鄂豫陕革命根据地风土民情、地理环境、经济状况和文化传统等因素的影响。其内容丰富,价值导向明确,具有鲜明的地方性、时代性和历史性。从文化地理学视角探究鄂豫陕红色歌谣的艺术特性与历史价值,考察其对商洛文化形象的书写与呈现,有利于长征精神和红色文化的传承与弘扬,也利于促进商洛地方文化建设和地方经济社会发展。由于文艺创作与时代语境、文化地

①　吴超. 中国民歌[M]. 杭州:浙江教育出版社,1980:63.
②　刘英. 西方文论关键词:文化地理[J]. 外国文学,2019(2):112-123.

理的密切关系，从文化地理学角度考察鄂豫陕红色歌谣的艺术特性、历史价值，及其对商洛文化形象的构建，可以打开鄂豫陕红色歌谣研究的多重视界。在宣传思想、记录革命、感恩红军的基础上，鄂豫陕红色歌谣深入书写了商洛的自然地理与人文地理，呈现了商洛丰富的民俗文化和方言艺术，构建了近代历史语境下独特的商洛文化形象，在空间叙事、历史想象力、彰显时代理想等方面也有不言自明的精神承载力，是值得大力发掘与弘扬的革命文艺资源和优秀文化传统。

参 考 文 献

一、理论著作

1. 谢冕. 中国新诗史略［M］. 北京：北京大学出版社，
   2018.

2. 谢冕. 中国新诗总论［M］. 银川：宁夏人民出版社，
   2019.

3. 张桃洲. 中国当代诗歌简史［M］. 北京：中国青年出版
   社，2018.

4. 叶维廉. 中国诗学［M］. 北京：人民文学出版社，2006.

5. 沈奇. 诗心　诗体与汉语诗性［M］. 西安：陕西师范大
   学出版社，2016.

6. 沈奇. 沈奇诗学论集［M］. 北京：中国社会科学出版社，
   2005.

7. 胡经之，王岳川. 文艺学美学方法论［M］. 北京：北京
   大学出版社，1994.

8. 徐有富. 诗学原理［M］. 北京：北京大学出版社，2017.

9. 宗白华. 艺境［M］. 北京：商务印书馆，2011.

10. 黄永武. 中国诗学［M］. 北京：新世界出版社，2012.

11. 刘福春. 沈奇诗与诗学研究［M］. 西安：陕西人民教育
    出版社，2020.

12. 刘勰，文心雕龙[M]．杭州：浙江古籍出版社，2011．

13. 司空图．二十四诗品[M]．杭州：浙江古籍出版社，2013．

14. 郑敏．诗歌与哲学是近邻——结构—解构诗论[M]．北京：北京大学出版社，1999．

15. 巴什拉．梦想的诗学[M]．北京：生活·读书·新知三联书店，2017．

16. 海德格尔．诗·语言·思[M]．彭富春，译．北京：文化艺术出版社，1991．

17. 汉娜·阿伦特．人的境况[M]．上海：上海人民出版社，2005．

18. 刘光耀．诗学与时间[M]．上海：上海三联书店，2005．

19. 陈超．生命诗学论稿[M]．石家庄：河北教育出版社，1994．

20. 恩斯特·卡西尔．人论：人类文化哲学导引[M]．甘阳，译．上海：上海译文出版社，2013．

21. 黑格尔．美学(卷三)[M]．北京：商务印书馆，1979．

22. 刘小枫．拯救与逍遥[M]．上海：华东师范大学出版社，2011．

23. 肖向云．民国诗论精选[M]．杭州：西泠印社，2013．

24. 沈奇．西方诗论精华[M]．广州：花城出版社，1993．

25. 陈仲义．现代诗：语言张力论[M]．武汉：长江文艺出版社，2012．

26. 李森．法蕴漂移[M]．北京：商务印书馆，2018．

27. 艾青．诗论[M]．北京：人民文学出版社，1982．

28. 于坚．棕皮手记[M]．上海：东方出版中心，1997．

29. 何其芳．关于写诗和读诗[M]．北京：作家出版社，1956．

30. 博尔赫斯．诗艺[M]．陈重仁，译．上海：上海译文出版社，2011．

31. 刘大基．人类文化及生命形式[M]．北京：中国社会科学出版社，1990．

32. 王夫之．姜斋诗话[M]．上海：上海古籍出版社，2012．

33. 刘墨．中国画论与中国美学[M]．北京：人民美术出版社，2006．

34. 马奔腾．禅境与诗境[M]．北京：中华书局，2010．

35. 王先霈，王又平．文学理论批评术语汇释[M]．北京：高等教育出版社，2006.

36. 叶朗. 美学原理[M]. 北京：北京大学出版社，2009.

37. 木心. 文学回忆录[M]. 桂林：广西师范大学出版社，2013.

38. 恽南田. 南田画跋[M]. 济南：山东画报出版社，2012.

39. 沈奇. 天生丽质[M]. 北京：文化艺术出版社，2012.

40. 海德格尔. 荷尔德林诗的阐释[M]. 孙周兴，译. 北京：商务印书馆，2014.

41. 海德格尔. 在通向语言的途中[M]. 孙周兴，译. 北京：商务印书馆，2004.

42. 罗振亚. 朦胧诗后先锋诗歌研究[M]. 北京：中国社会科学出版社，2005.

43. 任钧. 新诗话[M]. 上海：上海国际文化服务社，1948.

44. 胡怀琛. 小诗研究[M]. 北京：商务印书馆，1924.

45. 冯文炳. 谈新诗[M]. 北京：人民文学出版社，1984.

46. 宗白华. 美学散步[M]. 上海：上海人民出版社，1981.

47. 洛夫. 洛夫谈诗[M]. 南京：江苏凤凰文艺出版社，2015.

48. 周作人. 周作人批评文集[M]. 珠海：珠海出版社，1998.

49. 伍蠡甫. 现代西方文论选[M]. 上海：上海译文出版社，1983.

50. 张隆溪. 比较文学译文集[M]. 北京：北京大学出版社，1982.

51. 王尚文. 语感论[M]. 上海：上海教育出版社，2000.

52. 叔本华. 爱与生的苦恼[M]. 刘越峰，译. 北京：中国画报出版社，2012.

53. 郭沫若. 文艺论集[M]. 北京：人民文学出版社，1979.

54. 臧棣. 诗道鳟燕[M]. 西安：陕西人民教育出版社，2017.

55. 解志熙. 生的执着——存在主义与中国现代文学[M]. 北京：人民文学出版社，1999.

56. 乔以钢. 多彩的旋律——中国女性文学主题研究[M]. 天津：南开大学出版社，2003.

57. 顾随. 中国经典原境界[M]. 北京：北京大学出版社，2014.

58. 宋宁刚. 长安诗心：新世纪陕西诗歌散论[M]. 北京：中国社会科学出版社，2018.

59. 孟远. 女性文学研究资料：中国当代文学史后三十年[M]. 南昌：百花洲文艺出版社，2018.

60. 谢有顺. 身体修辞[M]. 广州：花城出版社，2003.

61. 辜鸿铭. 中国人的精神[M]. 海口：海南出版社，1996.

62. 吴言生. 禅宗诗歌境界[M]. 北京：中华书局，2002.

63. 彭亚非. 中国正统文学观念[M]. 北京：社会科学文献出版社，2007.

64. 朱立元. 当代西方文艺理论[M]. 上海：华东师范大学出版社，2014.

65. 王鼎钧. 文学种子[M]. 北京：生活·读书·新知三联书店，2014.

66. 南帆，刘小新，练署生. 文学理论[M]. 北京：北京大学出版社，2008.

67. 周梦蝶. 鸟道：周梦蝶世纪诗选[M]. 北京：中央编译出版社，2015.

68. 伊沙. 当代诗经[M]. 西宁：青海人民出版社，2016.

69. 沈奇. 你见过大海——当代陕西先锋诗选[M]. 西安：西北大学出版社，2009.

70. 沈奇. 沈奇诗选[M]. 西安：陕西师范大学出版社，2015.

71. 南北. 世界现代禅诗选[M]. 上海：上海社会科学出版社，2014.

72. 伊沙. 野种之歌[M]. 西宁：青海人民出版社，1999.

73. 伊沙. 饿死诗人[M]. 北京：中国华侨出版社，1994.

74. 伊沙. 无知者无耻[M]. 北京：朝华出版社，2005.

75. 伊沙. 伊沙诗集[M]. 杭州：浙江文艺出版社，2017.

76. 于坚. 于坚的诗[M]. 北京：人民文学出版社，2001.

77. 于坚. 于坚诗集[M]. 南京：江苏文艺出版社，2019.

78. 阎安. 整理石头[M]. 西安：太白文艺出版社，2013.

79. 阎安. 与蜘蛛同在的大地[M]. 西安：陕西人民出版社，1993.

80. 阎安. 蓝孩子的七个夏天[M]. 西安：太白文艺出版社，2017.

81. 阎安. 自然主义者的庄园[M]. 北京：中国青年出版社，2018.

82. 赵丽华. 一个人来到田纳西[M]. 长春：吉林人民出版社，2014.

83. 杨克. 2007 中国新诗年鉴[M]. 广州：花城出版社，2008.

84. 之道，三色堇. 长安大歌[M]. 西安：太白文艺出版社，2006.

85. 伊沙. 中国口语诗选[M]. 武汉：长江文艺出版社，2015.

86. 洛夫. 洛夫小诗选[M]. 台北：小报出版馆，1998.

87. 洛夫. 洛夫诗全集[M]. 南京：江苏文艺出版社，2013.

88. 向明，白灵. 可爱小诗选[M]. 台北：尔雅出版社，1997.

89. 史雷鸣. 下一个偶像是野兽[M]. 北京：人民文学出版社，2006.

90. 史雷鸣. 野蛮派对[M]. 西安：陕西人民出版社，2010.

91. 安琪，远村，黄礼孩. 中间代诗全集[M]. 福州：海峡文艺出版社，2004.

92. 万夏，潇潇. 后朦胧诗全集[M]. 成都：四川教育出版社，1993.

93. 秦巴子，伊沙. 在长安[M]. 西安：长安出版社，2011.

94. 宋宁刚. 你的光[M]. 上海：上海三联书店，2017.

95. 宋宁刚. 写给孩子的诗[M]. 西安：陕西科学技术出版社，2020.

96. 艾青. 艾青诗选[M]. 北京：商务印书馆，2018.

97. 冯至. 冯至选集[M]. 成都：四川文艺出版社，1985.

98. 唐亚平. 唐亚平诗集[M]. 上海：上海人民出版社，2016.

99. 唐亚平. 铜镜与拉链——唐亚平选集[M]. 桂林：广西师范大学出版社，2017.

100. 翟永明. 最委婉的词[M]. 北京：东方出版社，2008.

101. 郑小琼. 打工记[M]. 广州：花城出版社，2012.

102. 张清华，王士强. 2018 年诗歌年选[M]. 南京：江苏凤凰文艺出版社，2019.

103. 李小洛. 孤独书[M]. 西安：太白文艺出版社，2017.

104. 吕布布. 等云到[M]. 上海：上海人民出版社，2010.

105. 贾平凹. 空白[M]. 西安：陕西师范大学出版社，2013.

106. 秦茂盛，周翼. 文学超越于年龄——高璨作品评论集[M]. 西安：西安交通大学出版社，2018.

二、期刊论文

1. 沈奇. 困境中的坚守与奋进——关于当代陕西诗歌的检视与反思[J]. 人文杂志，2008(4).

2. 沈奇. 我写《天生丽质》——兼谈新诗语言问题[J]. 文艺争鸣，2012(11).

3. 伊沙. 口语诗论语[J]. 诗潮，2015(2).

4. 姜耕玉. 当代诗的语言美学问题[J]. 文艺研究，2016(11).

5. 姜耕玉. 论二十世纪汉语诗歌的艺术转变[J]. 文学评论，1999(5).

6. 张强. 解构与解构之后——伊沙诗歌的精神特质[J]. 河北工程大学学报(社会科学版)，2016(3).

7. 张强. 继承·颠覆·再造——伊沙诗歌纵横论[J]. 现代语文(文学研究版)，2009(4).

8. 陈思和. 字词思维·诗歌实验·文本细读——读《天生丽质》的几段札记[J]. 文艺争鸣，2012(11).

9. 罗振亚. 日本俳句与中国"小诗"的生成[J]. 中国社会科学，2010(1).

10. 李震. 关于陕西诗歌及其与区域文化的关系[J]. 延安文学，2008(2).

11. 董迎春. 身份认同与走出"身份"——当代"女性诗歌"话语特征新论[J]. 甘肃社会科学，2012(4).

12. 陈仲义. 抵达本真几近自动的言说——"第三代诗歌"的语感诗学[J]. 诗探索，1995(4).

13. 张林杰. 中国现代诗学中的新古典主义倾向[J]. 江汉论坛，2015(7).

14. 吴思敬. 转型期的中国社会与当代诗歌主潮[J]. 江苏行政学院学报，2001(2).

15. 唐欣. 诗歌也是挑战——伊沙诗歌简论[J]. 兰州大学学报，2006(6).

16. 唐欣. 在生活和艺术之间——简论口语诗的意义和影响[J]. 甘肃社会

科学，2005(5).

17. 周亚琴. 当代中国女性诗歌：从理论"现实"到实践"空间"[J]. 东吴学术，2019(6).

18. 吴思敬. 仰望天空与俯视大地——新世纪十年中国新诗的一个侧面[J]. 文艺争鸣，2010(19).

19. 罗振亚，李洁. 在突破中建构：论新世纪女性诗歌的精神向度[J]. 东岳论丛，2016(5).

20. 霍俊明. 变奏的风景：新世纪十年女性诗歌[J]. 理论与创作，2010(4).

21. 吴思敬. 二十世纪新诗理论的几个焦点问题[J]. 文学评论，2002(6).

22. 李心释. 当代诗歌"语感写作"批判[J]. 当代文坛，2016(6).

23. 张林杰. 中国现代诗学中的新古典主义倾向[J]. 江汉论坛，2015(7).

24. 宋宁刚. 北方的书写与气象——试论阎安的诗歌创作[J]. 玉溪师范学院学报，2018(3).

25. 赵思运. 从"白话"到"口语"：百年新诗反思的一个路径[J]. 文艺理论研究，2017(6).

26. 郑敏. 中国新诗八十年反思[J]. 文学评论，2002(5).

27. 谢有顺. 诗歌在疼痛[J]. 大家，1999(5).

28. 李少君，张德明. 海边对话：关于"新红颜写作"[J]. 文艺争鸣，2010(11).

29. 李森. 论原初写作[J]. 扬子江评论，2019(3).

30. 杨黎. 声音的发现[J]. 非非，1996(4).

31. 西渡，解志熙. 关怀的诗学及其他——谈诗小札拾录[J]. 文艺争鸣，2015(3).

32. 马永波. 庞德：反抗当代诗歌中的精神萎靡[J]. 中西现当代诗学，2021(4).

33. 张新. 东西方文化论争背景下的中国现代小诗[J]. 学术月刊，2002(6).

34. 刘艳. 古典理想的重构与新诗诗思的建构[J]. 中国文艺评论, 2019
(4).

35. 吴思敬. 转型期的中国社会与当代诗歌主潮[J]. 江苏行政学院学报,
2001(2).

36. 张德明. 新世纪诗歌中的底层写作及其诗学意义[J]. 文艺理论与批评,
2011(5).

37. 王晓路. 文化地理与文艺研究[J]. 社会科学研究, 2021(1).

38. 刘英. 西方文论关键词: 文化地理[J]. 外国文学, 2019(2).

39. 包兆会. 当代口语诗写作的合法性、限度及其贫乏[J]. 文艺理论研究,
2009(1).

40. 程继龙, 张德明. 口语诗: 谱系、症候、可能性[J]. 艺术评论, 2014
(9).

41. 杨匡汉. 走向瞬间的澄明——《天生丽质》解读[J]. 文艺争鸣, 2012
(11).

42. 孙丽君. "口语诗"的意义——论"第三代"诗歌中的口语化写作[J]. 作
家, 2015(20).

43. 李一扬. 走向潜沉: 伊沙的"本城写作"[J]. 文学教育, 2016(3).

44. 薛世昌. 伊沙: 以诗歌的方式进行杂文的事业[J]. 文艺争鸣, 2013
(9).

45. 王怀昭, 林丹娅. 前瞻后顾: 21 世纪女性诗歌赋活之道[J]. 东南学
术, 2019(6).

46. 杨克. 中国诗歌生态与发展——以常态·常理·常情来言说[J]. 山花,
2011(22).

47. 翟永明. 女性诗歌: 我们的翅膀[J]. 文学界(专辑版), 2007(1).

48. 周瓒. 女性诗歌: 自由的期待与可能的飞翔[J]. 江汉大学学报(人文
科学版), 2005(2).

49. 王新. 背负苍茫歌未央——评李森《屋宇》[J]. 作家, 2014(2).

50. 石虎. 论字思维[J]. 诗探索, 1996(2).

51. 石虎. 字象篇[J]. 诗探索, 1996(3).

52. 吴思敬. "字思维"说与现代诗学建设[J]. 廊坊师范学院学报, 2002(2).

53. 洪迪. 字思维是基于字象的诗性思维[J]. 诗探索, 2003(1).

54. 李春华. 中国诗禅文化的现代传承[J]. 求索, 2011(7).

55. 陈卫. 找寻路上风景　探究合理路径——沈奇 1980 年代以来的诗论与诗歌写作[J]. 海南师范大学学报(社会科学版), 2015(9).

56. 陈佳君. 论禅理诗中物象与禅意的同构关系[J]. 渤海大学学报(哲学社会科学版), 2014(1).

57. 毕光明. "新红颜": 诗写的自觉与批评的自觉[J]. 文艺争鸣, 2011(7).

58. 杨向荣. 新媒介时代的文化镜像及其反思[J]. 山东社会科学, 2020(12).

59. 王万顺. 贾平凹诗歌创作研究综论[J]. 当代文坛, 2018(2).

60. 顾城. 学诗札记[J]. 福建文艺, 1982(12).

61. 李天鹏. 审美认知机制的解构与效应——伊沙诗作《诺贝尔文学奖: 永恒的答谢辞》的认知诗学解读[J]. 四川省干部函授学院学报, 2019(1).

62. 张晶晶. 百年新诗: 政治的悲歌和历史的幻象[J]. 语文学刊, 2018(4).

63. 王光明. 诗歌形式秩序的寻求——"新月诗派"新论(上)[J]. 海南师范学院学报(社会科学版), 2003(6).

64. 王光明. 形式探索的延续——"格律诗派"以后的诗歌形式试验[J]. 中国现代文学研究丛刊, 2004(1).

65. 熊辉. 外国诗歌形式的误译与中国现代新诗形式的建构[J]. 中国现代文学研究丛刊, 2018(6).

后记
爱罢何所余

这本书凝聚着我的"热爱","热爱"也在它即将完成时燃为灰烬。我只好小心翼翼地静待它重生或日后不经意的照临。我曾热爱文学，尤其是诗，把它看得比一切都重，也曾游弋在诗的国度自由来去，至少三年零六个月之久。却也在完成这本书稿后，丧失"气力"，不敢言诗，不再写诗。文学多么美好，它几乎支撑我走过所有生命中的艰难时刻，也救赎我以无尽的沉默和无上的荣光。

此书的大半内容写于二零二一年盛夏，彼时心中激越之语如泉水般涌出，书写过程竟给予我巨大快意。虽然今天看来问题颇多，却也是我近十年学习、思考当代诗学仅有的一点所得。谁会知道我曾在读高中时跟伙伴发出豪言：自己将在大学出一本书。最终这本书不是诗集，不是散文集，而是一本不够成熟的探究新世纪陕西诗歌现象的学术著作，它写于我三十四岁之时，工作也才刚够六年。至为重要的是，如果没有恩师沈奇先生，这本书就不会诞生。此书选题是恩师指导我报批的陕西省教育厅项目，框架由他梳理调整，甚至文稿也亲经老先生修改过目，更别说具体成文中，一些观点看法的倾心指导，并且，书中引用老师著述甚多，所以此书是凝聚沈奇先生诸多心血的。

　　我的文学梦做了很久，甚至在里面不愿醒来。我与诗的邂逅，已具体辨不清年月，但确定的是在二零零八年前后遇到一个真正的诗人、学者——沈奇先生的时候，它的根才慢慢扎实。而我跟诗的故事开始得应更早，当然也早不过儿时四野山岚的清风明月。有一个秘密，我对爱的表达、对生命的焦灼几乎全交给了诗。记得我曾给遇见的第一个心仪的男孩写诗告白，当时他拒绝了我。没有故事，写诗也没能继续，直到二零一七年的再次开启中间隔了十数年。至今，我写了近二百首诗，虽然并无几多满意。但诗歌创作对我的意义无疑是超过诗学研究的，它不仅给予我生活的热情、学问的动力，也滋养我对诗意的发见、诗美的领受和诗境的敏锐。所以，抱歉，这本书只是一个热爱文学、沉吟诗歌的人的初学之探，却也饱含一位爱诗之人的灵魂震颤。

　　文学何其神圣，值得古往今来那么多高才雅士呕心沥血；文学研究亦何其严肃，引无数博学多识的人前赴后继至死不渝。作为学界的"毛头小儿"，我怎会无畏？又何其有幸，能向诸位前辈先贤捧出我的"瘦果"。当然，这本书主要是写给学生的，忝为一名高校教师，为学生讲授知识、指导学生成长或给他们做探索示范，都是别有意义的。坦白地说，我的性情极为感性，期望能长成一个内在丰盈的人。故而我的诗歌研究也多半舒悦，这离真正严谨持重的学问仍远，况且一个人的内在丰富无论如何都离不开对生命持久深入的体验、对学问勤奋踏实的历练。所以，严格意义上的学术研究，我还没能入门。不过门口风景的斑斓，已让人流连，探寻之路本身就是时光留存的馈赠，所以它远也好难也罢都盛纳我此世今生的真谛。刘小枫先生说："意义追寻是人类精神活动的本质。人正是通过精神的建构活动来超越给定的现实，修正无目的的世界，确立自身在历史中的生存意义。"我也只有一个诉求：活成一个有精神的人。

　　关于这本书，还有一事可讲。我遇到了一位长者，一个相见如故的人，所以毫无保留地信任他，便在初稿完成时欣然请他作序，那人却说："不能王婆卖瓜、自卖自夸。"直到今天也没弄明白，我何时变成他的"瓜"

了！不过现实中的我真的很"瓜"，好在执迷不悟——人最大的乐趣就是执迷不悟。也因而，得到了很多人的眷待、照顾……借此，特别感谢为我作序的当代著名学者、评论家毕光明先生，商洛学院人文学院院长张文诺教授，西安财经大学诗人学者宋宁刚博士，武汉大学出版社高级编辑聂勇军先生等对本书最终出版所付出的艰辛劳动和宝贵意见，同时对在书中参考引用的众多前辈先贤、专家学者们一一致谢致敬。我想这是给自己三十五岁生日最好的礼物，同时也感谢一直无私陪伴我、支持我、包容我的李瑞同学，和即将七岁的李子熊小朋友。

　　商洛民间流传着这样一个故事：在深山里，有一种特别的蛤蟆，它和同类相比不仅外表更丑，而且还多长了几条腿。人们抓到它后，将其放在镜前或玻璃箱内，蛤蟆一看到自己丑陋不堪的真面目，不禁吓出一身油。这种油，也是民间用来治疗烧伤烫伤的珍贵药材。我想我现在便做一只既丑又瓜的蛤蟆，不知往后年月能不能熬出珍稀有用的油，却免不得先出来吓人了。

二零二二年五月于商山洛水东岸